ARMANS GEHEIMNIS

Die Wächter von Namra

ARMANS GEHEIMNIS
Die Wächter von Namra

erzählt von Tinka Edel

KOSMOS

Basierend auf der Serie „Armans Geheimnis – Die Wächter von Namra“
Umschlaggestaltung von Weiß Grafik, Freiburg unter Verwendung von Fotos des WDR
© WDR/Frank Schoepgens/Andrea Hansen

FSC www.fsc.org
MIX
Papier aus verantwortungsvollen Quellen
FSC® C014496

Romanfassung erzählt von Tinka Edel, Berlin

ISBN 978-3-440-15696-4

Lektorat: Hannah Tannert
Produktion: Verena Schmynec
Innenlayout und Satz: DOPPELPUNKT, Stuttgart
Printed in Germany/Imprimé en Allemagne

PROLOG

Mit weit ausholenden Schritten galoppierte eine Gruppe Pferde durch den Wald. Ihre Mähnen wehten, die Nüstern gebläht, waren sie ganz in ihrem Element. Die kräftigen Muskeln spielten unter dem glänzenden Fell, als eines nach dem anderen an den letzten Bäumen vorbeiflog, hinaus auf eine mit Blumen gesprenkelte Wiese. Angeführt wurden sie von einem schwarzen Pferd. Einzig auf dessen Rücken saß ein Reiter. Er lehnte sich weit vor und gab die Zügel frei, als die Gruppe der Pferde nun aus dem Wald auf die Wiesen hervorbrach. Sein Rappe reckte den Hals und fiel in einen gestreckten Galopp. Wie eine Einheit glichen die anderen ihr Tempo an und sto-ben voran. Mit einem Lächeln schloss der Reiter die Augen, als würde er den Wind, der ihm die Haare aus dem Gesicht blies, genießen, als würde die Zeit für einen Moment völliger Freiheit stehen bleiben ...

Charlie atmete tief ein, genoss ihren Tagtraum und versuchte, für einen Moment das Gefühl von Leichtigkeit zu halten, das er ihr bescherte. Sie dachte an Arman. An Namra, den Lilientalhof, die Pferde dort ... Widerstrebend schüttelte sie dann den Kopf und blinzelte sehnsüchtig in die Sonne. Schon verschwanden die Bilder ihrer Fantasie hinter der Uferpromenade des Rheins.

Charlie schob einen Moment ihre Kopfhörer zur Seite. Das Wasser plätscherte leise, der Wind fuhr durch das Laub der

Bäume und trug hier und da ein fröhliches Kinderlachen vom Spielplatz weiter hinten herüber. Es war ein friedlicher und schöner Tag in Köln. Doch gegen die Leere, die Charlie fühlte, kam er nicht an. Traurig betrachtete sie das in Leder gebundene Buch auf ihrem Schoß. Dann positionierte sie ihre Kopfhörer wieder so, dass die Musik das Einzige war, was sie hören konnte, und drehte sie lauter.

Wie so oft in den letzten Wochen hatte sie sich nach der Schule hierher zurückgezogen, um in den Aufzeichnungen ihrer Großmutter zu blättern. Darin zu lesen beruhigte sie. Auch wenn dies eine echte Herausforderung war. Denn trotz Rosalies klarer und geschwungener Handschrift war die Tinte inzwischen verblasst, viele der Seiten vergilbt, manche zerrissen. Immerhin war das Buch der Sternenfee schon viele, viele Jahre alt.

Charlie strich zärtlich über die Prägung auf der Vorderseite, einen Stern. Das Leder fühlte sich rau unter ihren Fingerspitzen an und zugleich warm und lebendig. Wie gerne hätte Charlie mit ihrer Großmutter über Namra geredet, von ihr alles erfahren, woran diese sich erinnerte. Charlie selbst kannte nur einen Bruchteil aus Rosalies aufregendem Leben, das, was sie während ihres Aufenthaltes auf dem Lilientalhof letztes Jahr selbst erlebt und erfahren hatte.

Bekümmert lächelte sie. Eigentlich hatte Charlie auf dem Pferdehof der Lilientals nach dem Stress mit ihrer Familie ihr Leben wieder in den Griff bekommen sollen. Ebenso wie die anderen vier Jugendlichen, die dort aufgetaucht waren. Doch dann kam es ganz anders, und sie hatten erfahren müssen, dass sie gar nicht auf einem Pferdehof im Kölner Umland waren, sondern in einer magischen Parallelwelt: Namra. Und diese Welt war von einer fremden Macht bedroht gewesen. Charlie lächelte beim Gedanken daran, wie ungläubig sie damals gewesen war. Eine magische Parallelwelt?! Schon klar! Das gibt es doch nur im Film. Trotzdem war genau das die Wahrheit gewesen und innerhalb kürzester Zeit war Charlie mit ihren vier Mitstreitern in ein Abenteuer voller Magie und magischen Wesen gestürzt, das ihr Leben verändern sollte. Allein der Gedanke daran ließ Charlies Herz schneller schlagen. Noch nie hatte sie sich so vollständig gefühlt wie in der Zeit in Namra. Wenn sie jetzt daran zurückdachte, was für einen Aufstand sie damals gemacht hatte, als ihre Mutter sie dorthin gebracht hatte, musste sie fast lachen. Sie hatte sich abgeschoben gefühlt, unerwünscht und seit dem Tod ihres Vaters unendlich allein.

Den anderen vier Jugendlichen, die auf dem Hof gelandet waren, war es nicht besser ergangen: Tarik, Patrizia, Dajana und Nils – jeder von ihnen hatte seinen eigenen Kampf gekämpft. Bis sie sich endlich zusammengerauft hatten, um gemeinsam Arman und seine Brüder zu erlösen. Armans bester Freund, der Zauberer Garwin, hatte ihn aus Eifersucht verwandelt.

Und das Mädchen, um das es damals gegangen war, war niemand anderes als Charlies eigene Großmutter Rosalie gewesen – die Sternenfee von Namra. Für Rosalie war Garwin nur ein Freund gewesen, zu Arman hatte sie sich jedoch von Anfang an hingezogen gefühlt. Die beiden waren sogar drauf und dran gewesen, gemeinsam in die Menschenwelt zu fliehen. Doch das hatte Garwin nicht zugelassen. Seine Rache war bitter gewesen: Er verwandelte sowohl Arman als auch seine Brüder in Pferde und löschte bei allen anderen sämtliche Erinnerung an die Jungen. So hatte er dafür gesorgt, dass Arman seiner geliebten Rosalie nicht hatte folgen können.

Nicht ohne Schwierigkeiten war es Charlie und den anderen gelungen, den Bann zu lösen und Arman und seine Brüder zu retten.

Sie alle hatten nicht gewusst, wie viel Namra ihnen schenken und wie sehr es ihr Leben verändern würde. Namra, das hatte Charlie erst begriffen, als sie wieder zu Hause war, war ein heilender Ort.

Als Charlie letztes Jahr von dem Aufenthalt auf dem Lilientalhof zurückgekehrt war, hatte sie sich mit ihrer Familie ausgesprochen. Namra hatte ihr eine Chance gegeben, sich von ihrem verstorbenen Vater zu verabschieden.

Damit war auch ihre Wut auf Tom, den Freund ihrer Mutter, verraucht. Sie hatte eingesehen, dass er ihren Paps nicht ersetzen wollte, dass er ihre Mutter glücklich machte. Seitdem ging es immer besser mit ihnen, sie waren zu einer echten Familie zusammengewachsen. Was genau dazu nötig gewesen war, was sie alles erlebt hatte – das hatte Charlie ihrer Mutter, Tom und ihrem Bruder jedoch nicht erzählt.

Dass ihre Großmutter die Sternenfee von Namra gewesen war, ihr Vater magische Kräfte besessen und sie selbst das Sternenfee-Gen geerbt hatte, war nun wirklich nichts, das man dem menschlichen Teil seiner Familie einfach so auf die Nase band! Außerdem hätte sie es ihnen nicht einmal beweisen können.

Egal wie oft sie es versucht hatte, seit ihrer Rückkehr waren ihre magischen Fähigkeiten verschwunden. Vielleicht funktionierten sie in der Menschenwelt einfach nicht. Womöglich aber waren sie auch für immer verloren?

Obwohl es schon ein Jahr her war, vermisste Charlie diese Zeit noch immer. Oft träumte sie davon, wieder dort zu sein. Tagsüber immer dann, wenn etwas Erinnerungen an Namra hervorrief und sie für einen kurzen Moment darin abtauchte. Ihre nächtlichen Träume waren derart detailliert, dass sie sich nach dem Aufwachen nicht mehr sicher war, wo sie sich befand. Erst wenn sie sich in ihrem Zimmer umsah, ihre Mutter und ihren Stiefvater in der Küche scherzen hörte oder ihren kleinen Bruder lachen, erkannte sie mit einem Stich im Herzen: Sie war nicht in Namra, sie war zu Hause, wo sie hingehörte und auch wieder nicht. Denn ein Teil von ihr, das spürte sie jeden einzelnen Tag, war untrennbar mit diesem magischen Land verbunden.

Seufzend schlug Charlie Rosalies Buch auf und blätterte zur nächsten Seite. Manchmal kam sie sich fast undankbar vor. Sie hatte so viel hier: eine liebevolle Familie, Freunde, Nils. Charlie musste lächeln. Nils und sie ... anfangs hatte es ausgesehen, als hätten sie kaum etwas gemeinsam. Doch dann – als sie das erste Mal miteinander geredet hatten, schien es fast, als hätte Namra sie zusammengeführt. Mit niemandem hatte Charlie so ehrlich sein können wie mit Nils. Und auch er war in ihrer Gegenwart nach und nach aufgetaut. Sie hatten sich aneinander herangeredet, gelernt, sich zu vertrauen und dann ... nach dem ersten Kuss ... war alles nur noch besser geworden. Vielleicht hatte Namra gewollt, dass sie sich ineinander verliebten. Wie auch immer, es war perfekt gewesen. Charlies erster richtiger Freund war alles, was sie sich wünschen konnte.

Und trotzdem ... leise seufzend ließ sie den Kopf hängen. Trotz all dem fühlte sie sich in der letzten Zeit irgendwie ... unvollständig. Und das war nicht Nils' Schuld. Nur: Er, Patrizia, Tarik und Dajana hatten nach dem Aufenthalt in Namra endlich das gemacht, was sie immer wollten: Tarik, der Überflieger, studierte. Pat hatte einen erfolgreichen Video-Blog. Nils hatte sich entschlossen, eine Schreinerlehre zu machen. Und von Dajana erhielt Charlie ab und an eine begeisterte Mail über ihr Praktikum in Argentinien. Die vier hatten Namra hinter sich gelassen und lebten nun ihre Träume. Nur Charlies Träume waren zurückgeblieben. An einem Ort, den sie von sich aus nicht erreichen konnte.

Manchmal fragte sie sich, ob ihre nicht weniger werden wollende Sehnsucht nach Namra womöglich daran lag, dass mit Rosalie ihre letzte direkte Verbindung dorthin verschwunden war. Charlie konzentrierte sich seufzend auf die Aufzeichnungen ihrer Großmutter. Irgendwo in ihrem Buch musste doch stehen, wo der Eingang zu Namra zu finden war?!

KAPITEL 1

Auch in Namra schien die Sonne und tauchte die Umgebung in satte Farben. Die saftig grünen Weiden und Wiesen wogten fröhlich in der leichten Brise, der Wald spendete einladend kühlen Schatten, auf einer Koppel standen friedlich einige Pferde: Ein dunkles Pony wälzte sich glücklich schnaubend, ein Falbe, ein Schecke und ein stolze braune Stute brummelten und wieherten leise, als unterhielten sie sich.

Und vielleicht stimmte das sogar und sie machten sich auf die zwei Kinder aufmerksam, die, wenig an der schönen Umgebung interessiert, Lore und ihrer Tochter Tami dem Feldweg zum Hof der Familie folgten.

Lore Liliental ahnte, was in den beiden Jugendlichen hinter ihr vorging. Sie waren nicht die ersten, die Mick ihnen vorbeigeschickt hatte. Auch Charlie, Tarik, Patrizia, Dajana und Nils waren letztes Jahr mehr als abweisend gewesen, als sie ankamen. „Abgeschoben auf einen Ponyhof!", hatte Charlie ihre Situation sogar grimmig zusammengefasst.

Doch der Aufenthalt war nicht nur ein Glücksfall für Namra und die Familie Liliental gewesen, er hatte vor allem den Jugendlichen gutgetan. Und diesen beiden würde er auch helfen, sich auf sich zu konzentrieren und ihre Probleme zu lösen, da war sich Lore sicher. Nur schade, dass ihr Mann Richard und vier ihrer fünf Söhne erst in ein paar Wochen wieder von einem Ausflug auf der anderen Seite des Landes zurückkehren würden. Wären sie vollzählig, wäre noch mehr Leben hier, noch mehr Menschen, zu denen die beiden Neuankömmlinge einen Draht finden könnten ...

Mit aufmunterndem Lächeln drehte sich Lore zu ihren beiden Schützlingen um und deutete nach vorne. „Schaut mal, da ist unser Hof."

Der Junge, Dimitri, warf einen höflichen Blick auf den gemütlich aussehenden Fachwerkhof mit seinen frisch geweißelten Mauern und den Holzbalken. Dabei zerrte er seinen Rollkoffer mühsam über den erdigen Weg, ohne dass ein Härchen seiner ordentlich gekämmten Frisur verrutschte. Mit der anderen Hand hielt er einen Geigenkasten fest umklammert.

Jenny, das Mädchen neben ihm, hatte es da einfacher. Sie trug ihre mitgenommen aussehende Stofftasche über eine Schulter geschlungen. Die Farbe, jetzt verblichen, mochte ursprünglich einmal ebenso strahlend petrol gewesen sein wie Dimitris Geigenkoffer. Mit festen Schritten stapfte sie voran und sah sich misstrauisch um.

Lores Tochter Tami war begeistert. Sie hatte sich schon die ganze Zeit auf die Neuen gefreut. Immerhin bekamen sie hier nicht oft Besuch, schon gar nicht von der Außenwelt.

„Ich zeig euch gleich alles", zwitscherte sie fröhlich, „den Kräutergarten, den Stall, eure Zimmer ... Und wenn ihr wollt, können wir gleich morgen reiten gehen?!"

Die zwei Jugendlichen blieben stumm. Lore bemühte sich weiter: „Ihr werdet bestimmt eine schöne Zeit bei uns haben. Langweilig war es hier noch keinem." Sie warf ihrer Tochter ein wissendes Lächeln zu.

Jenny verdrehte entnervt die Augen. Sie hatte keine Ahnung, was sie, J-Nifah aus Köln-Porz, die selbst ernannte Königin der

Plattenbauten, hier eigentlich sollte. Das alles war irgendwie unwirklich und für ihren Geschmack viel zu viel Natur. Und wie die beiden Ladys aussahen! Als wären sie direkt einem historischen Nature Camp entsprungen: lange Röcke und Spitzenkragen, sicher aus handgepflückter Bio-Baumwolle.

Gab es nicht sogar so ein „Back-to-nature"-Fernsehding? So ohne Strom und Heizung? Das hätte ihr gerade noch gefehlt! Abweisend spuckte sie ins Gras neben dem Weg.

Sofort bedachte sie der Streber neben ihr mit einem angeekelten Blick. Schon klar, der spuckte nicht. Hatte vermutlich Angst, sich die gebügelten Klamotten schmutzig zu machen. Überhaupt, aus welchem Paralleluniversum kam der mit seinem bis obenhin zugeknöpften Hemd und der spießigen beigen Stoffhose eigentlich? Beige war doch keine Farbe, das war 'ne Zumutung! Sicher hatte ihm Mami heute Morgen die Sachen rausgelegt und den Koffer gepackt.

Jenny bedachte ihn mit einer Grimasse und zog die Kapuze über ihr dunkles Haar tiefer ins Gesicht. Krass, wie hell es hier war. Und die Farben! Wie frisch gewaschen – passte zu dem Streber. Unecht waren die, das Blau viel zu ... blau eben, als hätte, kurz bevor sie angekommen waren, jemand den Himmel angesprayt. Jenny musste grinsen.

Selbst das Wohnhaus wirkte wie eine Puppenstube aus irgendeinem biologischen Märchen. Alles aus Holz und Keramik und das Erste, was sie sah, als sie hinter dem Musterknaben, dieser Lore und ihrer Tochter Tami das Wohnzimmer betrat, war eine Glaskaraffe mit Wasser. Eh klar, dass es hier keine Cola gab.

Neben dem Tisch stand eine alte Frau. Als sie lächelte, legte sich ihr ganzes Gesicht in Falten. „Herzlich willkommen auf unserem Hof!", grüßte sie. „Ihr müsst Dimitri und Jenny sein. Ich bin Rona. Ich freu mich, dass ihr da seid." Und schon streckte sie die Hand aus. Okay, Begrüßung mit Handschlag also, das bekam Jenny hin. Neugierig sah sie sich um. „Sind wir die Einzigen hier?"

„Ja, warum?" Lore goss jedem ein Glas Wasser ein.

„Strange!" Irgendwie hatte Jenny etwas anderes erwartet. Mehr Problemo-Kids, irgendwie mehr ... Maßnahme. Was genau war das hier also?

Achtlos stellte sie ihr Glas auf der nächstbesten Fläche ab, einem alten, grün gekachelten Ofen, und wanderte in dem Raum herum. Dass sie Rona beim Umdrehen beinahe ihre Tasche in den Magen rammte, bemerkte sie nicht.

Dimitri, der sie beobachtete, unterdrückte ein Schnauben. Diese Jenny hielt sich offenbar für den Mittelpunkt der Welt, auf andere Leute zu achten stand nicht weit oben auf ihrer To-do-Liste. Aber was sollte man schon von jemandem erwarten, der erst mal auf den Weg rotzte? Das machte sie zu Hause vermutlich ständig. Warum das cool sein sollte, hatte Dimitri noch nie verstanden. Vielleicht, weil er mehr Zeit mit seiner Geige verbrachte als mit anderen Menschen? Und wenn es nach ihm ginge, würde sich daran hier nicht viel ändern. Freunde würden er und diese Jenny sowieso nicht werden. Außerdem hatte er etliche Stunden aufzuholen. Am besten, er machte das gleich mal klar.

„Darf ich was fragen?", wandte er sich also an Rona und klappte bei ihrer Antwort „Nein, das ist hier verboten" vor den Kopf gestoßen den Mund wieder zu. Schnell lenkte sie mit einem freundlichen Lächeln ein: „Entschuldige, das war ein Scherz. Frag ruhig!"

Erleichtert holte Dimitri Luft, da stieß Jenny gegen einen niedrigen Tisch und fegte die drauf stehenden Schachfiguren zu Boden. Anstatt sie aufzuheben, rief sie sofort: „Das war ich nicht!"

„Natürlich nicht", grinste Rona verschmitzt, „das war wohl der Hausgeist." Diesmal verstand Dimitri den Scherz, lächelnd bückte er sich und stellte alles wieder an den richtigen Platz.

Jenny zog die Nase kraus. „Verarschen Sie mich gerade?"

„Ich wollte wissen", unterbrach Dimitri, „ob ich auch genug Zeit fürs Üben haben werde." Lore, Tami und Rona sahen ihn verwundert an, Jenny schoss ihm einen Blick zu, als sei ihm gerade ein zweiter Kopf gewachsen. Also wies er auf seinen Geigenkasten. „Ich habe in den nächsten Wochen viele wichtige Wettbewerbe."

„Na ja ...", Lore stockte kurz. „Eigentlich seid ihr ja hier, um eurem Alltag zu entfliehen."

Dimitri wandte den Blick ab. Dem Alltag entfliehen? Das hatte sein Vater sicher nicht gewusst, als er sein Okay für Dimitris Aufenthalt hier gegeben hatte. Fest schüttelte er den Kopf. „Ich kann es mir nicht leisten, mein tägliches Pensum zu vernachlässigen!"

Jenny lachte auf. Pensum vernachlässigen? Hatte er das auswendig gelernt? Nur Lehrer und Sozialarbeiter quatschten so gequirlt daher! „Was geht denn bei dir?"

Dimitri sah sie verblüfft an. „Wieso?"

„Ich dachte, wir sind hier auf so einem Camp für Schwererziehbare ..." Fragend blickte Jenny zu Lore und Rona, die sich etwas hilflos ansahen. Kurzerhand griff Tami ein. „Kommt." Entschlossen lief sie zur Treppe. „Ich zeig euch eure Zimmer." Jenny folgte ihr mit einem Schulterzucken.

Dimitri nahm zögernd sein Gepäck in die Hand. „Entschuldigung?“ Er sah Lore bittend an. „Aber ich glaube, ich bin hier falsch!“

Beruhigend strich Lore ihm über den Arm. „Das glaube ich nicht.“ Mit diesen Worten drehte sie ihn sanft in Richtung Treppe und gab ihm einen aufmunternden Klaps. Als er schließlich den beiden Mädchen hinterherlief, sahen Lore und Rona sich bedeutungsvoll an. Die ersten Tage waren immer am schwersten. Für alle Beteiligten. Doch Mick irrte sich nie, wenn er Jugendliche hierher brachte. Das allerdings konnten sie Dimitri schließlich nicht erklären ... Dazu wusste der Junge noch viel zu wenig. Über Namra, aber auch über das, was letztes Jahr geschehen war – dank Charlie, Nils, Dajana, Patrizia und Tarik ...

Im Physik-Vorlesungssaal der Kölner Universität posierte Patrizia selbstbewusst vor der Kamera – oder besser gesagt, ihrem Handy auf einem Selfiestick. Sie musste lächeln, als sie bemerkte, dass ihr lustig wippender Pferdeschwanz und die eher zufällig gewählte bunte Bluse einen super Kontrast zu dem ansonsten eher farblosen Hintergrund boten. Früher einmal wäre es ihr nur darum gegangen. Heute aber war es ihr nicht mehr so wichtig.

Hinter ihr am Whiteboard stand Tarik in seinem obligatorischen Hoody und konzentrierte sich auf irgendwelche Sinuskurven und Formeln. Er schob sich das schwarze Brillengestell auf die Nase und schrieb ein paar Worte dazu: Universum eins und Universum zwei. „Ha“, murmelte er währenddessen, „alles, was quantenmechanisch möglich ist ...“

Patrizia musste lächeln. Tarik war wirklich ein Freak! Schon in Namra hatte er ständig mit irgendwelchen physikalischen Grundgesetzen um sich geschmissen, um die seltsamen Vorkommnisse dort zu erklären. Hier und da hatte er nicht einmal falsch damit gelegen. Für Patrizia würde Physik immer ein Buch mit sieben Siegeln bleiben.

Nachdenklich betrachtete sie seine Aufzeichnungen auf dem Whiteboard. Am liebsten beschäftigte er sich mit Metaphysik, er wollte sogar seine Doktorarbeit über Namra schreiben. Der Titel – „Die Erforschung von Parallelwelten" – täuschte darüber hinweg, dass er eine sehr spezielle Welt dafür vor Augen hatte, über die er nicht reden konnte und die außer ihm, Patrizia und den drei anderen Jugendlichen, die letztes Jahr dort gewesen waren, niemand hier kannte. Mal sehen, was sein Professor davon hielt.

Patrizia selbst war mehr als froh, wieder hier zu sein. Namra war eine tolle Erfahrung gewesen. Aber vor allem eine, die ihr die Augen für ihr wirkliches Leben geöffnet hatte.

Entschlossen stellte sie die Videoaufnahme an. „Liebste Followerinnen und Follower", begann sie, „hier ist wieder eure Lieblingsvloggerin Patrizia. Heute gibt's mal keine Schminktipps, nächste Woche wieder. Denn heute präsentiere ich euch eine weitere Folge der Rubrik ‚Nerds oder Zu Besuch in einer ganz anderen Welt'. So wie es hier aussieht, werdet ihr es schon erraten haben: Wir befinden uns weder im Atelier eines angesagten Modelabels noch im Lager einer exklusiven Parfümerie. Oh nein! Heute erhaltet ihr einen kleinen Einblick in die Universität. Ich bin mit einem meiner besten Freunde verabredet: Tarik."

Langsam lief sie auf ihn zu und hielt die Kamera so, dass Tarik hinter ihr immer weiter ins Bild kam. Sie erreichte das

Whiteboard gerade noch rechtzeitig, um seine nächsten gemurmelten Worte einzufangen: „Wenn die Gesetze mehrere Alternativen zulassen ..."

Super! Genau von solchen Momenten lebte die Nerd-Rubrik ihres Video-Blogs. Wenn es schon nicht ums Aussehen ging, musste es wenigstens richtig strange sein, das liebten ihre Fans! Kamerawirksam rollte Patrizia mit den Augen und grinste. „Tarik sieht zwar aus wie ein Depp, ist er aber nicht. Der ist voll das Wunderkind, einer der jüngsten Physikstudenten hier."

Tarik drehte sich gespielt empört um und verbesserte sie mit Stolz in der Stimme: „*Der* Jüngste!" – da schlang Patrizia auch schon einen Arm um seine Schultern und verlangte: „Sag Hallo zu meinen Fans, Obernerd!"

Tarik beugte sich nach vorne. „Leute", sagte er mit einem breiten Grinsen, „hört auf, euch so'n Quatsch reinzuziehen!"

Patrizia stoppte die Aufnahme. „Sehr witzig!" Dann sah sie sich um. „Ich mach noch ein paar 360-Grad-Aufnahmen als Atmoshots für meinen Kommentar. Und du: Mach hinne! Ich hab Hunger!"

Amüsiert tippte er mit zwei Fingern an den imaginären Hut. „Bin gleich fertig." Da schrillte sein Telefon und sein Gesicht begann zu strahlen. „Sorry ... meine Eltern!!!"

Patrizia nickte ihm zu. „Schon okay!" Sie wusste, wie sehr er sich über jeden Anruf von ihnen freute. Nur noch ein paar Tage und er würde sie nach vier Jahren endlich wiedersehen.

Tarik nahm den Videoanruf an und Patrizia konnte einen Blick auf seine Mutter erhaschen. Auch sie sah mehr als glücklich aus und lachte Tarik an. Sofort begannen die beiden auf Arabisch miteinander zu sprechen. Patrizia zog sich zurück. Auch wenn sie nichts von dem Gespräch verstand, Tarik sollte nicht das Gefühl haben, sie belausche ihn. Während sie die Kamera wieder anstellte, drehte sie sich langsam ein paarmal im Kreis und blieb schließlich mit dem Rücken zu ihm stehen.

„So, Leute“, begann sie ihre Abmoderation, während Tarik auf der Suche nach dem besten Handy-Empfang durch den Raum lief, „vergesst nicht, meinen Channel zu abonnieren, bald kommt mein Special: Darin erkläre ich meiner besten Freundin, dass ihr Look mega 2016 ist.“

Zufrieden winkte sie in die Kamera und beendete die Aufnahme. Das seltsame Geräusch hinter ihr entging ihr. Wie auch der weiße Blitz, der Tarik verschluckte, kaum dass er sein Telefonat beendet hatte. Patrizia baute ihre Ausrüstung auseinander. Jetzt war Futter angesagt! Endlich!

Als sie sich zu Tarik umdrehte, war der Raum jedoch leer. Überrascht sah sie sich um. Hatte er draußen nach besserem Empfang gesucht? Sie checkte ihr Handy. Sämtliche Balken wurden angezeigt. Und das W-LAN der Uni. Komisch. Weshalb hatte er sie also einfach stehen gelassen? Und wieso hatte sie die Tür nicht gehört? Mit einem Schulterzucken öffnete Patrizia die Tür zum Gang und spähte hinaus. Auch hier keine Spur von Tarik. Na warte, wenn sie ihn das nächste Mal sprach, würde sie ihn rundmachen!

Charlie saß noch immer versunken an der gleichen Stelle am Rheinufer. Sie hatte sich festgelesen. Wenn sie nur lange genug auf die verblichene Tinte starrte, ließen sich irgendwann Buchstaben und Worte erraten. Den Titel des Kapitels hatte sie entziffert. Zumindest glaubte sie das, gehört hatte sie von „Kichernden Blumen“ noch nie. Rosalie jedoch schien gleich mehrere Begegnungen mit ihnen gehabt zu haben. Das Lachen der Pflanzen war angeblich mehr als ansteckend. Charlie musste bei dem Gedanken daran grinsen. In dieser Welt wären diese sicher ein Verkaufsschlager – du hast Ärger mit deiner besten Freundin, deinem Freund oder deinen Eltern? Schenk ihnen einfach eine kichernde Blume und schon werden sämtliche Auseinandersetzungen hinweggelacht. Wie praktisch war das denn?

Charlie schlug die letzte Seite des Buches auf und fuhr sehnsüchtig mit den Fingerspitzen über den Plan von Namra, den Rosalie hier aufgezeichnet hatte. Der Lilientalhof war zu sehen, das Tor, durch das Charlie gekommen war, die Pferdekoppel, auf der sie Arman das erste Mal begegnet war – zu der Zeit noch in Gestalt eines schwarzen, ungebändigten Rappen …

Als hinter Charlie plötzlich ein Fahrradfahrer eine Vollbremsung hinlegte, riss sie sich erschrocken die Kopfhörer von den blonden Locken und wirbelte herum. Dann lächelte sie erfreut: Nils. Er stellte sein Rad achtlos gegen die Ufermauer.

„Hier bist du!“ Sein Begrüßungskuss war kurz und das „Ich hab dich überall gesucht!“ klang irgendwie vorwurfsvoll. Charlie war sich keiner Schuld bewusst. Außerdem musste sie dringend mit ihm reden. Begeistert hielt sie Rosalies ledergebundenes Buch in die Höhe. „Schau mal“, strahlte sie, „das hab ich bei Rosalies Sachen gefunden.“

Er blinzelte sie fassungslos an. „Ist das dein Ernst?“

Charlies Lächeln verschwand. Was meinte er? Das hier waren die Aufzeichnungen ihrer Großmutter! Und die bedeuteten ihr wirklich viel. Vor allem, da sie ansonsten kaum etwas von ihr hatte. Fragend sah sie ihn an. Nils atmete tief, als müsse er sich beruhigen. Dann wurde er deutlicher: „Erster Tag bei der Ausbildung? Essen gehen mit meiner Mutter, klingelt da was?"

Charlie zuckte zusammen. Oh Mist! Das war heute? Schnell stand sie auf und griff nach ihm, erwischte jedoch nur eine Handvoll des weichen T-Shirtstoffs. „Sorry, ich hab das völlig vergessen ..."

Er trat einen Schritt zurück und sah überall hin, nur nicht in ihre Augen. „Und ich Idiot lauf durch die ganze Stadt, weil ich gedacht habe, dass dir sonst was passiert ist!"

„Nein!" Wie sollte sie das wieder gutmachen? „Mein Akku war alle und ich hab die Zeit völlig vergessen!" Das war die Wahrheit, aber es klang trotzdem nach einer Ausrede. Also setzte sie noch einen drauf: „Es geht um Namra!" Das musste er doch verstehen. Sie nahm Rosalies Buch und schlug es auf. „Vielleicht finden wir hier drin einen Hinweis, wie wir zurückkommen!" Nils beugte sich näher. Allerdings nicht, um die Seiten zu betrachten, sondern um sie fest anzusehen. „Ich will nicht zurück nach Namra."

Charlie riss irritiert die Augen auf. „Aber du warst es doch, der gesagt hat, wir müssen zurück!"

Diesmal unterdrückte Nils sein genervtes Seufzen nicht. Er legte die Hände auf ihre Schultern. „In deinem Traum, Charlie!" Seine Stimme klang, als rede er mit einem dickköpfigen Kind. „Das war nicht echt!"

Charlie starrte ihn an. Selbst wenn sie es nur geträumt hatte, in ihrem Traum war er dabei gewesen. Das war doch ein Zeichen, oder nicht?

Etwas milder strich er ihr eine Locke hinters Ohr. „Es ist ja nicht so, dass ich die Zeit in Namra nicht auch toll fand." Er lächelte schräg.

Charlie nickte. Ohne Namra hätten sie sich nie kennengelernt, seine Mutter würde noch immer versuchen, ihrem Leben mithilfe von Alkohol zu entfliehen, und darüber ihren Sohn vergessen. Nils wäre ganz sicher nicht dort, wo er jetzt war. „Aber“, sprach er weiter, „jetzt will ich hier sein. Mein Leben leben, meine Ausbildung machen und einfach normal sein. Verstehst du?“

Nein, das verstand Charlie nicht. Was war normal? Das hier? Er hatte sie doch in den letzten Wochen auf der Suche nach Rosalie begleitet. Hatte sie im Arm gehalten, als sie begriffen hatte, dass sie zu spät gekommen war, hatte sie reden lassen ...

Hatte er währenddessen die ganze Zeit darauf gewartet, dass sie einfach damit abschloss, wie er selbst? Charlie schüttelte den Kopf, das konnte nicht sein. „Aber ...“, begann sie, doch Nils unterbrach sie aufgewühlt: „Seit Monaten redest du von nichts anderem als von Namra! Ich kann's nicht mehr hören!“ Traurig blickte er über den Rhein zur anderen Uferseite. „Charlie, ich kann das einfach nicht mehr!“

Und plötzlich begriff sie, was er wirklich sagen wollte. „Wie jetzt, du machst Schluss? Deswegen?“ Ungläubig starrte sie ihn an, wartete auf ein Kopfschütteln, ein „Nein“, auf irgendwas. Aber es kam nicht. Stattdessen holte er ein paarmal Luft, öffnete den Mund, schloss ihn wieder – auch das war eine Aussage. Umso mehr, als er anschließend sein Fahrrad hochzog und „Es tut mir leid“ murmelte, ohne sie anzusehen ...

Völlig entgeistert starrte Charlie ihm nach, sah ihn kleiner werden, sah, wie er heftig in die Pedalen trat, als wolle er sie möglichst schnell hinter sich lassen. Sah die sich küssenden Paare auf den Parkbänken und im Gras sitzend, picknickend und verliebt. Plötzlich verschwamm das Bild vor Charlies Augen, wurde gleißend hell an den Rändern, verwirrt blinzelte sie gegen die Tränen an. Die warmen Sonnenstrahlen krochen um ihre Schultern, legten sich um sie wie ein Umhang. Und plötzlich löste sich alles auf …

KAPITEL 2

Das Erste, was Charlie wieder hörte, waren Wind und Vogelgezwitscher. Keine Wellen mehr, kein Kinderlachen. Keine Autos von weit her, kein Rauschen der Stadt. Was war passiert?

Sie hob den Kopf und öffnete langsam die Augen. Schäfchenwolken segelten über einen azurblauen Himmel, der Wind wehte durch einen uralten Kastanienbaum. Ihr Herz begann zu rasen, als sie erkannte, wo sie sich befand. Der Lilientalhof! Namra. Der Wind nahm zu und sauste durch den Innenhof. Ein Fensterladen klapperte und stieß eine Vase herunter. Säcke fielen um und Obst purzelte von den Bäumen, Heuballen rollten über die Erde, ein Tor knallte und eine Leiter fiel um …

Sie war zurück! Endlich! Hatte sie das getan? Hatte es etwas damit zu tun, wie sehr sie es sich gewünscht hatte? Mit Rosalies Buch? Oder …

„Charlie?" Charlie schnellte herum. Die Stimme kannte sie!

Und tatsächlich, nur wenig von ihr entfernt hockte Tarik im Baum neben dem Brunnen und klammerte sich an einen Ast. Er sah ebenso verwundert aus, wie sie sich fühlte. Verwundert und ein kleines bisschen unwohl.

„Ähm …", er deutete zwischen sich und dem Boden hin und her, „Ich brauche Hilfe?!"

Am liebsten hätte sie gelacht. Tarik war auch hier! Das war mehr, als sie gehofft hatte. Während sie die Leiter aufhob und gegen den Baum lehnte, damit er herunterklettern konnte, traf sie die Erkenntnis: Wenn sie UND Tarik hier waren, dann hatte es nicht nur etwas mit ihr zu tun, oder? Dann musste Namra sie gerufen haben.

„Was geht hier ab?", fasste Tarik ihre Gedanken in typischer Tarikmanier in Worte und drehte sich einmal um die eigene Achse, kaum dass er festen Boden unter den Füßen hatte.

„Keine Ahnung, aber: Wir sind wieder in Namra." Charlie konnte ein erleichtertes Lachen nicht unterdrücken. All die letzten Wochen hatte sie sich genau das gewünscht …

Da flog die Tür zum Wohnhaus auf, heraus stürzten Rona und Lore, ihren Gesichtsausdrücken nach zu urteilen ebenso verwirrt wie Charlie und Tarik selbst.

„Charlie? Tarik?" Schon umarmte Lore die beiden. Charlie sah sich um. „Was ist bitte gerade passiert?"

„Lasst uns erst einmal hineingehen", schlug Rona vor und nur wenig später standen sie sich im Wohnzimmer gegenüber.

Tarik schüttelte verwundert den Kopf. „Es hat sich super strange angefühlt", berichtete er. „Mir wurde kurz schwindelig, dann saß ich auf dem Baum."

Fragend blickte Charlie zwischen Rona und Lore hin und her. „Wisst ihr, warum wir hier sind?"

„Nein. Ich kann mir das nicht erklären", Lore hob die Schultern. „Vielleicht Mick?", schlug Rona vor.

Mick hatte Charlie und die anderen letztes Jahr nach Namra geholt. Also war er womöglich auch diesmal dafür verantwortlich? Doch hätte er dann nicht Lore und Rona Bescheid gegeben? Charlie runzelte die Stirn, so ganz passte das nicht. Doch bevor sie nachhaken konnte, polterte Tami, von zwei anderen Jugendlichen gefolgt, die knarzende Holztreppe hinunter. Mit einem begeisterten Jubelschrei umarmte sie Tarik und Charlie.

„Was macht ihr denn hier?", fragte sie atemlos und stellte die beiden anderen vor: „Das sind Jenny und Dimi, unsere Neuen."

Charlie beäugte die beiden überrascht. Sie hatte nicht erwartet, andere aus der Menschenwelt hier zu finden. Hatte Mick nach dem Erfolg des letzten Jahres die Lilientals davon überzeugt, noch mehr Jugendliche aufzunehmen?

Womit die beiden wohl zu kämpfen hatten? Jenny wirkte, als könnte sie es mit jedem aufnehmen, der ihr blöd kam. Und Dimi, nun, um ehrlich zu sein, Dimi sah viel zu wohlerzogen aus für irgendwelche Probleme ... Auf der anderen Seite sah man es ja auch nicht jedem an. „Hi." Charlie hob eine Hand in die Richtung der beiden und Tami erklärte eifrig: „Charlie und Tarik waren letztes Jahr hier."

„Oh ja?" Jenny steckte sich grinsend einen pinken Kaugummi in dem Mund. „Müsst ihr nachsitzen?"

Charlie warf Tarik einen Blick zu und drehte sich dann fragend zu Lore und Rona. Wie viel wussten die beiden Neuen darüber, wo sie sich befanden und was in Namra alles möglich war? Wie offen konnten sie reden?

„Tami", schlug Lore vor, die Charlies Blick bemerkt hatte, „zeig doch Jenny und Dimi schon mal den Hof."

„Na klar, kommt!"

Kaum waren die drei außer Hörweite, bestätigte Lore Charlies Verdacht. „Sie wissen noch nichts."

„Kommt, ihr Lieben! Setzt euch erst mal und erzählt uns, wie es euch geht! Wir haben uns so lange nicht gesehen!", sagte Rona.

Charlie setzte sich. Doch sie hörte nur mit halbem Ohr zu, als Tarik zu erzählen begann. Gebannt blickte sie aus dem Fenster. Der Wind wurde immer stärker. Ein ungutes Gefühl beschlich sie. Warum waren sie und Tarik hier? Und vor allem: Waren sie hier, weil sie Namra brauchten – oder weil Namra sie nötig hatte?

Milena biss die Zähne zusammen und konzentrierte sich auf den Gang vor ihr. Sie befand sich tief im Inneren der Burg ihrer Familie. Dumpf hallten ihre Stiefeltritte von den Wänden und in ihrem Kopf riefen Stimmen durcheinander. So sehr sie es versuchte, sie wurde sie nicht los.

Zornig kickte Milena einen Erdklumpen aus dem Weg und bog ab. Die an den Wänden angebrachten Fackeln beleuchteten die Umgebung nur unzureichend, als duckte sich selbst das Feuer vor ihrer Wut in die Dunkelheit. Dafür zuckte Milenas Schatten überlebensgroß über den Boden und die Mauern. Ohne zu zögern nahm sie die nächsten Abbiegungen – rechts, links, wieder rechts.

Sie kannte den Weg. Sie war eine der wenigen, die in dem magischen Labyrinth hier unten nicht verloren gingen. Schon als Kind hatte sie sich alles hier eingeprägt, später dann ihren eigenen Schutzzauber darübergelegt.

Milena biss sich auf die Lippen, starrte geradeaus und ignorierte all die unterschiedlich großen Türen rechts und links von ihr. Sie hatte ein Ziel. Als sie durch einen gemauerten Raum schritt, in dem ein offenes Feuer brannte, zog sie einen schweren Schlüsselring aus der Tasche ihres langen Mantels und schob sich die Kapuze von den zu einem Zopf geflochtenen dunklen Haaren. Hier unten würde sowieso niemand ihr Gesicht sehen.

Vor dem einzigen Raum, den zu Lebzeiten ihrer Mutter niemand betreten durfte, hielt sie an. Der Raum der Flüche. Hier waren sämtliche Aufzeichnungen, Tränke, magische Gegenstände verwahrt, die Namra in den Händen der falschen Person schaden konnten. Und deshalb konnte auch nur dieser ihr dabei helfen, ihre Bestimmung zu erfüllen, egal was es kostete. Egal was alle sagten. Sie würden schon noch sehen, was sie davon hatten!

Einen Balken nach dem anderen schob sie zur Seite, dann öffnete sie die zahllosen Schlösser der Tür und trat ein. Es war stockdunkel, aber sie brauchte kein Licht. Sie war nach dem Tod ihrer Mutter schon öfters hier gewesen und wusste genau, wonach sie suchte und wo es zu finden war. Drei Schritte in das Verließ hinein, vier zur Seite und dann streckte sie vorsichtig ihre Hand aus. Als sie das kühle Glas fühlte, atmete sie auf. Das erste Mal heute.

Die schmale Viole mochte nach nicht viel aussehen. Sie war leicht, enthielt nicht mehr als zwei, drei Schlucke einer öligen Flüssigkeit. Doch ihr Zauber würde alles verändern, alles wieder richtigstellen.

Sobald sie den Inhalt der Viole getrunken hatte, gäbe es niemanden mehr, der mächtig genug war, sie aufzuhalten.

KAPITEL 3

Die Windböen, die Charlies und Tariks Auftauchen in Namra begleitet hatten, waren abgeflaut, und auf dem Lilientalhof hatte das Aufräumen begonnen. Während Charlie Fallobst einsammelte, bemühte sie sich, das ungute Gefühl abzuschütteln, das vorhin durch sie hindurchgeweht war wie der Vorbote von etwas Schlimmem. Vielleicht hatte sie es sich nur eingebildet?

Sie stellte den gefüllten Obstkorb an die Hauswand und griff nach einem Rechen, um das Laub zusammenzutragen.

Tarik neben ihr stapelte ächzend zwei Heuballen aufeinander. „Wo sind eigentlich Richard, Arman und seine Brüder?", wollte er wissen.

Lore warf ihm einen scheelen Blick zu. Tarik hatte letztes Jahr so seine eigenen Ideen darüber gehabt, welche Aufgaben speziell für einen starken Mann gemacht waren. Bevor er festgestellt hatte, dass es manchmal die Frauen waren, die, ohne viel darüber zu reden, wesentlich mehr erledigten. Mit der Armbrust über der Schulter schossen sie wichtige Beeren für die Zubereitung von Zaubertränken von Bäumen, von denen nur sie eine Ahnung hatten. Von der Arbeit mit den Pferden und im Stall einmal ganz abgesehen.

„Arman ist mit Mick unterwegs. Richard und die anderen Jungs besuchen Freunde in den Sommerbergen", beschied sie ihm also knapp.

„Und wann kommen sie wieder?"

Rona lächelte ihrer Schwiegertochter zu, diesmal schien Tariks Frage einfach nur Interesse. „Erst in ein paar Wochen. Die Sommerberge sind einige Tagesritte von hier entfernt. Eigentlich schade, sie hätten euch bestimmt gerne wiedergesehen."

Charlie stützte sich auf ihren Rechen. „Findet ihr das nicht merkwürdig? Dass nur Tarik und ich hier sind und die anderen nicht?"

Rona warf Lore einen Apfel zu, den sie aufgelesen hatte. „Mick kommt nachher vorbei", sagte sie mit einem beruhigenden Lächeln. „Er wird bestimmt eine Erklärung haben."

Charlie nickte stumm. Das hoffte sie auch, denn diesmal war irgendetwas anders als letztes Jahr. Fast schien es, als hätte nicht Mick sie und Tarik hierher geholt, sondern Namra selbst ...

„Wie geht's denn den anderen, habt ihr noch Kontakt?", wechselte Lore das Thema und Charlie biss sich auf die Lippen. Die anderen – Patrizia, Dajana ... Nils. Charlie wusste noch immer nicht, was sie von ihrem letzten Gespräch mit ihm halten sollte. War wirklich alles verloren? Oder würde Nils jetzt, nachdem sie wieder hier gelandet war, einsehen, dass Namra ein wichtiger Teil von ihr war? Und ihnen eine zweite Chance geben?

„Patrizia ist immer noch Patrizia", erwiderte Tarik da zum Glück schon amüsiert, „aber wir sehen uns trotzdem noch oft. Dajana macht ein Auslandsjahr in Argentinien."

„Und Nils?", hakte Rona nun doch nach. Schnell nahm Charlie ihren Rechen wieder auf und konzentrierte sich aufs Heu ... vielleicht würde auch darauf Tarik antworten?

„Da ist Charlie die bessere Ansprechpartnerin", gab er lächelnd an sie weiter. Mist!

„Ach ja?" Lore sah interessiert auf. „Geht's ihm gut?"

Charlie hielt ihre Antwort kurz: „Ja, er macht 'ne Tischlerlehre." Bevor Lore nachhaken konnte, löste sich der Stiel von Charlies Rechen. Erleichtert deutete sie darauf und drehte sich zum Stall. „Ich geh mir mal einen anderen holen."

Doch als Charlie dort ankam, war sie sich nicht mehr sicher, ob das die richtige Entscheidung gewesen war. Auch der Stall steckte voller Erinnerungen. Die ehemaligen Boxen von Arman und seinen Brüdern waren leer. Hier vorne hatte sich Arman letztes Jahr kurzzeitig in einen Menschen verwandelt, um sie auf seinen Armen aus dem brennenden Stall zu tragen. Hier hinten hatten Nils und sie sich das erste Mal geküsst.

Charlie hatte sich zurückgezogen, wollte niemanden sehen, nur alleine sein, doch Nils hatte sie gefunden, Charlie zugehört, als sie ihm ihr Herz ausgeschüttet hatte. Er war der Erste gewesen, dem sie vom Tod ihres Vaters erzählt hatte. Und dann hatte er sie geküsst. So vorsichtig, so ehrlich, dass Charlies Herz wie wild geklopft hatte. Seines hatte sie unter ihren Fingerspitzen gefühlt – ebenso heftig wie ihres. Es war ihm nicht anders gegangen als ihr. Bis zu diesem Augenblick hatte Charlie sich nicht vorgestellt gehabt, wie er sein würde – ihr erster richtiger Kuss. Vielleicht, weil sie nicht wollte, dass er dann, wenn er geschah, nicht ebenso schön war wie ihre Vorstellung davon. Doch der erste Kuss mit Nils ... war perfekt gewesen!

Charlie schluckte, irgendwie war das alles ein bisschen viel, erst das mit Nils, jetzt Namra mit all seinen Erinnerungen und Leuten. Sie brauchte eine Pause.

Von den anderen unbemerkt lief sie um den Hof und tauchte in das hohe Gras der umliegenden Wiesen. Eine sanfte Windböe bewegte es in Wellen wie Wasser. Weiter hinten raschelten die Blätter des Baumes, unter dem sie mit Nils gelegen und in den Himmel gesehen hatte. Arm in Arm, zusammen und das war das Wichtigste gewesen. Er hatte das Lederband von seinem Handgelenk geknotet und es um ihres geknüpft. Seufzend streckte sie ihren Arm vor sich und betrachtete es wehmütig. Sie hatte es seitdem nicht abgenommen. Es hatte so gut zu ihm gepasst, zu ihr – zu ihnen beiden. Und auch hierher: geflochtenes Leder, kein Plastik, keine industriell gefertigten Materialien.

Charlie ließ den Kopf hängen. Was auch immer vorhin passiert war, sie vermisste Nils und alles, was sie geteilt hatten. Der Gedanke an ihn tat weh.

Das Geräusch von trabenden Hufen kam näher, dann das Schnauben von Pferden. Charlie hob den Blick und sofort hellte sich ihre Stimmung auf. Aus dem Wald kamen Mick und Arman angeritten. Micks beiger Staubmantel wehte hinter ihm her, sein Schimmel blähte die Nüstern. Arman saß auf einer schwarzen, stolzen Stute, die schwungvoll austrat. Auch wenn Charlie ihn und die anderen aus seiner Pferdegestalt erlöst hatten, schien er noch immer eine ganz besondere Beziehung zu den Tieren zu haben. Unter seiner Lederjacke blitzte ein makellos weißes Hemd. Und seine braunen Haare umwehten sein Gesicht.

Charlie lächelte. Er sah genauso aus wie in fast jedem einzelnen ihrer Träume. War der letzte wirklich erst ein paar Stunden her? Bestimmt trug er auch heute Hosenträgern. Sie kannte niemanden, der in Hosenträger so gut aussah. Langsam hob sie die Hand. Mick nickte kurz verwundert. Als Arman dagegen Charlie erblickte, überzog sein Gesicht ein erfreutes Strahlen.

Mehr war nicht nötig. Charlie schüttelte die bedrückenden

Gedanken ab und lief ihnen entgegen. „Ich bin wieder da!", rief sie und hörte selbst, wie glücklich sie dabei klang.

Armans Lachen steckte sie an. Das war schon letztes Jahr so gewesen. Seine Freude, Charlie unvermutet wiederzusehen, war greifbar. Mick allerdings runzelte die Stirn. „Was machst du hier?"

Charlie blieb stehen. Na, das war ja nicht gerade eine begeisterte Begrüßung. Und eine Frage war damit ganz klar beantwortet: Mick hatte nichts mit ihrem Auftauchen in Namra zu tun. Sonst wäre er jetzt nicht so überrascht. Charlie betrachtete ihn nachdenklich. Seine Haare waren länger als letztes Jahr, er trug einen kurzen Bart und sah angespannt aus. Aber sie musste es genau wissen. „Hast du uns denn nicht geholt?"

Er schüttelte den Kopf, sein „Nein!" klang fest und ein bisschen abwehrend. Als er Arman nun einen vielsagenden Blick zuwarf, wurde auch dieser ernst.

Was zur Hölle war hier los? Charlie und Tarik waren doch nicht zufällig nach Namra transportiert worden! Es musste einen Grund geben. Und wer, wenn nicht Mick, könnte den kennen?!

Ohne weiter auf Charlie einzugehen, lenkte Mick seinen Schimmel in Richtung des Lilientalhofs. Arman folgte langsam. Perplex lief Charlie hinter ihnen her. Weiter vorne entdeckten Lore, Rona und Tarik die beiden Reiter und winkten ihnen zu. Tami, Jenny und Dimitri verschwanden im Stall. Vielleicht ganz gut so. Irgendetwas hatten Mick und Arman auf dem Herzen. Und was immer es war, es dürfte für die Sorgenfalten auf Micks Gesicht verantwortlich sein! Mit ungutem Gefühl folgte Charlie ihnen ins Haus.

Jenny schlenderte hinter Dimi und Tami in den Stall und sah sich um. Pferdeboxen, Heu und Stroh, eine Leiter auf den Dachboden mit noch mehr Heu.

„Also", Tami öffnete eine der Pferdeboxen, „altes Stroh raus, da auf den Wagen und neues wieder rein! Verstanden?"

Uff. Kacke schaufeln. Jenny unterdrückte ein Schütteln und nickte. „Na klaro." Tami drückte ihr und Dimitri eine Heugabel in die Hand und verließ den Stall. „Ich geh mehr frisches Heu holen, ja?"

„Aye, aye!" Jenny wartete exakt so lange, bis die Kleine außer Sicht war, dann ließ sie sich auf eine Bank vor einer der Boxen sinken. Dimitri, der Streber, rollte sogleich den Mistkarren vor und machte sich über das gebrauchte Heu der Box her.

Jenny streckte sich kaugummikauend aus. „Mann, das ist ja mega entspannt!", freute sie sich. „Ich dachte, das wird so ein Bootcamp."

Keine Antwort. Dimitri schaufelte konzentriert Mist. Jenny sah ihm dabei zu. Von ihr aus könnte es so bleiben: Er machte, was ihnen aufgetragen wurde, und sie sah dabei zu. Grinsend wedelte sie mit einer Hand nach vorne. „Da ist noch Kacke! Haste übersehen!"

Er schaufelte wortlos weiter. Aber J-Nifah ignorierte man nicht! Jenny setzte sich auf. „Okay, Dings, erklär mir mal, warum die jemanden wie dich hierher geschickt haben!"

Dimitri warf ihr nur einen kurzen Blick zu, ohne die Arbeit zu unterbrechen. „Weiß ich nicht."

„Du musst doch irgendeine Scheiße gebaut haben."

„Nein! Hatte nur viel Stress." Und schon schaufelte er weiter. Mann, der war aber ein schweres Stück Arbeit! J-Nifah aber ließ nicht locker, nie! „Mit den Bullen?"

Endlich hatte sie seine Aufmerksamkeit. „Nein!" Dann fixierte er sie plötzlich und hielt still. „Aber du oder was?"

Jenny bewegte sich nicht. War klar, dass er auf diese Idee kam, oder? Offensichtlich sah sie aus wie jemand mit 'nem Sozialarbeiter, der ständig Vorladungen bekam! Nun ja, eine Hälfte davon stimmte.

Jenny beschloss mitzuspielen und bemühte sich um einen gefährlichen Gesichtsausdruck. „Ich komm direkt aus dem Knast, Mann!", knurrte sie und bemerkte seine Verunsicherung. Diese Info musste das Muttersöhnchen wohl erst einmal sacken lassen.

Jetzt fragte er sich vermutlich, ob er hier überhaupt sicher war, so mit ihr unter einem Dach. Grinsend winkte Jenny dem Pferd in der Box hinter ihrer Bank zu und hielt ihm einen Finger entgegen. Als es freundlich den Kopf ausstreckte und sie mit der Nase anstupste, zog sie die Hand ehrfurchtsvoll wieder zurück. Diese Tiere hatten wirklich große Zähne! Doch der Schecke hinter ihr schien nicht wirklich Lust auf einen Finger-Snack zu haben. Stattdessen schnaubte er sie warm an. Irgendwie süß!

„Und wieso warst du im Gefängnis?" Ha! Offenbar hatte bei Dimiboy Neugierde über gute Erziehung gesiegt. Mit Gefängnis, Pflegefamilien oder Sozialarbeitern hatte der sicher noch nie was zu tun gehabt. Jede Wette bestand sein Leben aus Sandwichs ohne Kruste, Geige zupfen und ansonsten brav sein. Kein Wunder, dass er Jenny den Scheiß geglaubt hatte.

„Überfall", schnaubte sie wegwerfend, „mit Verfolgung und allem." Sie stand auf. Wenn schon, dann würde sie ihm jetzt eine eins a Vorstellung bieten. „Meine Gangsta-Sister immer wieder so … rechts, links, weißt du?" Jenny tat, als säße sie in einem Fluchtauto. „Quietsch, Handbremse bis Anschlag und die Bullen hinter uns so …", mal sehen, wie weit sie gehen konnte. „Bangbangbang!!!!", schrie sie ihm entgegen. Er erschrak. Genau, wie sie gehofft hatte. Dann jedoch schüttelte er den Kopf und drehte ihr den Rücken zu. „Ja, ja."

Vielleicht war er doch nicht ganz so dämlich. „Ich schwör! Eine Kugel hat mich direkt hier getroffen!" Sie griff den Saum ihres Pullis und zog ihn nach vorn. Ganz deutlich waren dort Löcher zu sehen. Allerdings weniger von Polizeikugeln als von Motten. Dimitri warf einen Blick darauf, kniff die Augen zusammen und sah sie vorsichtig an. Sie prustete los.

Er drehte sich weg. „Sehr witzig!"

„Ja, finde ich auch." Jenny streckte vorsichtig erneut die Hand zu dem Pferd hinter ihr. „Du auch, oder?"

Der Schecke schien ihr zuzulächeln. Wenigstens ein Lebewesen, das ihre super dargebrachte Story zu schätzen wusste!

Seufzend warf sie einen Blick durch das Stalltor. Charlie, oder wie das nachsitzende Goldlöckchen von letztem Jahr hieß, war mit den anderen im Haus verschwunden. Was die wohl so dringend miteinander zu bequatschen hatten?

Charlie blickte überrascht von Lore zu Rona, Arman und Mick, dessen sorgenvolle Miene sie nun viel besser verstand als vorhin. Mit leiser Stimme hatte er Tarik und ihr erklärt, dass vor wenigen Tagen die Hüterin von Namra gestorben war. Seinem bedrückten Gesichtsausdruck nach zu urteilen musste er sie gut gekannt haben.

„Deswegen", sagte Rona nun leise und sah Mick mitfühlend an, „waren Mick und Arman auf dem Hüterfest. Dort wurde der neue Hüter ernannt."

Mick warf Arman einen schnellen Blick zu. Dann holte er tief Luft und ließ die Bombe platzen: „Das Orakel hat keinen neuen Hüter ernannt."

Unruhe kam auf. Selbst Tarik neben Charlie und sie selbst wurden von der Besorgnis erfasst, die Mick, Arman, Rona und Lore mit einem Mal ausstrahlten. Lore schüttelte ungläubig den Kopf. „Ist so etwas schon mal vorgekommen?"

Mick räusperte sich unwohl. „Soweit ich weiß, nein."

Tarik trat vor. „Könnt ihr das noch mal für Normalsterbliche erklären?", bat er. „Der Hüter von Namra, was ist das?"

„In Namra", erklärte Rona und warf Charlie einen lächelnden Blick zu, „gibt es sehr viel Licht." Nun drehte sie sich zu Mick. „Deswegen gibt es sehr viel Schatten. Und der Hüter sorgt dafür, dass der Schatten nicht überhandnimmt."

Mick nickte nur kurz. Es war Arman, der weitersprach: „Er sorgt für Gleichgewicht."

Und Lore präzisierte: „Und vermittelt zwischen allen, die in Namra leben."

Nun verstand Charlie die Anspannung. Offenbar war das Gleichgewicht von Namra in Gefahr, solange es keinen neuen Hüter gab. Was hatte in den Aufzeichnungen ihrer Großmutter noch mal genau gestanden?

„Ist der Hüter so eine Art König oder was?", hakte Tarik nach und Charlie schüttelte den Kopf, sie erinnerte sich. „Nein", gab sie wieder, was sie gelesen hatte, „Namra hat keinen König. Menschen, Tiere, Zauberer und Feen, sie alle arrangieren sich. Und der Hüter richtet nur im Streitfall."

Lore, Rona, Mick und Arman sahen sie überrascht an. „Woher weißt du das?", fasste Mick schließlich die allgemeine Verwunderung in Worte. Charlie schluckte. Wie sollte sie das erklären, ohne Arman zu verletzen? Schließlich hatte sie Rosalies Buch nicht von ihr selbst erhalten.

„Als ich letztes Jahr zurückgekommen bin", wählte sie ihre Worte bedächtig, „habe ich versucht, Rosalie zu finden. Ich hatte noch so viele Fragen ..."

Arman kreuzte schützend die Arme vor seiner Brust. Charlie konnte den Schmerz, den der Name seiner großen Liebe in ihm auslöste, geradezu spüren.

Zögernd zog sie das ledergebundene Buch ihrer Großmutter aus ihrer Tasche. „Von ihr habe ich dieses Buch ... Man kann nicht mehr alles lesen und viele Seiten sind vergilbt. Ich dachte zuerst, es sei ein Märchenbuch, aber ..." Arman hing an ihren Lippen, Charlie räusperte sich unwohl: „Aber ich glaube, es sind Rosalies Erinnerungen an Namra."

Mick nickte kurz, dann zog er Rona und Lore mit sich zu dem Bücherregal. Offenbar hoffte er, dass sich in Ronas kleiner Bibliothek weitere Informationen darüber finden ließen, was auf Namra zukam, wenn es keinen Hüter gab. Bevor sich Charlie dazustellen konnte, griff Arman nach ihrem Ellenbogen. Bittend sah er sie an und zog sie mit sich hinaus in den Hof. Angespannt warf er einen Blick zurück auf die Tür, dann drehte er sich zu Charlie um. „Wie geht es ihr?", wollte er mit rauer Stimme wissen. „Wie geht es Rosalie?"

Charlie erstarrte.

KAPITEL 4

Hin- und hergerissen ließ Charlie ihren Blick über den Hof wandern. Was sollte sie sagen? Wie die richtigen Worte finden?

Arman bedrängte sie nicht, er wartete. Doch als sie sich endlich traute, ihm in die dunklen Augen zu sehen, erkannte sie, wie wichtig ihm ihre Antwort war. Verletzlich sah er aus.

Nachdem er und Rosalie sich ineinander verliebt hatten, hatten sie entschieden, Namra gemeinsam zu verlassen, um Garwins Zorn zu entkommen – mit allem, was dazugehörte. Auch dass in der Menschenwelt die Zeit anders – schneller – verging. Zunächst war Rosalie allein gegangen, Arman wollte bald folgen. Doch dann hatte Garwin ihnen einen Strich durch die Rechnung gemacht und Arman war verzaubert in Namra geblieben, wo die Zeit eigenen Gesetzmäßigkeiten folgte. Rosalie hatte ihr Leben ohne ihn gelebt, bis zum Ende. Dafür gab es keine schonenden Worte.

„Als ich zurückgekommen bin", begann Charlie schließlich zögernd, „habe ich Rosalie lange gesucht." Ermutigend nickte er ihr zu und sie sprach weiter: „Ich habe herausgefunden, wo sie wohnt ... aber ..." Stockend sah sie ihm in die Augen. Die Augen eines Jungen, nur wenig älter als sie selbst. Dann holte sie tief Luft. „Aber", sie legte eine Hand auf seinen Arm, „sie war kurz vorher gestorben."

Armans Gesicht wurde bleich, kurz zuckte ein Muskel an seinem Kiefer. Charlie verstand, damit hatte er nicht gerechnet. Wie auch. Zwar wusste er, dass die Zeit dort anders verlief als hier. Zu verstehen und zu begreifen, was es bedeutete, war jedoch eine ganz andere Sache.

Sie trat einen Schritt näher. „Es tut mir leid!"

Drei Worte, die niemals reichten, aber was sonst gab es? Was konnte sie tun? Hilflos sah sie zu, wie er sich wortlos umdrehte und davonging. Die Schultern hochgezogen, der Gang hölzern.

Charlie folgte langsam. Egal wie wenig Hilfreiches sie sagen konnte, sie konnte und wollte ihn damit nicht allein lassen.

Wie in Trance lief Arman auf die Koppel und sattelte seine Stute. Charlie beobachtete ihn. Seine Gesten waren sicher, sein Gesicht aber verriet ihn, er war in Gedanken ganz woanders. Bei Rosalie, die sich in der Menschenwelt schließlich in einen anderen verliebt hatte, in Charlies Großvater. Rosalie, die einen Sohn bekommen hatte, Charlies Vater. Rosalie, die schließlich gestorben war.

Arman zog den Sattelgurt fest und plötzlich ahnte Charlie, was er vorhatte: seinem Schmerz davonzugaloppieren. Auch wenn das nur eine kurze Ablenkung sein konnte. Für Arman musste Reiten etwas Ähnliches sein wie für Charlie ihr Tagebuch gewesen war, in dem sie Briefe an ihren Vater geschrieben hatte, um ihn nach seinem Tod nicht völlig loslassen zu müssen. Damit klarzukommen brauchte Zeit.

Mit einem Räuspern drehte sich Arman zu Charlie um. „Du kennst unsere neuen Pferde noch gar nicht, oder?", murmelte er und Charlie schüttelte den Kopf. Wenn er das Thema wechseln wollte, um nicht in seiner Trauer zu versinken, würde sie mitspielen.

„Meine Brüder und ich mussten ja ersetzt werden", erklärte er mit angestrengtem Lächeln. „Das hier ist meine Andromeda." Er kraulte seiner dunklen Stute die Mähne und deutete auf die anderen Tiere: einen Falben, eine Apfelschimmelstute mit langer Mähne, eine braune Stute mit schwarzer Mähne und eine Appaloosa-Stute mit lustigen dunklen Punkten im hellen Fell. „Das sind Orion, Auriga, Leonis und Cassiopeia."

Charlie nickte. Das passte. Sämtliche Pferde waren nach Sternen oder Sternenbildern benannt. Ob Arman die Namen zu Ehren seiner Sternenfee ausgewählt hatte? „Sie sind wunderschön."

Arman ließ den Kopf hängen und das Lächeln auf seinen Lippen erlosch. „Ich hatte ihr doch versprochen nachzukommen", brach es aus ihm heraus.

„Warum hast du es nicht getan?", wollte Charlie wissen.

Arman holte tief Luft. „Ich konnte meine Familie nicht wieder im Stich lassen. Auch nicht, nachdem Garwins Zauber gebrochen war."

Als spüre Andromeda seine Verzweiflung, legte sie sanft den Kopf an Armans Schulter. Traurig lächelnd drückte er dem Tier einen Kuss auf den Hals. „Sie verstehen mich noch immer."

Charlie streichelte sanft über Andromedas Nase. Sie fühlte sich Arman verbunden, doch ihr fiel keine Geste ein, kein Satz, der genau das ausdrückte. Also sah sie schweigend zu, wie er seine Jacke über den Sattel legte und aufstieg.

„War schön, dich wiederzusehen, Charlie." Er blickte ihr in die Augen. „Pass auf dich auf!" Langsam trabte er von der Koppel und den Hügel hinter dem Hof hinauf. Charlie schaute ihm hinterher. Ob er ein Ziel hatte oder einfach nur weg wollte? Gerade hatten sie sich erst wiedergetroffen und nun war sie sich nicht sicher, wann – oder ob – sie ihn wiedersehen würde.

In den vergangenen Monaten hatte sie sich immer wieder gewünscht, zurück in Namra zu sein. Nun aber fühlte sich hier alles so anders an als letztes Jahr. Die anderen fehlten ihr. Nils fehlte ihr. In ihrer Vorstellung waren sie gemeinsam zurückgekehrt.

Und Arman fehlte ihr auch, obwohl er gerade erst davongeritten war. Charlie kniff die Augen zusammen. Noch einmal drehte er sich zu ihr um, dann entfernte er sich weiter und weiter. Fast sah es aus, als triebe er Andromeda an, um so viel Entfernung wie möglich zwischen sich und seine Trauer zu legen. Doch wenn Charlie eines aus Erfahrung wusste, dann, dass das nicht funktionierte.

Trauer, Schmerz, Wut, all das saß in dir, egal wie schnell du auch versuchst, davor wegzurennen ...

Milena betrat das geräumige Turmzimmer, ohne einen Blick auf die Fenster zu werfen, die einen weiten Blick auf Namra boten. Zu sehr war sie auf die kleine Viole konzentriert, die sie in ihren zitternden Fingern hielt. Nur noch wenige Sekunden und sie wüsste, ob ihr Plan funktionierte. Nicht mehr lange und sie hätte den ersten Schritt getan, um zu bekommen, was ihr zustand.

Langsam durchmaß sie den Raum, ließ sich an dem ehrwürdigen Holztisch in dessen Mitte nieder und hielt die Glasviole aus der Kammer der Flüche in die Sonnenstrahlen, die durch die hohen Fenster fielen. Sie brachen sich an der öligen bläulich-schwarzen Flüssigkeit, als würde diese sämtliches Licht absorbieren.

Mit vorfreudigem Herzklopfen entkorkte Milena das Fläschchen. Die Wärme der Sonne, das flackernde Licht der Kerzen auf dem Tisch, der frische Duft der pinkfarbenen Clematis in den Pflanzentöpfen, die die Wand säumten, all das nahm sie nicht wahr.

Sie blendete all die Worte aus, die wie ein Echo durch ihre Erinnerung geisterten. Wollte nicht daran denken, was andere gesagt hatten, als sie das Erbe ihrer Mutter antreten wollte. Oh nein, nicht länger würde sie der Kakophonie aus Ablehnung, Herablassung und überheblichen Gemeinheiten zuhören. Sie hatte alles, was eine Hüterin ausmachte, und sie kannte einen Weg zu ihrem Ziel. Alles, was sie dazu benötigte, hielt sie hier, in ihrer Hand!

Milena würde sich nicht abhalten lassen. Nicht nach all dem, was sie geopfert hatte. Seit sie denken konnte, hatte sie auf ihr Ziel hingearbeitet, und nun war sie bereit, alles dafür zu tun! Alles!

Tief atmete sie ein, dann setzte sie die Viole an die Lippen und trank. Der erste Schluck schmeckte muffig, doch Milena gab nicht auf. Schon der zweite war nicht mehr so schlimm, der dritte lief leicht durch ihre Kehle. Schon hatte sie den gesamten Inhalt zu sich genommen, schüttelte die letzten Tropfen auf ihre Zunge und lächelte voller gespannter Erwartung.

Plötzlich entflammte ein scharfes Brennen in ihrem Magen. Milena atmete dagegen an. Das hier war ihre Entscheidung, also würde sie auch die Konsequenzen tragen! Der Raum wurde unscharf, die Sonnenstrahlen verloren ihre Kraft, die Farben der Blumen und des Wandteppichs hinter ihr verblassten gnädig vor ihren plötzlich übersensiblen Augen. In ihren Ohren rauschte es.

Dann wurde es plötzlich still. Sie hörte nur noch ihr heftig klopfendes Herz.

Vorsichtig richtete Milena sich auf und drehte sich lächelnd im Kreis. Der Raum dehnte sich vor ihren Augen, als wollte er ihr gefallen. Aus den Blumentöpfen, normalerweise mit den Lieblingsblumen ihrer Mutter bestückt, schlängelten sich nicht wie noch vor einigen Minuten gesunde grüne Pflanzen mit pinken und violetten Blüten. Stattdessen hing ein kraftloser, vertrockneter Strunk neben dem anderen tot nach unten. Milena nickte erleichtert. Sie hatte die Blumen nie gemocht. Ein Windhauch strömte durch eines der hohen Fenster, als lockte er Milena näher. Als wollte er sie auffordern, ihre Macht auszuprobieren.

Vorsichtig betrachtete sie ihre Arme. Ihre Adern pochten. Vor ein paar Minuten waren sie noch kaum sichtbar gewesen, nun traten sie schwarz hervor. Der Zauber hatte gewirkt!

Milena lief ans Fenster. Unheilversprechend hallten ihre Schritte von den Wänden wieder. Vor ihr erstreckten sich blumenübersäte Wiesen und der dunkelgrüne Wald, über dem die Sonne aus dem blauen Himmel strahlte. Das schwere Fenster quietschte, als sie es weiter aufzog, dann beugte sie sich hinaus. Jetzt würde sich zeigen, ob sie es geschafft hatte.

Schwer atmend streckte Milena langsam die Arme vor sich aus. Die dunklen Adern darauf sahen aus wie Schlangen, aber sie würde sich daran gewöhnen, sie vor anderen verheimlichen, das hier war nur der erste Schritt!

Eine neblig-schwarze Wolke strömte aus ihren Handflächen. Zunächst schien es, als würde sie nur den Turm einhüllen, dann breitete sie sich nach und nach aus. Immer weiter, immer gewaltiger, fast als könnte sie nun, da sie einmal losgelassen war, Nichts und Niemand aufhalten.

Milena traute sich kaum zu blinzeln, wollte keinen Moment

verpassen. Die Schattenwolke wurde groß und größer, legte sich über die Beete im Burggarten, breitete sich auf die die Burg umgebenden Wiesen aus und verdunkelte den Himmel von Namra.

Milena lachte auf. Sie hatte darüber gelesen. Aber keine Lektüre der Welt hatte sie auf dieses Gefühl vorbereitet: die Macht, die durch ihre Adern strömte, die Gewissheit, dass sie nun niemand mehr aufhalten würde. Die Befriedigung darüber, dass sie recht behalten hatte – und all die anderen nicht.

Charlie drehte überrascht den Kopf. Wolken verdüsterten plötzlich die Sonne, die Dämmerung kam viel zu schnell und als gehöre sie nicht hierher. Charlie verließ die Pferdekoppel und lief über die Wiese zum Lilientalhof. Sie hatte Arman und Andromeda hinterhergesehen, so lange sie Reiter und Pferd in der untergehenden Sonne ausmachen konnte. Doch nun war nicht nur Arman sondern auch die Sonne verschwunden. Was war hier los?

Ein trockenes Knistern riss sie aus den Gedanken. Es klang zeitgleich nach Flammen, Rauch und irgendwie flüssig. Überrascht lauschte sie. Da. Da war es schon wieder. Vorsichtig ging sie dem Geräusch nach und erstarrte, als sie die beiden Bäume erreichte, in deren Schatten Nils und sie letztes Jahr gelegen hatten.

Zwischen den Stämmen breitete sich behäbig eine ölige schwarze Masse aus. Sie floss träge über Grashalme, begrub mit zischendem Blubbern Gänseblümchen unter sich. Was eben noch lebendig und blühend gewesen war, verschwand unter der teerartigen Flüssigkeit.

Automatisch trat Charlie einen Schritt zurück. Dann noch

einen. Und dann drehte sie sich entsetzt um und begann zu rennen.

Schon von Weitem sah sie Tarik, Mick, Lore, Rona, Tami und die beiden Neuen auf dem Hof und lief schneller. Namra war in Gefahr, da war sie sie sich sicher.

Außer Atem erreichte Charlie den Hof. Sie hörte Tarik davon erzählen, dass er endlich bald wieder seine Eltern sehen würde, Rona klopfte ihm erfreut auf die Schultern, Tami umarmte ihn. „Da vorne!", unterbrach Charlie den gefühlvollen Moment nach Luft schnappend. „Das müsst ihr euch ansehen!"

Sämtliche Köpfe fuhren hoch. In nur zwei Schritten war Mick bei ihr. „Was ist los?"

Charlie hielt sich die stechende Seite und deutete hinter sich. „Kommt mit, schnell!"

Und schon eilte sie zurück, führte die anderen an die Stelle zwischen den Bäumen. Das ölige Schwarz hatte sich weiter ausgebreitete, floss entgegen aller Wahrscheinlichkeit die Baumstämme hinauf.

Tarik beobachtete das verwundert und beugte sich vor. Tami trat näher und wurde von Rona zurückgerissen. „Tami, nicht! Das ist schwarze Magie!" Mit zitternden Fingern öffnete Rona ein Buch, das sie unter ihren Arm geklemmt hatte.

Lore sah ihr über die Schulter. „Namras dunkle Zeit?", las sie überrascht. Rona nickte und blätterte weiter. „Hier steht es." Ernst sah sie ihnen nacheinander in die Augen. „Sieben Tage und sieben Nächte ward kein Hüter erkoren, das Gleichgewicht, das den Tag hell und die Nacht dunkel macht, gab es nicht mehr. Das Dunkel überzog allmählich das Morgenlicht, die Mittagssonne und die Abenddämmerung. Es drohte, ewig

Nacht zu bleiben. Erst als ein neuer Hüter ernannt ward, waren Licht und Dunkel wieder eins."

Nur das seltsam knisternde Schmatzen des sich ausbreitenden Schattens war zu hören, als alle Rona fragend anblickten.

„Was bedeutet das?", flüsterte Lore schließlich voller Angst.

Rona schob ihre runde Lesebrille auf die Nasenwurzel, schluckte und schloss ihr Buch. „Der Text bezieht sich auf etwas, das über tausend Jahre her ist", versuchte sie, alle zu beruhigen. „Und soweit ich weiß, war es das erste und einzige Mal, dass kein Hüter ernannt wurde."

Doch Lore erkannte sofort, was Rona nicht aussprach: „Bis jetzt!"

Niemand sagte ein Wort. Mick ging in die Hocke und besah sich den öligen Schatten. Charlie beobachtete ihn. Kam es nur ihr so vor oder vermied er es, sie alle anzusehen? Ahnte er etwas, was er nicht sagen wollte? Sie hockte sich neben ihn. „Soll das heißen, dass es wieder einen Fluch gibt?"

Tarik seufzte laut auf. „Nee, oder? Hat Garwin noch nicht genug?!"

Mick räusperte sich. „Nein", widersprach er. „Garwin hat sich geändert. Das hier sieht eher nach einem Schattenzauber aus." Er kniff die Augen zusammen, stand auf und drehte sich weg. Doch Charlie ließ nicht locker. „Was ist ein Schattenzauber?"

„Er verbreitet Dunkelheit." Mick deutete auf die ölige Flüssigkeit. „Alles, was mit ihm in Berührung kommt, wird ausgelöscht."

Automatisch traten alle einen Schritt zurück. Nur Charlie blieb stehen, wo sie war. War das der Grund, warum Namra sie zurückgeholt hatte?

Unsicher sah sie Mick an. „Kann das Sternenlicht vielleicht dagegen helfen?“ Zu Hause waren ihre magischen Kräfte, die Kräfte der Sternenfee, verschwunden gewesen. Hier aber waren sie womöglich wieder da?

Mick verzog keine Miene, fast sah es aus, als wäre er meilenweit entfernt. Rona aber trat zu Charlie. „Es könnte die Dunkelheit überstrahlen“, sagte sie mit einem Nicken und sah Charlie hoffnungsvoll an.

Charlie kniete sich ins Gras. Sie war sich der Blicke der anderen mehr als bewusst. Unter Druck streckte sie ihre Hände nach vorne und konzentrierte sich. Es war in Ordnung, dass sie zu Hause nicht die Sternenfee war, doch jetzt und hier musste doch irgendetwas passieren, oder?

Ein Licht, wie es vor einem Jahr durch sie hindurchgefahren war. Es hatte ihr dabei geholfen, Arman zu retten und den Zauberer Garwin auszuschalten. Sie hatte lernen müssen, damit umzugehen, aber es war immer da gewesen, wenn sie es gebraucht hatte! Charlie schloss die Augen. Strengte sich an. Nur ein kleiner Lichtstrahl. Ein kleines Sternenlicht, um das Schwarz zurückzutreiben. Sie streckte die Handflächen in Richtung des dunklen Zaubers ...

Nichts geschah. Gar nichts. Kein Licht, kein Blitzen, nichts. Charlie biss die Zähne zusammen. Sie bemerkte Lores besorgten Blick und stand frustriert auf. „Ich weiß nicht, was ich falsch mache, aber seit letztem Jahr geht das Licht nicht mehr.“

Einen Moment sagte niemand ein Wort. Mussten sie auch nicht, Charlie wusste auch so, was sie dachten: Sie war nutzlos! Ihr Sternenlicht war verschwunden und sie hatte keine Ahnung, wohin und wieso. Sie drehte den anderen den Rücken zu, wollte ihre Enttäuschung nicht sehen. Lores nächste Worte trafen sie schwer. „Ich denke", fand sie, „ihr solltet zurück!"

Charlie fuhr herum. War das ihr Ernst? Auch wenn Rona nicht ganz überzeugt wirkte, sie nickte ihrer Schwiegertochter zu. Tami seufzte traurig. Tarik zuckte mit den Schultern, als wollte er sagen: „Was bleibt uns sonst übrig?"

Und schon bat Lore Mick, Charlie, Tarik, Dimitri und Jenny so schnell wie möglich zum Tor zu geleiten. Charlie ballte die Fäuste. Sie sollten gehen? Jetzt, da klar war, dass sie gebraucht wurden, wenn auch nicht, wie? Aber Lore hatte ja recht. Was konnte sie, Charlie, schon helfen, ohne das Licht der Sternenfee? Was, wenn es mit Rosalie gestorben war, wenn Charlie ohne ihre Großmutter keinen Zugriff mehr darauf hatte?!

Nur wenig später folgte sie den anderen frustriert. Auch wenn ihre Kräfte sie vorhin im Stich gelassen hatten, irgendwie glaubte Charlie trotzdem: Sie wurde hier gebraucht. Viel mehr als in der Menschenwelt. Sie gehörte hierher. Sie hatte eine Aufgabe.

Die anderen sahen so fröhlich aus, offensichtlich hatten sowohl Dimitri, Jenny, als auch Tarik dort draußen etwas, auf das sie sich freuten, das auf sie wartete. Nur Charlie war sich dessen nicht so sicher. Natürlich war da ihre Familie. Nils? Nicht mehr.

KAPITEL 5

Charlie ahnte es nicht, doch sie war nicht die Einzige, die dem baldigen Abschied von Namra mit Unbehagen entgegensah. So schräg Jenny es hier fand, eigentlich war es ganz nett gewesen. Niemand erwartete etwas von ihr, niemand ging davon aus, dass sie zu blöde für irgendetwas war. Und die Pferde waren auch ein echtes Plus. Irgendwie nett, die Viecher. So groß und warm, ganz ohne Hintergedanken freundlich.

Missmutig stapfte sie neben Dimitri den Weg in Richtung Tor entlang. Irgendetwas verschwiegen die Erwachsenen ihnen – typisch. Vorsichtig warf sie Dimitri einen Blick zu, doch der schien in seinen eigenen Gedanken versunken. Er hielt seinen Geigenkasten an die Brust gedrückt, die Finger seiner linken Hand vollführten dabei irgendwelche Griffe. Jede Wette war der im Kopf schon bei seinem nächsten Vorspiel.

Da kam das große, gusseiserne Tor in Sicht. Eigentlich verrückt. So ein Tor mitten in der Natur. Daneben schmiegten sich Büsche und Bäume, aber wer wollte, könnte auch einfach rechts oder links durchs Unterholz. Also wozu das Ganze?

Tarik vor ihr legte einen Zahn zu, Charlie dagegen wurde immer langsamer. Blondie und ihr Obernerd wussten sicher auch mehr als Dimi und sie selbst. Voll ungerecht, das Ganze! Und als könnte sie Gedanken lesen, drehte Charlie sich nun auch noch zu Jenny und Dimi um. Vermutlich, um sicherzugehen, dass sie auch brav hinterhertrotteten?!

Jenny lag falsch, Charlie wollte sichergehen, dass die beiden Neuen sie nicht hörten. Denn je näher sie dem Tor kamen, desto unruhiger wurde sie. Sie konnte nicht gehen, ohne noch einmal zu versuchen, Mick umzustimmen! „Dieser seltsame Sturm, dass wir plötzlich hierher gebeamt wurden und dann auch noch dieser Schattenzauber", drängte sie. „Vielleicht hängt das alles zusammen?"

Tarik winkte ab. „Oder es war nur ein doofer Zufall?"

Von seiner Seite war offenbar keine Hilfe zu erwarten. Charlie verstand ihn, er wollte zu seinen Eltern, logisch, nur übersah er dabei das Auffälligste.

„Namra und Zufälle?" Sie schüttelte den Kopf und drehte sich zu Mick. „Hast du irgendeine Erklärung dafür, wieso dieser Schattenzauber gerade jetzt auftaucht?"

Vorhin hatte er einen Moment so ausgesehen, als ahne er etwas, über das er nicht sprechen wollte. Also könnte sie ihn vielleicht überzeugen, dass ihr Hiersein einen Sinn hatte?

Mick räusperte sich unwohl. „Möglicherweise hängt es damit zusammen, dass Namra zurzeit keinen Hüter hat." Mehr gab er nicht preis, ja, er sah Charlie nicht einmal an.

Als Tarik nun seine Schritte beschleunigte, hakte sie nach: „Muss man dann nicht einfach dafür sorgen, dass Namra einen neuen Hüter bekommt?"

Doch Mick deutete nur nach vorne und drehte sich zu Jenny und Dimitri um. „Wir sind da", erklärte er.

Charlie zog hilflos die Schultern in die Höhe. Am liebsten wollte sie umdrehen, alles in ihr schrie, dass es falsch war, jetzt zu gehen. Sie hatte sich nicht einmal von Arman verabschiedet! Warum sah Mick nicht, dass es nur Namra gewesen sein konnte, das sie hierher geholt hatte, wenn er es nicht gewesen war? Denn ansonsten wäre doch nicht auch Tarik zeitgleich hier aufgetaucht.

Dieser schulterte bereits sein Gepäck und zog Charlie in eine Umarmung. „Ciao und wir sehen uns …"

Charlie drückte ihn kurz, sie wusste, sie konnte ihn nicht aufhalten, nicht ohne einen wirklichen Beweis ihrer Theorie. Schweren Herzens sah sie zu, wie er sich von allen verabschiedete und nach dem Knauf griff, während Jenny und Dimitri hinter ihn traten. Er versuchte, das Tor aufzuziehen. Dann begann er, daran zu rütteln. Doch das Tor blieb verschlossen.

Und plötzlich entflammte in Charlie ein kleiner Funke Hoffnung! Auch letztes Jahr hatte Namra sie nicht gehen lassen, weil sie gebraucht wurden. Vielleicht war das der Beweis, den sie nötig hatte?

Als nun auch Mick sein Glück mit dem Tor versuchte, trat sie aufgeregt vor. „Das muss ein Zeichen sein, dass wir nicht einfach so hier sind, sondern um zu helfen."

Tarik zögerte. Mick gab noch immer nicht auf. Und Jenny tat das, was Charlie, Tarik und ihre Freunde letztes Jahr bereits umsonst versucht hatten: Sie schob sich beherzt durch das Gebüsch daneben, nur um wenige Sekunden später auf der anderen Seite wieder aufzutauchen.

„Alter, was geht? Habt ihr das gesehen?" Jenny war baff. „Voll so 'nen Dings … hier … Attrappe, oder was?"

Dimitri schüttelte den Kopf. „Was soll das denn heißen?"

Und endlich nickte Tarik, wenn auch nicht begeistert. „Dass wir nicht wegkommen!", seufzte er frustriert.

„Entschuldigung, können Sie uns bitte sagen, was hier los ist?" Dimitri war stocksteif zu Mick getreten. Und Charlie hielt die Luft an. Es wurde Zeit, dass die Neuen ein paar Dinge erfuhren. Micks zögerndes „Namra ist kein gewöhnlicher Ort ..." würde allerdings nicht reichen. Nicht, wenn sie aus einem guten Grund hier waren und es ein Abenteuer zu bestehen galt!

Da drehte sich Mick um. „Ich bringe euch zurück!"

Und schon lief er gefolgt von Jenny und Dimi voran. Perplex starrte Charlie ihm nach. Anstatt den beiden Neuen dabei zu helfen, sich mit den Sonderbarkeiten von Namra zurechtzufinden, wollte er das Lore und Rona überlassen? Seltsam! Hatte er etwas Besseres zu tun?

Tarik neben Charlie ließ die Schultern hängen. „Warum?", seufzte er tief. „Ausgerechnet jetzt?"

Seit vier Jahren hatte er seine Eltern nicht mehr gesehen. Ihr Abschied damals war ein hektischer gewesen: detonierende Bomben, schreiende Menschen auf den Straßen, sein Onkel, der ihn drängte, sich zu beeilen. Tarik war zu jung gewesen, die politische Situation in seiner Heimat einzuschätzen. Oder zu verstehen, warum seine Eltern der Meinung waren, er solle ohne sie nach Deutschland gehen. Doch an das tränennasse Gesicht seiner Mutter erinnerte er sich gut. Daran, dass sein Vater sie stützen musste, als sie weinend zusammenbrach und ihn zu seinem Onkel schob. Der hatte Tarik aufheben und hinaustragen müssen, sonst wäre er nicht gegangen. Der letzte Blick zurück hatte seine Eltern auf dem Boden kniend gezeigt, wie sie sich aneinander klammerten. Sie sahen ihm nach, die Gesichter von Schmerz verzerrt, unsicher, ob sie sich jemals wieder sehen würden.

Mit Tränen in den Augen starrte Tarik auf das Tor, das nun zwischen ihm und seinen Eltern stand. Da legte sich vorsichtig eine Hand auf seine Schulter. Charlie. „Wie lange hast du deine Eltern nicht mehr gesehen?"

Tarik wischte sich über die Augen. „Schon 'ne Weile her." Er hörte, wie kratzig seine Stimme klang.

„Wenn die Zeit draußen wieder stehen bleibt, solange wir hier sind", versuchte Charlie, ihm Mut zu machen, „kannst du sie immer noch abholen, wenn sie ankommen."

„Kann aber auch sein, dass 30 Jahre vergehen." Deprimiert drehte er sich um und machte sich auf den Weg in Richtung des Lilientalhofes. Es gab nichts, was er tun konnte. Außer zu hoffen, dass Charlie recht hatte. Damit, dass die Zeit stehen blieb, und damit, dass es einen verdammt guten Grund gab, weshalb sie hier festsaßen.

Die Arme um sich geschlungen, stand Milena vor dem Buchregal. Die Pflanzen daneben ließen matt die vertrockneten Stängel hängen. Alle Farbe war aus ihren Blüten gewichen. Gut so. Das strahlende Pink hatte in Milenas Augen geschmerzt, als würde es sie verhöhnen.

„Magst du Blumen überhaupt?", hatte das Orakel von ihr wissen wollen – was für eine dämliche Frage! Milena kannte jede Einzelne der namrischen Pflanzen, sowohl die botanischen Namen, als auch ihre Bezeichnungen in diversen Sprachen. Sie wusste, welche gefährlich waren und welche heilend. Sie kannte die Lieder und Sagen sämtlicher Einwohner auswendig, hatte sich mit der Geschichte der namrischen Völker beschäftigt, wusste Bescheid über Konflikte wie den noch immer schwelenden zwischen Hubbeldies und Schwubbeldies. Und niemand wusste so viel über die Gleichgewichts-Lehre von Licht und Schatten wie sie. Ohne dieses Wissen wäre sie auch kaum fähig gewesen, diesen Weg einzuschlagen.

Und deshalb war sie nun auch die Einzige, die Namra retten

konnte. Natürlich gegen einen Preis. Oder besser: im Austausch für das, was ihr zustand! Ob sie Blumen mochte – so eine Frage konnte nur jemandem einfallen, der keine Ahnung davon hatte, um was es hier eigentlich ging.

Wie geschockt sie alle ausgesehen hatten, als Milena am Tag der Ernennung dem Orakel den Blumenumhang aus der Hand gerissen hatte ...

Hatten sie etwa vergessen, wie viele Jahre sie sich vorbereitet hatte? Wie viel Zeit sie hier in diesem Raum verbracht hatte, gelesen, memoriert, auswendig gelernt, tagein, tagaus, in dem Wissen, sie würde das alles einmal brauchen.

Während andere Kinder ihres Alters draußen spielten, hatte sie sich über staubige Bücher gebeugt, gelernt, gelernt, gelernt. Und jetzt sollte das alles nicht reichen?

Ihr Bruder hatte sich schon schnell selbstständig gemacht, war draußen herumgestreift, hatte wer weiß was getan, Beeren gepflückt, mit Schmetterlingen getanzt und die Menschenwelt besucht.

Langsam zog sie eines der Bücher hervor, wog es einen Moment in der Hand. Dann schleuderte sie es grimmig in die Mitte des Raumes. Ja, das tat gut. Sie nahm das nächste und übernächste, dann riss sie eine Reihe nach der anderen aus dem Regal. Umschläge knickten, Seiten zerrissen, doch es reichte nicht.

Wütend hob sie die Arme und drehte die Hände in die Mitte des Raumes. Das Schwarz ihrer Adern pulsierte im Rhythmus ihrer Wut – nur eine kleine Geste in Richtung des Bücherhaufens und schon flossen Schatten aus ihren Handflächen.

Sekunden später war nur noch ein Haufen glühender Asche von dem gesammelten Wissen übrig. Ein heftiger Windstoß fuhr durch den Raum und wirbelte die Aschepartikel durch die Luft.

Milena lächelte zufrieden, da hörte sie in der Ferne ein Pferd wiehern. Sie richtete sich auf. Ihre Augen funkelten böse. Wer auch immer das war, sie würde sich von nichts und niemandem aufhalten lassen!

KAPITEL 6

Charlie saß nachdenklich am Fenster des ersten Stockes und blätterte in dem Buch ihrer Großmutter. Sie war sich sicher, auch irgendwo über den Schattenzauber gelesen zu haben. Aber bisher hatte sie das Kapitel nicht gefunden. Ihre Gedanken wanderten zu Mick. Vorhin war er so eilig davongeritten, als ob er sich Sorgen machte.

Charlie ließ den Blick über die den Hof umgebenden Wiesen und Weiden schweifen, dann schlug sie seufzend die nächste Buchseite auf und bückte sich überrascht, als etwas zu Boden fiel: ein Fotostreifen.

Hier hatte sie den also aufbewahrt ... Nils und sie strahlten übermütig in die Kamera. Ihr Lachen war echt und breit. Auf dem letzten der Bilder küssten sie sich. Nur wenige Wochen waren die Aufnahmen her ...

Als es klopfte und Tarik Sekunden später den Kopf durch die Tür streckte, hielt sie die Fotos immer noch vor sich. Tarik erhaschte einen Blick darauf und ließ sich neben sie sinken. „Alles okay bei dir und Nils?"

„Geht so."

Um nicht darüber reden zu müssen, stand sie auf und lief auf den Balkon, blätterte durch das Buch. „Irgendwo hat Rosalie etwas über schwarze Magie geschrieben, aber man kann es kaum lesen."

„Hm." Tarik nickte nachdenklich und tat, was er am besten

konnte: Informationen sondieren. „Okay“, begann er, „was wissen wir: Dieses schwarze Etwas ist aufgetaucht und verseucht Namra.“

„Kurz nachdem das Orakel keinen neuen Hüter ernannt hat“, fiel Charlie ein und sah, wie ihn eine Idee durchzuckte.

„Wir könnten zum Orakel gehen“, schlug er vor.

Charlie zögerte. Die letzten Treffen mit der seltsamen weiß gekleideten Frau mit dem mysteriösen Lächeln waren nicht nur positiv gewesen. Das Orakel kannte kein Mitleid. Es handelte nach strikten eigenen Regeln. Wie gefährlich die sein konnten, hatte Patrizia am eigenen Leibe erfahren, als sie beinahe versteinert und vom Nebel verschluckt worden war.

Tarik allerdings schien von seiner Idee überzeugt. „Vielleicht kann es auch das Tor wieder öffnen?“

Charlie gab sich einen Ruck. Tarik hatte recht. Egal wie zwiespältig ihre Erfahrungen mit dem Orakel waren, sicherlich wusste es etwas über den Schattenzauber. Mick vertraute sich ihnen nicht an, Rona und Lore suchten nach Lösungen, kannten aber keine und Dimitri und Jenny waren neu hier und hatten sowieso keine Ahnung. Dementsprechend blieb nur das Orakel.

Charlie schlug Rosalies Buch zu und nickte. „Wir müssen es versuchen.“

Entschlossen holten sie sich Sättel und Zaumzeug aus dem Stall und liefen zur Pferdekoppel. Blieb zu hoffen, dass sie den Weg zum Orakel ein weiteres Mal finden würden.

Charlie stellte sich ruhig mitten zwischen die Tiere und lächelte Tarik an. „Wir müssen wieder abwarten, bis sich eines der Pferde für uns entscheidet.“ Dann schloss sie die Augen. Das letzte Mal hatte es auch funktioniert. Charlie unterdrückte ein Lächeln. Das letzte Mal … hatte Arman in Pferdegestalt über das Gatter gesetzt und sie ausgewählt. Das Pferd, das Tarik für sich auserkoren hatte, hatte ihm dagegen zunächst gar nicht gefallen. Es war verhältnismäßig klein, aber wunderbar gut gelaunt und lustig gewesen.

Charlie konzentrierte sich. Sie hörte Tarik hinter sich „Das ist echt eso-mäßig“ grummeln, dann näherte sich langsam das dumpfe Geräusch von Hufen. Das folgende Schnauben war warm und dicht an ihrem Ohr und als sie die Augen öffnete, stupste sie die Apfelschimmel-Stute mit der langen Mähne an, als wollte sie sagen: „Können wir endlich los?“

Behutsam streichelte Charlie ihr über die Nüstern. „Hallo. Du bist Auriga, oder?“ Ein Wiehern war die Antwort. Auch Tarik öffnete die Augen. Als er sich suchend umblickte, wälzte sich ein kleines Pony nur wenig von ihm entfernt erfreut im Gras und schien ihn anzulachen. Tarik verdrehte die Augen.

„Oh nee“, seufzte er aus tiefstem Herzen, „nicht schon wieder so ein Zwergpferd!“

Charlie musste kichern und deutete hinter ihn. „Dreh dich mal um.“

Erst jetzt bemerkte er, dass direkt hinter ihm Orion stand, der große Falbe. Den Hals neugierig vorgereckt, sah er Tarik auffordernd an.

„Ha!“ Tarik grinste. „Schon besser!“ Mit federnden Schritten lief er zum Zaun und schnappte sich den Sattel, dann sah er Orion noch einmal ernsthaft in die Augen. „Aber gib mir ’n Zeichen, wenn du wieder ein verzauberter Typ bist, ja?“

Charlie prustete los. Während sie Auriga sattelte, warf sie einen Blick zurück auf den Hof der Lilientals. Wie wohl die beiden Neuen mit den Informationen über Namra klarkamen?

Jenny ließ die Füße vom Rand des Brunnens baumeln. Ihr Kopf brummte. Rona und Lore hatten ihr und Dimi gerade erzählt, was es mit Namra auf sich hatte: Feen, Magie, die Zeit, die hier anders verging, und letztes Jahr waren die in Pferde verwandelten Söhne des Hofes von Charlie und ihren Freunden erlöst worden. Wie crazy war das denn?

„Na, ich wusste schon immer, dass es Magie gibt", fand sie und warf Dimi einen scheelen Blick zu. Der hielt er sich ein Notenblatt vor die Nase und studierte es derart aufmerksam, als mache das mehr Sinn als alles, was er in den letzten Minuten gehört hatte. Oder aber, als müsse er sich auf etwas konzentrieren, das er kannte, um nicht durchzudrehen.

Jenny schnipste einen Kiesel ins Wasser. Noch immer keine Reaktion. Sie beugte sich vor ihn. „Jetzt check ich auch, warum die hier alle so mittelaltermäßig drauf sind. So ohne Internet und so. Ey, wenn ich das meinen Leuten zu Hause erzähle, voll krass!"

Dimi drehte sich weg. „Dass du das auch noch glaubst ..."

Jenny starrte ihn an. Das vorhin am Tor war doch megaverrückt gewesen!

Doch Dimi sah das offenbar anders. „Denk doch mal nach, warum wir hier sind", schnaubte er auf. „Das ist bestimmt eine pädagogische Maßnahme."

Jenny blinzelte. Hmmm. Richtig. Noch vor ein paar Stunden hatte sie selbst geargwöhnt, dass sie in einer Reality-Show gelandet waren.

„Wahrscheinlich sollen wir hier Grenzerfahrungen machen", fuhr er fort. Jenny nickte langsam. Sie musste zugeben, das war eine bessere Erklärung als Zauberer und Zwerge! Also war das alles nichts weiter als ein verrückter Test?

Als Rona aus dem Haus trat und ihnen zwei leere Körbe mit der Bitte in die Hände drückte, ein paar Kräuter zu sammeln, setzte Jenny ihr vorbildlichstes Lächeln auf. Rona hielt ihr ein Bündel Irgendwas-Stängel entgegen, die wie die Miniaturausgabe von Petersilie aussahen.

„Das ist Siebenmooskraut", erklärt sie ernsthaft. „Mein Vorrat geht fast zu Ende und ich will versuchen, ein Mittel gegen den Schattenzauber anzumischen."

Da war es wieder – der Schattenzauber. Während Dimi auf seine Noten starrte, blieb Jenny voll in ihrer Rolle. Diesen Test würde sie so was von super überstehen! „Na klar, voll gerne." Sie lächelte übertrieben breit. „Wo wächst das Zeug denn?"

Dimitri sah Jenny überrascht hinterher, als sie Rona voller Elan folgte. Eines war klar, egal mit welchen verrückten Informationen man sie auch immer überschüttete, Jenny passte sich an. Er stand auf und rannte den beiden hinterher.

Rona zwinkerte ihm zu. „Na, wenn Jennys Ehrgeiz anhält, rupft sie mir noch die ganze Wiese leer!"

Und plötzlich war er sich nicht mehr so sicher, ob in den seltsamen Geschichten über Namra nicht doch ein bisschen Wahrheit steckte. Ronas Augen strahlten ehrlich. Und hatte nicht auch Dimitris Oma immer behauptet, dass in jedem Gute-Nacht-Märchen ein wahrer Kern steckte? Manchmal mehr, manchmal weniger? Nachdenklich lief er neben Rona und Jenny zur Wiese.

Das Siebenmooskraut war allerdings nicht so einfach zu entdecken wie vermutet. Es wuchs versteckt zwischen anderen Gräsern in der Nähe der Pferdekoppel. Auf dem Boden kniend suchte Dimitri das Gras danach ab.

Kaum war Rona wieder im Haus verschwunden, bemerkte

er im Augenwinkel, wie Jenny über den Zaun zu den Pferden kletterte. Ihr amüsiertes Lachen ließ ihn aufsehen. Jenny deutet auf ein graues Pferd mit sonderbaren schwarzen Punkten. Es sah wirklich lustig aus: Sein Schopf war kurz und völlig gerade abgeschnitten worden.

„Guck mal", nahm Jenny ihn hoch, „noch so ein Streber. Der hat den gleichen Pony wie du. Ihr zwei versteht euch bestimmt voll super."

Dimitri verdrehte die Augen und zupfte die nächsten Stängel Siebenmooskraut. Wenn er in einem wirklich gut war, dann darin, Menschen, die sich über ihn lustig machten, zu ignorieren. Sein Korb füllte sich. Auch in Jennys lagen etliche grüne Halme. Und gelber Löwenzahn. Und Klee, Wurzeln und irgendwas, das aussah wie ein paar frisch gerupfte Baumblätter.

Kopfschüttelnd ließ sich Dimi auf seine Fersen sinken. „Jenny! Du hast überhaupt kein Siebenmooskraut gesammelt, nur Unkraut!"

„Und? Sieht doch fast genauso aus."

Entnervt drehte Dimitri ihr den Rücken zu und suchte weiter nach dem Kraut. „Kann mich bitte jemand von dieser Person erlösen?", murmelte er dabei leise.

Jenny warf ihm einen tödlichen Blick zu. Sie hatte genau gehört, was er da gerade gesagt hatte. Dieser Streber mit der bekloppten Frisur musste dringend ein bisschen aufgelockert werden!

Grinsend zog sie einen Filzer aus der Tasche, den sie normalerweise zum Taggen von U-Bahnfenstern nutzte. Hier allerdings gab es keine U-Bahnen oder Mauerreste, auf denen man sich verewigen konnte. Also galt es, der Fantasie freien Lauf zu lassen.

Ein paar schnelle Striche und Jenny war so weit. „Hey Dimiboy“, trällerte sie und deutete auf ihr Werk. „Guck mal!“

Dimitri blickte auf und stockte fassungslos, als er die Flanke des grauen Pferdes sah. Mit großen Buchstaben hatte Jenny seinen Namen auf das Fell geschrieben. „Mach das sofort weg!“

Jennys Grinsen wurde breiter. „Upsi, wasserfest.“

Sauer schnappte sich Dimi seinen Korb. „Du bist echt krank!“

Kopfschüttelnd stapfte er davon. Jenny drehte sich zu den Pferden. Boah, war der unentspannt! Das lustige graue Pferd war doch eh schon gepunktet, da fielen so ein paar Buchstaben kaum auf! Nun trabte es auf die andere Seite der Koppel und begann wieder zu grasen. Auf dem Hinterteil konnte man noch das I von Dimitri erkennen. Jenny zog die Stirn kraus. Sah voll super aus! Dieser Dimitri hatte einfach keine Ahnung!

Da stupste eine weiche Schnauze gegen Jennys Schulter. Überrascht wirbelte sie herum. Zutraulich beugte sich eine braune Stute mit einem weißen Stern auf der Stirn zu ihr. Ihre Augen schienen Jenny anzulachen. Offenbar nahm sie Jenny ihre kleine Schreibeinlage nicht krumm. Als sie nun vorsichtig schnaubte, bewegten sich Jennys Hände wie von selbst. Vorsichtig ließ sie die Stute erst an ihren Fingern schnuppern, dann legte sie die Handflächen auf das seidige Fell und begann ihren Hals zu streicheln. Ganz warm fühlte es sich an unter Jennys Fingerspitzen.

„Hey.“ Jenny beugte sich nach vorne. „Wer bist du denn?“ Wie zur Antwort neigte das Pferd den Kopf zur Seite und stupste Jenny erneut an. Jenny musste lächeln.

„Also, ich bin J-Nifah“, stellte sie sich vor, „oder Jenny … wie du magst.“ Normalerweise bestand Jenny auf ihrer Streetcredibility und ihrem Tagnamen, doch hier und jetzt schien das völlig unnötig. Die dunklen Augen des Pferdes sahen sie ruhig an, es blinzelte. Für solche Wimpern würden einige ihrer Mädels zu Hause killen!

Und bevor sie sich versah, hatte Jenny auch schon beide Arme um den Hals des Pferdes geschlungen, lehnte die Wange an das Fell und schloss die Augen. Sie fühlte sich plötzlich so ruhig, vollkommen geborgen, als wäre alles möglich. Als müsse sie nichts behaupten, sondern dürfte einfach sein und es reichte.

Charlie und Tarik zügelten ihre Pferde. Das Orakel zu finden, war nicht weiter schwierig gewesen. Nur unweit von der Stelle, an der sie sich das letzte Mal gesehen hatten, hatte die weiß gekleidete, merkwürdig alterslose Frau mit dem unschuldig scheinenden Lächeln ein ebenso ausladendes wie seltsames Spielfeld aufgebaut: Zwischen den Bäumen im Wald hingen weiße und schwarze Kugeln an langen Seilen von Ästen und bewegten sich im Wind. Genau in der Mitte stand eine Halterung und darauf war eine Pyramide silberfarbener Kugeln aufgestapelt.

Charlie kniff die Augen zusammen. Das Ganze erinnerte sie an eine seltsame Art von Schach, Dame oder Backgammon. Vor sich hinsummend inspizierte das Orakel die silbernen Kugeln und drehte sich einmal im Kreis. Auch diesmal waren seine Mundwinkel zu einem fast kindlich fröhlichen Lächeln verzogen. Doch wer glaubte, dies hätte mit irgendeinem Gefühl zu tun, würde schwer enttäuscht werden.

Selbst als sich letztes Jahr ein kleiner Zwerg für Patrizia geopfert hatte und im auslöschenden Nebel verschwunden war, hatte das Orakel weiter vor sich hingelächelt – eisig. Für das

Orakel gab es kein Mitleid oder Gefühl, nur das Richtige und das Falsche.

Vorsichtig näherten sich Charlie und Tarik. „Hallo", grüßte Charlie. „Erinnerst du dich an uns?" Das Orakel drehte sich um, keinerlei Überraschung war zu erkennen, als es freundlich nickte. „Aber natürlich. Ich habe euch schon erwartet."

In Charlie rumorte es, erwartet? „Hast *du* uns zurückgeholt?"

„Ich?" Das Orakel schüttelte unschuldig den Kopf. „Nein."

Zu mehr ließ es sich nicht hinreißen. Aber nun gut, Orakel waren nun mal orakelhaft – man musste schon die richtigen Fragen stellen, um eine Information zu erhalten. „Weißt du, wer hinter diesem Schattenzauber steckt?", hakte Charlie also nach.

Geschmeidig glitt das Orakel in die Mitte des Spielfeldes. „Das sag ich euch erst, wenn ihr gegen mich gewinnt." Damit überprüfte es die aufgestapelten metallenen Kugeln das letzte Mal und begab sich an den Rand des Feldes.

Charlie atmete tief ein. Nun gut!

Entschlossen konzentrierte sie sich auf das Feld vor ihnen. Was für ein Spiel war das hier genau? Tarik hatte den Kopf schräg gelegt und nickte, als erkenne er ein System. Er klopfte Charlie auf die Schulter. „Lass mich das regeln."

Im Gegensatz zu ihr schien er begriffen zu haben, um was es sich handelte. Aber vielleicht hatte das alles auch mit Physik zu tun?

Nun stellte er sich auf die gegenüberliegende Seite des Spielfeldes. „Sind wir weiß oder schwarz?", wollte er wissen. Das Orakel kicherte. „Schwarz natürlich."

Fachmännisch betrachtete Tarik die Spielsituation und entschied sich für einen Zug. Gezielt ließ er eine dunkle Kugel an ihrem Seil nach vorne schwingen. Diese stieß erst eine, dann eine zweite der weiteren, still herabhängenden Kugeln an, versetzte sie in Bewegung und brachte damit eine der Kugeln der Pyramide zu Fall. Das sah nach einem Punkt aus! Charlie warf ihm einen stolzen Blick zu.

„Hm", befand das Orakel unbeeindruckt, „über drei Winkel!" Damit griff es nach einer vor ihm hängenden weißen Kugel, besah sich die Konstellation, durchdachte seinen Zug und fegte mit einem direkten Stoß die nächste der Pyramidenkugeln herab.

Stoß für Stoß traten es und Tarik gegeneinander an. Langsam begriff Charlie die Regeln und war froh, dass Tarik spielte. Denn hier ging es eindeutig nicht um Geschwindigkeit, sondern um genau berechnete Winkel und den Dominoeffekt.

„Kannst du uns sagen, warum du keinen Hüter ernannt hast?", versuchte Charlie währenddessen, eine Information zu erhalten. Hätte sie nur den Mund gehalten! Denn nun wies das Orakel auf sie. „Du bist dran!"

Charlie stöhnte auf. Sie? Es stand gleichauf. Und sie wusste nicht einmal genau, was sie tun musste. Zögernd griff sie nach der Kugel, die ihr am nächsten hing. Tariks Augen flitzten vielsagend hin und her, als wollte er ihr etwas sagen. Doch was genau blieb Charlie ein Rätsel. Nun gut, sie würde einfach so wuchtig wie möglich in Richtung der inzwischen dezimierten Pyramide schwingen. Charlie nahm Anlauf und schleuderte die Kugel nach vorne ...

„Nein!" Tarik klang aufgeregt. „Falscher Winkel!" Bestürzt hob er die Hände. Und plötzlich schien die Zeit stillzustehen. Oder auch nur das Spiel: Mitten im Flug hielt die Kugel einige

Sekunden in der Luft und kehrte dann in die Hände des völlig perplexen Tarik zurück. Noch bevor er oder Charlie etwas dazu sagen konnten, fixierten sie die kalten Augen des Orakels.

„Das hab ich gesehen!" Das Orakel grinste siegesgewiss und deutete auf Charlie. „Sie war dran. Wer schummelt, muss eine Runde aussetzen."

Charlie platzte der Kragen. „Warum kannst du nicht einfach einen neuen Hüter ernennen?!"

„Eben", fand auch Tarik, „dann geht das Tor wieder auf und alles ist gut!"

„Pfft", machte das Orakel wie beleidigt. „Ich bin doch nicht die Einzige, die einen Hüter ernennen kann. Sollen das doch die Wächter machen!"

„Die Wächter?" Tarik horchte auf und drehte sich zu Charlie, die elektrisiert nachhakte: „Wo finden wir die?"

Das Orakel betrachtete sie mit leisem Lächeln. „Da, wo ihr am wenigsten sucht."

Und damit fegte es die letzte Kugel hinunter. Es hatte gewonnen – und drehte sich weg, als seien Charlie und Tarik für es nicht länger von Interesse.

Auf dem Weg zurück zu Auriga und Orion sahen sich Charlie und Tarik rätselnd an. Wächter ... Hüter, wie sollten sie da durchblicken?

Doch Charlie war mit noch etwas anderem beschäftigt. „Wie hast du das gerade mit der Kugel gemacht? Du hast sie irgendwie angehalten?!"

Tarik zuckte mit den Schultern. „Das muss an der Schwerkraft in Namra liegen. War letztes Jahr auch schon so."

Ganz überzeugt war Charlie nicht. Irgendetwas Seltsames war da eben geschehen. Doch zunächst war es wichtiger, zu den Lilientals zurückzukehren und herauszufinden, wo sich diese Wächter befanden, damit die einen neuen Hüter bestimmen konnten und den Schattenzauber auflösen.

Mick zügelte seinen Schimmel, als der Graben der Burg vor ihm auftauchte. Die dicken Gemäuer spiegelten sich im still daliegenden Gewässer. Friedlich und ruhig wirkte es. Nicht so, als wäre hinter diesen Mauern gerade etwas Furchtbares geschehen. Die Äste der Trauerweide an der anderen Uferseite raschelten leise im Wind. Die Blätter des Efeus, der sich bis zum Turm hinaufrankte, zitterten. Sonnenlicht brach sich in einigen der Fenster. War er hier wirklich richtig auf der Suche nach der Ursache des Schattenzaubers? Er hoffte nicht.

Mick seufzte, trieb entschlossen sein Pferd an und ritt auf den Innenhof. Hier war es gespenstisch still. Keine Vögel waren zu hören, keine Insekten, als hätten sich diese angstvoll zurückgezogen ... selbst das Licht schien düsterer – als weigere es sich, bis hierher zu strahlen. Und auch die Blumen, die sonst leuchtend bunt blühten, wirkten farblos.

Mick blickte sich unwohl um, stieg voller Sorge ab und lief auf das Eingangstor zu. Er erwartete das Schlimmste.

Das Tor war unversperrt. Einen Moment blieb Mick in der Eingangshalle stehen, von der aus sich die Treppe hinauf in die höheren Etagen und die Türme schraubte, dann bog er nach rechts ab. Den Weg kannte er im Schlaf. Er öffnete eine Tür.

Sie stand mit dem Rücken zu ihm, hoch aufgerichtet, als hätte sie auf ihn gewartet, aber keinen Sinn darin gesehen, sich ihm zuzuwenden, um ihn zu begrüßen. Das hochgeschlossene Kleid wirkte wie eine Uniform und verbarg nur unzureichend, wie schmal sie war. Geworden war.

Mick blieb stehen. Es dauerte mehrere Sekunden, bis sie sich endlich zu ihm umdrehte und überrascht tat. „Mick! Schön, dich zu sehen!" Er konnte nicht anders, er starrte sie an. Ihre grünen Augen schienen größer, als er sie in Erinnerung hatte, aber womöglich lag das an ihrer Frisur: Auch das letzte Mal, als sie sich begegnet waren, hatte sie einen Zopf getragen. Doch nun war dieser streng mit einem schwarzen Tuch umwickelt.

Die Hände hinter dem Rücken zusammengelegt, sah sie ihm entgegen, als wüsste sie von nichts. Als bekämpfe sie ihre eigenen Dämonen, hätte aber keine Vorstellung davon, was in Namra gerade geschah. Und vielleicht stimmte das sogar. Mick hoffte es.

„Weißt du, dass sich der Schattenzauber gerade in Namra ausbreitet?", begann er das Gespräch.

„Ich habe davon gehört."

Mit neuer Hoffnung lief er auf sie zu. Gemeinsam konnten sie den Zauber aufhalten, niemand hatte das alte Wissen um Namra so gründlich studiert wie sie!

Dicht vor ihr blieb er stehen. Und da sah er es. Das vorsichtige Abwägen in ihren Augen. So hatte sie ihn nie angesehen. Wie einen Gegner. Er schluckte trocken. Streckte eine Hand nach ihr aus, bat: „Zeig mir, dass der Raum der Flüche noch verschlossen ist!"

Anstatt den passenden Schlüssel zu zücken und „Natürlich" zu sagen, blieb sie stehen, wo sie war, eisern, fest entschlossen und so viel kälter, als er sie kannte. Ihre Augen ließen ihn nicht los, sie waren auf der Hut.

Mick nickte unwohl. Namras Zukunft hing davon ab. „Gut, dann sehe ich selbst nach." Selbst wenn sie ihm jetzt versprochen hätte, dass die Schlösser unberührt waren, der Raum verschlossen, er hätte ihr nicht mehr geglaubt. Er drehte sich zum Gehen, doch weit kam er nicht.

„Das tust du nicht." Ihre Stimme klang drohend. Er hatte damit gerechnet, dass sie ihn aufhalten würde – mit Worten, mit Erklärungen, mit dem Versuch, ihn auf seine Seite zu ziehen.

Was sie tatsächlich tat, damit hatte er nicht gerechnet. Plötzlich breiteten sich Schatten um ihn herum aus, bildeten schnell einen undurchdringlichen Kreis. Das Atmen fiel ihm schwer, doch er zwang sich, sich umzudrehen, um sie anzusehen. Auf ihren Armen pulsierten die Adern tiefschwarz, aus ihren Händen schoss dunkler Nebel.

Der Ausdruck auf ihrem Gesicht war beinahe mitleidig. „Du wirst mich nicht aufhalten!" Dann lächelte sie. Das erste Mal. Und keinerlei Mitleid war mehr in diesem Lächeln zu erkennen, nur feste Entschlossenheit. Mick verlor das Bewusstsein.

KAPITEL 7

Von Dimitri und den Irgendwasmooskörben war weit und breit nichts zu sehen, als Jenny sich schließlich von ihrem Pferd verabschiedete. Ihrem Pferd – genauso fühlte es sich an: als gehöre die stolze Braune zu ihr. Oder aber es war umgekehrt und Jenny gehörte zu dem Vierbeiner? Das war auch in Ordnung.

Auf dem Weg zurück zum Hof schlenderte sie an dem Schwarz vorbei und vollführte, einer Eingebung folgend, ein kleines Experiment: In hohem Bogen spuckte sie ihren Kaugummi aus. Der pinke Klumpen segelte durch die Luft, fiel auf die teergleiche Masse und wurde mit einem fetten Ploppen augenblicklich verschluckt. Jenny musste lachen. Wie geil war das denn?

„Das ist leider nicht so lustig, wie es aussieht", ermahnte sie eine ernste Stimme. Jenny sah überrascht auf.

Auf der anderen Seite der schwarzen Lache knieten Lore und Rona und sahen bedrückt aus. Jenny riss sich zusammen und bemühte sich um einen seriösen Gesichtsausdruck. Wenn es hier um Grenzerfahrungen ging, wie Dimitri es genannt hatte, sollte es nicht aussehen, als nähme sie diese nicht ernst. Sonst bekäme sie womöglich Minuspunkte. Und egal wie mittelalterlich verrückt hier alle schienen, egal wie verquer die Erklärungen von Feen, Zwergen und so weiter waren, Jenny wollte auf keinen Fall die Erste sein, die rausgewählt wurde.

Dazu war es dann doch zu spannend. Und was wusste sie schon, womöglich gab es am Schluss einen Preis?

„Klar, Frau Lore", beeilte sie sich also, die Wogen zu glätten, „Ich nehm das auch voll ernst, echt."

„Dann drück uns mal die Daumen, Jenny", erwiderte Rona und rührte mit einem Schöpflöffel in einem Uralt-Kochtopf voller Modder und Pflanzenteilen. Vorsichtig goss sie Kräutersud über die schwarze Teermasse. Jennys Augen wurden groß, als es zu zischen, blubbern und dampfen begann. Die schwarze Masse zog sich langsam zurück. Darunter zeigten sich grüne Blätter, Gras und Erde.

Rona und Lore strahlten auf. Dann jedoch schwappte das teerige Gebräu wieder zurück und verschluckte erneut, was gerade freigelegt worden war. Als wäre nichts gewesen. Wenn überhaupt, sah es eher so aus, als hätte es sich den Kräutersud einverleibt und ihn mitvergiftet. Lore und Rona wechselten einen besorgten Blick.

„Der Zauber scheint zu mächtig zu sein." Lore sah Jenny geschlagen an.

Rona dagegen war noch nicht bereit aufzugeben. „Irgendwas muss helfen!" Als zitiere sie aus einem alten Zauberbuch, zählte sie auf: „Myrte gegen schwarze Magie, Goldtrank für die Kraft des Lichts, Siebenmooskraut, um Wunden zu heilen ..."

Jenny bemühte sich, ernst zu bleiben. Schwarze Magie, Goldtrank, Lichtkraft – eins a aus irgendeinem Fantasystreifen! Ein Glück, dass Charlie und Tarik da auf ihren Pferden angeritten kamen. Niemand erwartete mehr eine Reaktion von ihr. Neugierig sah Jenny den beiden entgegen. Auch ihre Gesichter wirkten angespannt.

„Wisst ihr etwas über irgendwelche Wächter?" Charlies erster Satz, als Tarik und sie Rona, Lore und Jenny bei dem Schattenzauber erreichten, schien alle drei gleichermaßen zu überraschen.

Jenny betrachtete sie, als hätte sie nicht mehr alle Tassen im Schrank. Auch Charlie hatte anfangs gebraucht, um sich an die magische Realität von Namra zu gewöhnen. Nun allerdings war keine Zeit für vorsichtiges Herumlavieren und Rücksichtnahme auf die Neuen. Namra brauchte einen Hüter und an den kam man offenbar über diese Wächter. Schwer atmend stiegen Tarik und Charlie von Auriga und Orion.

„Wie kommt ihr denn auf die Wächter?" Rona blinzelte Charlie perplex über den Rand ihrer Brille an.

„Wir waren beim Orakel. Es hat gesagt, dass wir zu den Wächtern gehen sollen. Die können einen neuen Hüter bestimmen."

„Aber es hat keine Ahnung, wo diese Wächter sein sollen." Tarik seufzte. Schwer. Ohne Wächter keinen Hüter. Ohne Hüter kein offenes Tor. Und ohne das kein Wiedersehen mit seinen Eltern.

Rona nickte langsam. „Sie sind ein Mysterium", erklärte sie und sah den Kindern sorgenvoll in die Augen. „Manche behaupten sogar, dass sie gar nicht existieren."

Tarik ließ den Kopf hängen. „Na toll. Wenn das so weitergeht, bin ich auf keinen Fall rechtzeitig wieder zu Hause ..." Frustriert drehte er sich um und stapfte über die Wiese in Richtung des Hofs.

Dimitri, der nur wenig entfernt konzentriert ein trauriges Lied auf seiner Geige übte, während Cassiopeia, die Appaloosa-Stute, friedlich hinter ihm graste, ließ er links liegen.

Mitfühlend liefen Charlie, Lore, Rona und Jenny Tarik hinterher. Dimitri sah nicht einmal auf, so sehr war er in seinem Musikstück versunken. Charlie lauschte ergriffen. So schön es war, zeitgleich klang es unglaublich schwermütig. Wie ein in Noten gegossener Abschied.

Jenny dagegen warf einen sehnsuchtsvollen Blick hinter Dimitri auf die Pferdekoppel, von der aus die braune Stute Leonis ihr zuwieherte. Sie holte zu Lore auf. „Können wir eigentlich bald mit Reiten anfangen?"

„Wir gehen später zu den Pferden, damit ihr euch kennen lernen könnt, in Ordnung? Es tut mir wirklich leid, dass ihr bisher zu kurz gekommen seid."

Jenny nickte. Sie und das Pferd hatten sich bereits miteinander bekannt gemacht. Zu kurz gekommen fühlte sie sich also nicht. Aber reiten zu lernen wäre sicher eine Wucht!

In dem Moment stob wiehernd eine dunkle Stute um die Ecke. Auf ihrem Rücken saß Arman. Jawoll! Genauso wollte Jenny das auch können! Armans Jacke wehte, sein schmales Gesicht mit den dunklen Augen war verkniffen. Fehlte nur noch die Zeitlupe. Jenny grinste sich eins und rief: „Winnetou is back!"

Die anderen schienen das nicht so witzig zu finden wie sie selbst. Oder aber sie hatten die dazugehörigen Filme verpasst, hier auf dem Mittelalterhof ohne Fernseher. Goldlöckchen wirbelte herum und lief dem Jungen strahlend entgegen. Irgendetwas war da zwischen den beiden! Aber so was von! Ihr, J-Nifah, konnte niemand etwas vormachen!

„Hier auf dem Hof hat sich so ein Schattenzauber ausgebreitet", rief Charlie Arman entgegen, noch bevor er abgestiegen war.

„Hier auch?" Offenbar waren mehrere Orte befallen.

Jenny sah in die besorgten Gesichter um sich herum. Die Angst war greifbar. Was also, wenn das hier kein Test oder Spiel war? Nun wurde es auch Jenny mulmig. Und das war ihr schon lange nicht mehr passiert.

KAPITEL 7

Mick schlug verwirrt die Augen auf. Eben noch war er in dem Turmzimmer der Burg gewesen, nun befand er sich … in einem Kellerverließ? Die rauen Steinquader der Wände glänzten feucht, das einzige Fenster – fast unter der Decke – war vergittert und zu klein für einen Mann seiner Größe. Nur wenig Licht fiel dort hindurch und tauchte sein Gefängnis in farbloses Grau: nicht mehr als acht Quadratmeter, eine harte Pritsche, ein dreibeiniger Schemel.

Da öffnete sich die Tür vor dem Gitter seiner Zelle und Milena trat mit einer Fackel ein. Eilig stürzte er auf sie zu. „Milena, was …"

„Nicht!", warnte sie, bevor er die Gitterstäbe berühren konnte und hielt das Feuer näher. Mick erstarrte. Die Stäbe waren mit schwarzer Masse überzogen. Sie wirkte lebendig und giftig. Als könnte sie alles, was mit ihr in Berührung kam, verschlingen.

Mick schauderte. Der Schattenzauber!

„Was tust du?" Flehend sah er sie an. Milena zuckte ungerührt mit den Schultern. „Ich hole mir, was mir zusteht."

Er ahnte, was sie meinte, was sie getan hatte, doch ein Teil von ihm hoffte noch immer, er würde sich irren. „Milena, das kann nicht dein Ernst sein! Lass mich frei!"

Sie zögerte einen Moment, dann ließ sie ihn im Dämmerlicht zurück. Die Tür fiel hinter ihr ins Schloss. Kein Geräusch war zu hören, nur Micks eigener Herzschlag. Fassungslos starrte er auf die Gitterstäbe vor ihm. Das teerartige Schwarz wirkte bösartig, langsam kroch es das Metall hinauf und hinunter. Wütend schnappte er sich den Schemel und schleuderte ihn dagegen. Nur einen Wimpernschlag später fiel er bis zur Unkenntlichkeit verkohlt zur Erde.

Mick stockte der Atem. Dort würde er nicht durchkommen. Also musste er einen anderen Weg hinaus finden. Quader für Quader klopfte er die massigen Felswände ab, stieg auf die Pritsche zu der Fensteröffnung und rüttelte an deren Stäben. Umsonst.

Frustriert ließ er die Stirn an die kalte Mauer sinken. Er musste etwas tun, die anderen warnen. Über das kleine Stückchen Himmel, das er durch die Maueröffnung sehen konnte, zogen Wolken. Kein Laut war zu hören. Kein Wind, kein Vogelzwitschern, nichts, als hätten sich alle Lebewesen von hier zurückgezogen aus Angst davor, vom Schattenzauber entdeckt zu werden.

Doch Moment! Nicht alle Tiere machten auch Geräusche. Schmetterlinge beispielsweise konnten beinahe unhörbar durch die Luft flattern ... Das war es! Feenja! Seine Feenfreundin. Sie könnte durch das kleine Fenster zu ihm gelangen!

Mit neuem Mut richtete er sich auf und konzentrierte sich auf Feenja. Bittend hob er seine Hände zu dem kleinen Fenster und begann zu flüstern. Er wusste nicht, ob seine Worte die Kraft hatten, zu ihr zu gelangen. Das Einzige, was er wusste, war, dass sie beide schon immer eine besondere Verbindung gehabt hatten. Er fühlte, wenn es Feenja nicht gut ging, sie fühlte, wenn mit ihm etwas nicht in Ordnung war. Also blieb ihm nur zu hoffen, dass Feenja neben einem Gefühl vielleicht auch seine Worte erreichten. Er übergab sie der Luft, dem Wind, legte all seine Hoffnung hinein, da knallte erneut die Tür hinter ihm auf: Milena.

„Lass das!" Durch die schwarzen Gitterstäbe starrte Milena ihn wütend an. Mick schüttelte den Kopf. „Glaubst du, ich sehe tatenlos zu?"

Sie sollte ihn besser kennen. Sie waren miteinander aufgewachsen, hatten gemeinsam versucht, Rauchbrot zu backen, und waren gescheitert. Hatten all ihre Hoffnungen, Ziele und Wünsche geteilt! Damals war ihr Leben untrennbar miteinander verwoben gewesen. Sie hatten einander blind vertraut. Wohin nur war dieses Vertrauen mit einem Mal verschwunden?

Grimmig fixierte sie ihn. „Du bringst sie nur in Gefahr. Willst du das wirklich?"

Die Antwort darauf war Nein. Nein, er wollte die Kinder nicht in Gefahr bringen, aber er konnte Milena nicht ohne Gegenwehr ihren dunklen Plan ausüben lassen!

Kopfschüttelnd sah er zu, wie sie an den Gitterstäben entlanglief, die Flammen ihrer Fackel flackerten über den Schattenzauber. „Ich erkenne dich nicht wieder."

Sie lachte freudlos auf. „Kanntest du mich je?"

Mick trat näher. Wie konnte sie so etwas fragen! „Hör auf", bat er eindringlich. „Noch kannst du zurück!"

Unendlich langsam streckte sie ihren Kopf nach vorne, exakt zwischen zwei Gitterstäben hindurch. „Ich weiß genau, was ich tue", flüsterte sie ihm entgegen und ein feines Lächeln geisterte über ihre Lippen. Mick ballte die Fäuste. Der Schattenzauber war grausam, aber in diesem Moment machte er ihm nur halb so viel Angst wie ihre Entschlossenheit! Fast war er erleichtert, als sie sich nun zurückzog und ihn alleine zurückließ. Wann hatte er den Draht zu ihr verloren? Warum hatte er es nicht kommen sehen?

Erschöpft ließ er sich auf seine Pritsche sinken. Er konnte nur hoffen, dass Feenja ihn gehört hatte. Dass Rona, Lore, Arman mit Charlie, Tarik und den beiden Neuen einen Weg finden würden, den Schattenzauber aufzuhalten.

Irgendwo in ihrem Buch musste Rosalie doch etwas über den Hüter und die Wächter von Namra notiert haben! Charlie saß vor dem Hauptgebäude des Lilientalhofes in der Sonne und blätterte aufmerksam durch die Seiten. Sie war davon überzeugt, dass ihre Großmutter davon gewusst hatte, schließlich war sie die Sternenfee gewesen! Und damit hatte auch sie die Aufgabe gehabt, das Gleichgewicht in Namra zu wahren.

Charlie war sich sicher: Tarik und sie waren nicht grundlos zurückgekehrt. Sie sollten die Wächter finden – wie hatte das Orakel gesagt? –, dort, wo sie am wenigsten suchten. Typisch Orakel, sprach immer in Rätseln! Charlie hoffte, Mick käme bald zurück!

Zwischen den nächsten beiden Seiten steckte eine getrocknete Blume. Ihre Blütenblätter waren durchscheinend wie Schmetterlingsflügel. Als Charlie sie vorsichtig in die Hand nahm, erkannte sie auf dem Papier darunter das Wort „Wächter“. Tief beugte sie sich über die verblasste Schrift, da unterbrach sie ein Klappern. Arman stellte die leeren Futtereimer ab und lehnte sich zu ihr. „Hast du was gefunden?“

„Ich weiß nicht. Hier steht was über die Wächter ...“ Charlie deutete auf den Abschnitt und las vor: „Sie trafen sich dort, wo das Licht den Boden berührt. Sagt dir das was?“

„Nein, aber ... darf ich?“

Charlie übergab ihm Rosalies Buch und sah zu, wie seine Augen über die Zeilen huschten. Er schluckte traurig. Kein Wunder, das Buch war eine der wenigen Erinnerungen an Rosalie, die sie hinterlassen hatte. „Glaubst du, sie hat die Wächter gekannt?", fragte sie leise.

Arman hob die Schultern. „Erwähnt hat sie sie nie. Aber Rosalie war auch ziemlich ..." Er suchte nach dem richtigen Wort.

„Geheimnisvoll?", schlug Charlie vor und fühlte einen kleinen Stich, als er nun in Erinnerung lächelnd nickte. Seine nächste Frage brachte sie einen Moment aus dem Konzept. „Glaubst du, dass sie glücklich war? In deiner Welt?"

Charlie stockte. Sie wollte ihn nicht verletzen. Rosalies Tod wog sicherlich schwer genug. Aber Charlie konnte ihn auch nicht anlügen, oder? „Mein Vater hat mir als Kind immer Geschichten von einer Fee erzählt", sagte sie also leise. „Ich dachte, er hat sie erfunden, aber jetzt weiß ich, er hat von Rosalie geredet."

Armans Gesichtsausdruck wurde wehmütig. „Diese Fee war sehr lange alleine", erzählte Charlie weiter, „bis sie einen Mann aus der Menschenwelt getroffen hat."

Arman nickte. „Deinen Großvater."

„Ja. Und als sie nach vielen Jahren einen Sohn bekamen, konnte sie endlich wieder lachen. So ging die Geschichte." Zurückhaltend sah sie ihn an, Arman nickte tapfer.

Sein „Ich hoffe es!" war nur ein Flüstern.

Er atmete tief ein und reichte Charlie das Buch zurück. „Tut mir leid, ich weiß auch nicht, was der Satz über die Wächter bedeutet."

Charlie seufzte. Zwar hatte Rosalie ihre Erinnerungen aufgeschrieben, doch es schien, als hätte ihr ihre Großmutter noch mehr Rätsel hinterlassen. Enttäuscht schloss sie das Buch und besah sich den in das Leder geprägten Stern auf der Vorderseite.

„Ich würde so gerne irgendwas tun“, sagte sie bedrückt. „Aber ich finde keine Hinweise und ... mein Licht geht auch nicht mehr. Ich dachte, das liegt daran, dass ich nicht in Namra bin, aber ...“

Sie streckte die Hände vor sich und fühlte nichts. Gar nichts. Es war wie verhext! „Vielleicht“, gestand sie, „bin ich gar nicht mehr die Sternenfee.“

Arman sah sie beruhigend an. „Das Licht wird da sein, wenn du es brauchst.“

Charlie war sich da nicht so sicher. „Ich brauche es jetzt!“

Niemand schien zu wissen, was in Namra vor sich ging und wie sie die Schatten aufhalten konnten. Charlie fühlte sich hilflos. Die traurigen Geigenklänge Dimitris, der auf dem Dachboden des Stalls zu üben begonnen hatte, trübten ihre gedrückte Stimmung nur weiter. Charlie lauschte einen Moment mit schwerem Herzen. Er war wirklich gut.

Mit geschlossenen Augen ließ Dimitri den Bogen über die Saiten gleiten. Sein Hals verkrampfte, er atmete gegen den Schmerz an, spielte weiter, er kannte das Stück auswendig. Wie oft hatte er es in den letzten Wochen geprobt, immer und immer wieder. Und trotzdem stimmte etwas nicht. Es fehlte etwas Entscheidendes: Perfektion! Wer gewinnen wollte, musste perfekt sein, und das war er nicht. Wie oft hatte ihm sein Geigenlehrer das gesagt?

Die letzte Geigenstunde, bevor er hier auf dem Hof gelandet

war, hatte er geschwänzt. Er hatte es einfach nicht über sich gebracht, schon wieder zu hören, wie viel mehr er üben musste. Nach der letzten Schulstunde vor den Ferien hätte er eigentlich direkt zum Geigenunterricht gemusst. Alle seine Klassenkameraden waren mit ihren Zeugnissen nach Hause gerannt – voller Vorfreude auf die kommende, freie Zeit. Nur er war wie in Trance aufgestanden und ziellos durch die Stadt geirrt.

Seine Lehrerin hatte ihm klar gemacht, dass er nicht versetzt werden würde, wenn er sich nicht mehr anstrengte. Dimitri hatte ein Aufschnauben unterdrückt – anstrengen, er tat nichts anderes! Tagein, tagaus.

Er hatte keine Ahnung, weshalb er auf der Rhein-Brücke gelandet war. Auf seinem Nachhauseweg lag sie nicht. Sein Geigenkasten hatte bei jedem Schritt gegen sein Knie geschlagen – im Takt mit den Worten, die durch seinen Kopf gegeistert waren: an-stren-gen, Ver-set-zung, an-stren-gen!

Sein Handy hatte nicht stillgestanden – 13 verpasste Anrufe, alle von seinem Vater. Dimitri hatte sie nicht abgehört, er wusste auch so, um was es ging: *Wo steckst du? Du hast keine Zeit zu vertrödeln. Die nächsten Wettbewerbe stehen an …*

Wie sollte er das nur alles schaffen? Die Schule, die Musik, der Beste zu sein, zu gewinnen. Es hatte sich angefühlt, als habe er, so lange er denken konnte, auf der Überholspur verbracht: Rennen und rennen musste er, doch nie kam er an und sein Vater stand immer hinter ihm und drängte weiter.

Manchmal wünschte Dimitri sich, es gäbe einen Weg, das alles hinter sich zu lassen. Er könnte einfach verschwinden, wäre unsichtbar und alle ließen ihn in Ruhe!

Wie in Trance war er einfach weiter geradeaus gelaufen. Von dem Brückengitter, das unvorsichtige Passanten davor bewahren sollte, aus Versehen in den Fluss zu fallen, hatten Schlösser gebaumelt. Auf allen waren Buchstaben eingraviert – Liebesbeweise von Paaren, die sich gefunden hatten. Irgendwo hatte Dimitri gelesen, dass regelmäßig Schlösser entfernt werden mussten, da die Hohenzollern-Brücke von all dem zusätzlichen Gewicht einzubrechen drohte.

Auch auf Dimitri lastete viel zu viel Gewicht. Der Unterschied war nur, niemand nahm etwas davon weg, immer kam nur noch mehr hinzu!

Etwa in der Mitte über dem Fluss waren seine Beine schließlich eingeknickt, er hatte sich auf den Boden sinken lassen, ohne darauf zu achten, ob seine Klamotten schmutzig würden. Passanten waren an ihm vorbeigegangen. Niemand hatte offenbar etwas Sonderbares an einem Jugendlichen gefunden, der mitten auf einer Brücke eine Panikattacke erlitt. Nur einer war stehen geblieben und hatte sich zu ihm gehockt.

Unter dem Hoody hatte ihn ein besorgtes Gesicht angesehen, blonde Haare waren zu einem Zopf gebunden. Für einen Moment hatte sich Dimitri gefragt, ob Engel nun Hoody trugen. Aber das war natürlich Quatsch. Engel gab es nicht, ebenso wenig wie Zauberer, Zwerge und Feen. Egal was seine Großmutter behauptete …

Doch dann hatte sein Gegenüber Dimitri angelächelt, ihm auf die Beine geholfen und ihn nach Hause begleitet: Mick. Dimitri wusste nicht, was er seinen Eltern hinter der verschlossenen Tür erzählt hatte. Oder warum diese einem ihnen völlig fremden Mann zugehört hatten. Er wusste nur, dass sie sich einverstanden erklärt hatten, ihn in den Ferien hierher zu schicken. Unter einer Voraussetzung, hatte sein Vater zum Abschied gesagt: dass er seine Geige nicht vernachlässigte.

Dimitri biss die Zähne zusammen und spielte weiter. Seine Finger, die den Bogen hielten, zitterten. Nur Menschen mit gutem Gehör würden den leisen Tremor in der Melodie erkennen. Er hörte ihn. Nicht gut, die Sechzehntel waren nicht genau punktiert ... unzufrieden spielte er die letzten Noten und lauschte ihnen nach.

„Das ist wunderschön, Dimitri! Und dass du das alles auswendig spielen kannst!" Dimitri fuhr herum.

Lore stand auf der Leiter zum Dachboden und lächelte ihn an. Wie lange hatte sie ihn schon beobachtet? Dimitri schüttelt den Kopf. Sie meinte es gut, aber sie zählte nicht. Zählen taten nur die Juroren bei den Wettbewerben, sein Geigenlehrer, sein Vater.

„Ich kriege die Seitenwechsel und die Sechzehntel nicht hin." Entschlossen wollte er erneut ansetzen, da unterbrach sie ihn: „Jetzt ist Zeit zum Reiten."

Dimitri lachte freudlos auf. „Ich hab in zwei Wochen einen wichtigen Wettbewerb!" Wie sollte Reiten dabei helfen? „Ich muss endlich mal wieder gewinnen, mein Vater erwartet das."

„Die Pferde warten", widersprach Lore und setzte warm nach: „Deshalb seid ihr doch hier."

Dimitri winkte ab. „Ich kann schon reiten. Meine Oma in Slonim hat auch Pferde."

„Umso besser. Unsere Pferde müssen sich häufig genug mit Anfängern rumschlagen." Aufmunternd sah sie ihn an und streckte eine Hand nach ihm aus. „Na, komm!"

„Okay." Seufzend packte er seine Geige ein. Dann musste er die Stunden eben später nachholen. Und nachholen musste er sie, das stand fest.

Dass Dimitri und Jenny sich, statt zu reiten, nur wenig später im Stall wiederfanden, um Cassiopeia zu schrubben, war alleine Jennys Schuld. Lore war stinksauer gewesen, als sie die schwarzen Buchstaben auf dem Fell des Pferdes entdeckt hatte. Und anstatt zuzugeben, dass sie Mist gebaut hatte, hatte Jenny tatsächlich behauptet, nichts damit zu tun zu haben.

Dimitri schüttelte den Kopf. Die war echt verrückt! Ob sie da, wo sie herkam, damit durchkam? Einfach alles abstreiten? Oder glaubte sie das wirklich? Nein, oder? Das war einfach ihre Masche. Und jetzt warf sie ihm auch noch einen Blick zu, als hätte er sie da reingeritten! „Mann, der Mist geht gar nicht ab!", beschwerte sie sich.

„Vielleicht denkst du nächstes Mal nach, bevor du ein Pferd anmalst." Genervt sah Dimitri hinaus auf den Hof. Die Sonne ging schon unter. Er knirschte mit den Zähnen. „Ich muss eigentlich üben!"

Sie fixierte ihn wie ein seltsames Insekt. „Bist du deshalb hier? So psychomäßig?", wollte sie wissen. „Das mit deiner Geige ist schon gaga, oder?" Und schon verpasste sie ihm einen Stoß in die Rippen. „Wegen klauen ja wohl kaum, oder? Du bist eher nicht der Gangsta, der 'ne Oma überfällt. Nee, du bist so einer mit Therapie."

Dimitri konzentrierte sich auf seine Aufgabe. Er würde sich nichts anmerken lassen. Nicht vor Jenny.

Doch sie ließ nicht locker. „So einer mit Pillen, ADDS und so?", schoss sie weiter ins Blaue. „Kenn ich. Hast bestimmt so'n Therapeut. Oder kommst du direkt aus der Klapse?" Ihr Kichern hallte schrill in Dimitris Ohren. „Iiiiih! Ich hab voll Angst. Geh bloß weg, Psycho! Wenn du kranken Scheiß machst, lasse ich dich wieder einweisen!"

Dimitri kniff die Augen zusammen. Warum ließ sie ihn nicht einfach in Ruhe?

Tief atmete er ein. Erinnerte sich an den Blick von der Brücke hinab auf das Wasser des Flusses. Beruhigend gleichmäßig war es dahingeströmt, sämtlichen Widerständen zum Trotz. Da lag ein Fels im Weg? Na und, es strömte einfach dran vorbei. Das Flussbett wurde enger? Kein Thema, dann stieg einfach der Wasserpegel oder aber er trat über den Rand! Dem Fluss war es egal, wer was von ihm wollte. Dimitri wünschte sich, er könnte das auch. Einfach nur er selbst sein. Ohne dass andere Menschen irgendetwas von ihm erwarteten. Ohne dass andere ihn überhaupt wahrnahmen! Ja, das wäre wirklich eine Erleichterung.

„Ey!“, fauchte Jenny da nahe an seinem Ohr. „Ich schrubb hier doch nicht alleine weiter! Komm gefälligst raus!“

Dimitri öffnete die Augen und tippte sich an die Stirn. „Sehr witzig, Jenny, wirklich.“

Doch sie sah einfach durch ihn hindurch, als gäbe es ihn nicht. „Ey, Dummitri“, rief sie, „voll nicht cool, dich einfach so zu verziehen!“

„Ich bin genau vor deiner Nase!“ Dimitri sah ihr direkt ins Gesicht.

Doch Jenny begann, sich unruhig umzusehen. „Dimi?“ Ihre Stimme klang gar nicht mehr so selbstsicher wie noch vor einigen Sekunden. „Okay, du hast gewonnen, war nicht so gemeint und jetzt komm raus!“

Langsam wurde es Dimitri unwohl. Er wedelte mit beiden Händen vor ihren Augen – Jenny sah sich weiter suchend um. Dann drehte sie sich plötzlich um und lief laut nach ihm rufend in den Hof.

Verwundert folgte Dimitri ihr. Wenn das ein Witz war, hielt sie ihn echt gut durch. Oder nahm sie ihn etwa wirklich nicht wahr?

Dimitri hob seine Hände vor seine Augen und wackelte mit den Fingern. Das war doch mehr als irre! Und es wurde noch verrückter. Jenny drehte sich suchend um sich selbst – jedes Mal sah sie dabei genau in seine Richtung. Dann lief sie ins Haus, als wäre der Teufel hinter ihr her.

KAPITEL 8

Völlig entgeistert sah Dimitri zu, wie alle der aufgeregten Jenny hinaus in den Hof folgten: Charlie und ihr Freund Tarik, Arman, Lore, Rona und selbst die kleine Tami sahen sich suchend um. Sie alle riefen immer hektischer seinen Namen, reagierten aber auf nichts, was er entgegnete.

Sein „Hallo, ich bin hier!“ blieb ebenso unbemerkt wie seine aufgeregte Frage: „Seht ihr mich denn nicht?“ Oder die fünf Worte, die er ihnen schließlich immer wieder entgegenschrie: „Ja, seid ihr denn blind?“

Stattdessen entzündete Arman Fackeln und verteilte sie. Charlies Hand zitterte, als sie ihre entgegennahm.

„Meint ihr, Dimitri ist was passiert?“, wollte sie ehrlich besorgt wissen. Dimitri starrte sie an. Okay, hier in Namra schien so einiges anders zuzugehen als zu Hause, aber was dachte sie, könnte ihm zugestoßen sein? Etwas Magisches?

„Nicht, dass er zu nah am Schwarz war“, beantwortete Tarik da auch schon Dimitris unausgesprochene Frage und sah ebenfalls befangen aus.

„Ich hoffe nicht!“ Lores Stimme war leise.

Dimitri schluckte. „Ich bin hier!“, rief er verzweifelt. „Wieso könnt ihr mich denn nicht hören?!“

Niemand drehte sich zu ihm um.

„Der hat sich sicher nur verpisst“, grummelte Jenny wegwerfend. „Weil er nicht putzen wollte.“

Dimitri bekam es mit der Angst zu tun. Was zur Hölle war das? Und was, wenn es nicht aufhörte? Es war das eine, manchmal für seine Umwelt unsichtbar sein zu wollen – vor allem für seinen Vater! Etwas ganz anderes aber war es, wenn man überhaupt nicht mehr wahrgenommen wurde. Was sollte er jetzt tun?

Er sah sich unsicher um, während die anderen sich aufteilten: Tami und Tarik wollten den Stall durchsuchen, Rona das Haus, Arman ging mit Charlie in Richtung Wald und Tor, Lore mit Jenny in Richtung Koppel und zum Fluss.

Sie liefen los. Bei der Vorstellung, hier alleine zurückzubleiben, obwohl keiner von ihnen ihn sehen konnte, geriet Dimitri in Panik. Ziellos lief er erst Lore hinterher, dann Charlie und Arman. Als er beim Brunnen vorbeikam, warf er einen ängstlichen Blick hinein und erstarrte: Die Wasseroberfläche warf die über dem Brunnen angebrachte Lampe zurück, nicht aber sein Spiegelbild.

Hektisch griff er ins Wasser. Dorthin, wo eigentlich sein Gesicht zu sehen sein sollte. Kaum berührte er das kühle Nass, durchlief ihn ein Schaudern, das nicht nur von der Kälte kam. Er zitterte und … sah plötzlich sein Spiegelbild!

„Hey!“ Tarik, der nur wenig entfernt aus dem Stall kam, blickte ihn erleichtert an. „Wir suchen dich alle!“

Dimitri atmete erleichtert aus. „Du kannst mich sehen?!“

Tarik stutzte überrascht, doch bevor er darauf antworten konnte, kamen die anderen angelaufen.

„Alter, wo warst du?“, fuhr Jenny ihn an. „Hier geht grad voll die Suchaktion ab!“

Arman sah ihn nachdenklich an. „Gut, dass dir nichts passiert ist. Hast du dich verlaufen?“

Nun warteten alle auf eine Erklärung. Dimitri warf einen Blick in den Brunnen, von wo aus ihn sein Spiegelbild anstarrte, blass und etwas verwirrt. Wie sollte er ihnen erklären, dass er die ganze Zeit hier gewesen war, sie ihn aber nicht gesehen hatten, oder gehört, das war doch ... völlig verrückt.

„Ich ...“, er blickte Jenny in die zusammengekniffenen Augen. Sie würde ihn nur noch mehr hochnehmen, wenn er mit der Wahrheit herausrückte. Darin war sie gut.

„Ich war spazieren“, murmelte er abwehrend. „Wollte mal allein sein. Ist das so schlimm?“

Mitfühlend schüttelte Lore den Kopf. „Ist es nicht, Dimitri. Sag uns das nächste Mal einfach Bescheid.“

Dimitri beeilte sich zu nicken, während Tarik seine Fackel löschte und sich um Auflockerung bemühte. „Dann also keine Nachtwanderung ... Noch jemand Kohldampf? Was gibt's denn?“

Dimitri sah rätselnd an sich herab, dann in den Brunnen. An Essen konnte er gerade nicht denken. Er ließ die anderen vorgehen.

„Tami und Arman wollten heute kochen“, sagte Lore mit einem warmen Blick auf ihre Kinder.

„Meinst du, das ist genießbar?“, wandte sich Tarik grinsend an Charlie, die amüsiert mit den Schultern zuckte. „Lieferservice ist ja nicht.“

Arman und Tami warfen ihnen einen gespielt beleidigten Blick zu und miteinander scherzend begaben sich alle ins Haus. Nur Jenny betrachtete Dimitri prüfend und vollführte eine typische Jenny-Geste: Mit ausgetrecktem Zeige- und Mittelfinger wies sie von ihren Augen auf ihn und zog eine Braue in die Höhe. In ihrer Welt hieß das wohl: „Ich weiß, du hast uns nicht die ganze Wahrheit gesagt, und behalte dich im Auge, Alter."

Dimitri bemühte sich, ihren Blick unschuldig zu erwidern. Immerhin hatte auch er keine Ahnung, was das eben gewesen war. Wie es angefangen hatte, wie aufgehört. Aber eines war sicher: Nun hatte er ein Geheimnis.

Während des Abendessens beobachtete Charlie die anderen nachdenklich. Dimitris Verschwinden vorhin hatte sie erschreckt. Es gab sicher einen Grund, weshalb Mick ihn und Jenny zu den Lilientals gebracht hatte. Ob die beiden jedoch wichtig dafür waren, dem Schattenzauber Einhalt zu gebieten – so wie auch letztes Jahr alle von ihnen eine Aufgabe gehabt hatten? Charlie war sich nicht sicher. Verantwortlich fühlte sie sich für die beiden Neuen trotzdem.

Als Arman und Tami Bratkartoffeln und Wurzelgemüse auf den Tisch stellten, war Jenny die Erste, die sich Berge davon auf den Teller stapelte – dicht gefolgt von Tarik. Charlie lächelte. Manche Dinge änderten sich nie.

Lore hielt eine kleine Willkommensrede, alle aßen und unterhielten sich. Nur Dimitri betrachtete sich bei jedem Bissen nachdenklich in der spiegelnden Schneide seines Messers.

Komischer Typ. Tarik, der neben Charlie saß, beugte sich kauend zu ihr. „Was die anderen jetzt wohl machen?"

„Dajana geht total ab mit ihrem Praktikum", wich Charlie aus. Hoffentlich würde Tarik nicht nach Nils fragen.

„Und Patrizia mit diesem Channel", lachte er und Charlie atmete durch. Erst als Tariks Blick auf ihre Hände fiel und er fragend eine Augenbraue hob, bemerkte sie, dass sie mit dem Lederarmband herumspielte, das Nils ihr geschenkt hatte.

Charlie seufzte. Tarik senkte die Stimme: „Falls du doch darüber reden willst …" Er lächelte ihr aufmunternd zu. „Ich bin Spezialist für Girlstalk."

Abwehrend spießte Charlie eine Kartoffel auf ihre Gabel. „Ich klär das, wenn wir zu Hause sind." Momentan hatten sie wichtigere Probleme, es ging um Namra. Ihre Liebesverwicklungen mussten warten. Und um ehrlich zu sein, war das auch ganz gut so. Nils' Worte hatte sie noch immer nicht verdaut. Wenn Namra der Grund für ihn war, sich von ihr zu trennen – was bedeutete das? Müsste sie sich dann entscheiden – Namra oder Nils?

Nur mit halbem Ohr folgte sie dem Gespräch der anderen. Tami befragte Tarik nach dem Orakel, Lore und Rona unterhielten sich über die Pferde, Dimitri war in die Betrachtung seines Wasserglases versunken, nur Arman beobachtete sie aufmerksam und lächelte ihr aufmunternd zu. Charlie erwiderte sein Lächeln und fühlte sich mit einem Mal gar nicht mehr so verloren wie noch vor einigen Sekunden.

Namra und seine Bewohner waren ein Teil von ihr. Und umgekehrt. Auf keinen Fall würde sie davon lassen. Wenn auch Nils noch ein Teil ihres Lebens sein wollte, mussten sie eben einen Mittelweg finden.

Aber zuallererst würden sie, Arman, Tarik und die anderen herausfinden, was es mit dem Schattenzauber auf sich hatte und wie er zu bekämpfen war!

Sehr viel ruhiger war Charlie diese Nacht ins Bett gegangen und schnell eingeschlafen. Sie war erschöpft gewesen und Jenny schien es ähnlich gegangen zu sein. Sie hatte sich eingerollt und keinen Mucks mehr von sich gegeben.

Als Charlie einige Stunden später die Augen aufschlug, erklomm die aufgehende Sonne gerade den Horizont. Charlie richtete sich gähnend auf und warf einen Blick durchs Fenster. Nur wenige Vögel sangen, noch lag frühmorgendlicher Nebel auf den Weiden und Wiesen. Sie rieb sich die Augen und lauschte. Irgendwas hatte sie aufgeweckt, doch was?

Jenny, im Bett ihr gegenüber, lag auf dem Bauch, ein Arm und ein Bein hingen über der Matratze hinab auf den Boden. Trotz der ungemütlichen Haltung schlief sie tief, fest, ohne ein Geräusch von sich zu geben. Charlie musste lächeln. Ganz anders als Patrizia, mit der sie letztes Jahr dieses Zimmer geteilt hatte. Die hatte nicht nur geschnarcht, ihre Schlafmaske mit den aufgemalten Augen hatte Charlie und Dajana auch jeden Morgen zu Tode erschreckt!

Charlie streckte sich ausgiebig, als sie ein leises Wiehern hörte. Ein paar Sekunden war es still, dann erscholl es wieder. Es klang, als riefe es nach ihr. Mit einem Satz war Charlie aus dem Bett und sah durch die offene Balkontür hinaus. Nicht weit vom Hof der Lilientals entfernt stand ein weißes Pferd und sah zu ihr hinauf. Die Sonnenstrahlen ließen sein prächtiges Fell beinahe überirdisch glitzern, als wäre es mit Diamanten übersät oder … mit Sternenstaub. Es schnaubte ihr zu und nickte. Dann drehte es sich langsam in Richtung Wald.

Hastig schnappte sich Charlie Sweatshirt und Schuhe und eilte aus dem Zimmer. Jenny grunzte, wachte jedoch nicht auf.

Der sanfte Morgenwind spielte mit der hellen Mähne des Pferdes, als Charlie es erreichte. Ruhig sah es ihr entgegen und wartete. Dann schnupperte es scheu an Charlies ausgestreckter Hand, senkte den Kopf und ließ zu, dass Charlie ihm sanft über seine Nüstern strich.

Seine Augen fixierten sie, als wollte es ihr etwas Wichtiges mitteilen. Charlie schluckte. Als sie Arman in seiner Pferdegestalt das erste Mal gesehen hatte, war ihr sofort klar gewesen, dass sie etwas Besonderes verband. Egal wie sehr sie sich dagegen anfangs gewehrt hatte. Und auch mit Auriga hatte sie gestern sofort etwas verbunden.

Das hier allerdings war wirklich faszinierend. Fast, als sei dieses Pferd ein wichtiger Teil von ihr, den sie noch nicht kannte. Zwischen ihr und dem stolzen Schimmel floss ... Magie! Das fühlte sie!

Und als hätte das Tier nur darauf gewartet, dass sie sich dessen bewusst wurde, drehte es sich um und lief ein paar langsame Schritte voran. Währenddessen sah es sich immer wieder auffordernd zu Charlie um.

Schließlich hob es wiehernd den Kopf, begann in Richtung des Waldes zu traben, um dann in einen leichtfüßigen Galopp zu fallen. Charlie blieb perplex zurück. Dem Pferd musste klar sein, dass sie ihm bei dem Tempo nicht folgen konnte. Also was wollte es Charlie sagen? Denn dass die Begegnung zwischen ihr und dem Schimmel kein Zufall war, davon war Charlie überzeugt. Dafür hatte sie in Namra schon genug Seltsames erlebt.

Charlie sah zu, wie der Schimmel in Richtung Fluss verschwand, dann lief sie eilig zurück zum Hof. Vielleicht konnten Lore oder Rona ihr mehr darüber berichten?

Als Charlie jedoch die Tür zur Küche aufstieß, blieb sie überrascht stehen. Nicht nur Lore und Rona waren bereits wach, auch Tarik und Arman. Sie alle sahen ihr perplex entgegen, als Charlie atemlos berichtete: „Da war ein weißes Pferd! Auf der Wiese! Es hat mich angeguckt. Und dann ist es losgelaufen. Das ist ein Zeichen! Wir müssen hinterher."

Lore horchte auf. „Wohin ist es denn gelaufen?“

Als Charlie in die Richtung wies, bemerkte sie den unwohlen Blick, den Lore und Rona miteinander wechselten.

„Das ist die Richtung, in der das alte Tal liegt“, erklärte Lore zögernd. „Der ganze Westen von Namra ist sehr gefährlich.“

Rona nickte. Arman jedoch richtete sich plötzlich auf. „Natürlich!“, rief er. „Im Westen!“ Aufgeregt lief er zu Charlie. „Der Sonnenuntergang!“, rief er lächelnd. „Das ist, wo das Licht den Boden berührt. Wie Rosalie in ihrem Buch geschrieben hat!“

Charlie verstand. „Vielleicht finden wir da die Wächter!“

„Ähm ...“ Tarik runzelte die Stirn und sah fragend zwischen allen Anwesenden hin und her. „Klärt mich mal einer auf?“

Charlie holte tief Luft. „Meine Großmutter hat in ihrem Buch geschrieben, die Wächter träfen sich dort, wo das Licht den Boden berührt. Also im Westen. Im Alten Tal!“

Endlich hatten sie einen wirklichen Hinweis und könnten etwas tun! Zu Charlies Überraschung stellte sich Lore jedoch vor die Tür. „Nein“, erklärte sie fest, „da kannst du nicht hinreiten! Dort gibt es giftige Pflanzen, Moorlöcher, Gefahren, die du nicht kennst ...“

Charlie schüttelte den Kopf, erst langsam, dann immer heftiger. „Dann soll Arman mitkommen“, fand sie. „Das ist ein Zeichen!“

Darauf hatte sie die ganze Zeit gewartet. Die anderen, allen voran Arman, mussten doch begreifen, wie wichtig das war. Endlich war Charlie wieder in Berührung mit Namras Magie gekommen. Seit Rosalies Tod schienen ihre Sternenkräfte zu schlafen, vielleicht sogar versiegt zu sein. Nun aber hatte sie endlich wieder einen Anhaltspunkt. Sie mussten die Wächter finden und dafür sorgen, dass Namra einen neuen Hüter bekam!

„Nur mal so hypothetisch“, mischte sich Tarik vorsichtig ein. „Ist es denn sicher, dass dadurch der Schattenfluch verschwindet?“

Charlie platzte der Kragen. Was war denn hier los? Sie alle hatten den Schattenzauber doch gesehen und jetzt wollten sie sich dem ersten richtigen Hinweis verweigern? Aus Angst? Vor was eigentlich? Wenn der Schatten weiter wuchs, wäre Namra doch sowieso verloren.

Enttäuscht blitzte sie Lore, Rona, Arman und Tarik an. „Ihr wollt nichts tun, ja?“, fauchte sie. „Hierbleiben und abwarten?“

Die vier tauschten unsichere Blicke. Mehr Antwort brauchte Charlie nicht. Wütend rauschte sie an ihnen vorbei und stürmte die Treppe hinauf. Von ihr aus konnten sie zögern und zweifeln. Aber Charlie wusste: Das weiße Pferd konnte ihnen helfen. Und sie würde es wiederfinden. Mit den anderen oder allein!

Entschlossen marschierte sie in ihr Zimmer. Jenny lag nicht mehr in ihrem Bett, gut so. Charlie packte ihren Rucksack und griff nach Rosalies Buch. Als Tarik die Tür aufriss und in den Raum stürmte, ließ sie es erschrocken fallen. Es landete auf dem Boden und blätterte sich wie von Zauberhand auf.

Tarik und Charlie warfen sich einen kurzen Blick zu, dann beugten sie sich zeitgleich über die handgezeichnete Karte Namras: Der Lilientalhof war zu erkennen, die ihn umgebenden Weiden, der Wald, der Fluss. Drei unheimlich pulsierende schwarze Tintenkleckse wucherten dicht in der Nähe. Einer exakt an der Stelle, an der Charlie den ersten Schattenzauber entdeckt hatte: bei den alten Fichten. Erschüttert nahm Charlie das Buch auf und hielt es Tarik entgegen. „Siehst du das? Das hier ist Namra, hier der Lilientalhof. Und das ist der Schattenzauber. Er ist schon überall!“

Tariks Augen weiteten sich, als nun ein weiterer schwarzer Punkt aus dem Nichts auftauchte. Entsetzt sah Charlie ihn an. Das war schlimmer als befürchtet!

Sie schnappte das Buch, schulterte den Rucksack und ließ Tarik stehen. Sie hatte keine Zeit mehr zu verlieren!

Unbemerkt lief Charlie in den Stall und sattelte Auriga. Natürlich verstand sie die Sorge und die Angst der anderen. Auch ihr war mulmig bei der Vorstellung, was in dem Alten Tal auf sie zukommen mochte. Was Lore gesagt hatte, hörte sich nicht gerade verlockend an – Moorlöcher, giftige Pflanzen, unbekannte Gefahren. Aber herumzusitzen und abzuwarten war noch nie Charlies Stärke gewesen. Wenn man etwas verändern wollte, musste man etwas tun. Das bedeutete auch, sich Unbekanntem zu stellen.

Als sie Auriga an den Zügeln aus ihrer Box führte, hörte sie ein Geräusch hinter sich. Charlie fuhr herum, nichts war zu sehen. Da betrat Tarik den Stall. Er trug Orions Sattel in den Händen und grinste ihr entgegen. „Bock auf Begleitung? Einer muss doch auf dich aufpassen.“

Charlie lachte erleichtert auf. Zu zweit hätten sie eine doppelt so große Chance. Sie half Tarik aufsatteln und nur wenig später führten sie ihre Pferde ins Freie.

„Je später sie merken, dass wir weg sind, umso besser“, flüsterte Charlie währenddessen und hörte wieder ein Rascheln – fast, als würde jemand nur wenig von ihnen entfernt unruhig von einem Fuß auf den anderen treten. Noch immer war nichts zu sehen.

Bevor Charlie dem Ganzen nachgehen konnte, bog Arman auf Andromeda in den Hof, zügelte sein Pferd genau vor ihnen und versperrte ihnen den Weg. Charlie richtete sich auf und griff nach dem Sattelknauf, um sich auf Aurigas Rücken zu ziehen.

„Du kannst uns nicht aufhalten", erklärte sie Arman fest. „Das weiße Pferd hat mich gerufen."

Anstatt ihr zu widersprechen, wies Arman auf seine Satteltaschen. „Ich habe Wasser und Proviant für drei."

Charlie starrte ihn an, dann begriff sie die Bedeutung seiner Worte und begann zu strahlen. „Heißt das, du kommst mit?"

Arman nickte. „Es geht um meine Familie. Und um Namra." Einen Moment sah er aus, als wollte er noch einen weiteren Grund anführen, da beschwerte sich Tarik selbstironisch: „Alter!", seufzte er und saß auf. „*Ich* wollte hier den Helden geben!"

Auf Armans entschuldigendes Lächeln hin setzte er sich in Positur und erklärte groß: „Die Wächter können sich warm anziehen. Altes Tal, wir kommen!"

Und schon ritten sie nebeneinander los. Charlie fühlte sich glücklich. Ja, womöglich war sie mal wieder drauf und dran, mit dem Kopf durch die Wand zu marschieren – doch manchmal musste einer den ersten Schritt wagen, bevor die anderen sich trauten zu folgen. Zu dritt, da war sie sich sicher, würden sie die auf sie zukommenden Prüfungen schon meistern. Sie alle hatten unterschiedliche Fähigkeiten und ganz verschiedene Kenntnisse.

Hoffnungsvoll konzentrierte sie sich auf die Baumgrenze des Waldes und bemerkte nicht, wie hinter ihnen, in der Mitte des Hofes, plötzlich Dimitri sichtbar wurde. Eine Hand hatte er in den Brunnen getaucht, Wasser tropfte von seinen Fingern. Aufgewühlt starrte er Charlie, Arman und Tarik hinterher. Er hatte jedes Wort gehört.

KAPITEL 9

Mick saß betrübt auf seiner Pritsche, als er schlurfende Schritte vor der Tür seines Gefängnisses hörte. Das war nicht Milena! Eilig richtete er sich auf. „Hallo? Ist da jemand?"

Die Schritte hielten inne. Micks Herzschlag beschleunigte sich, wenn sich hier unten außer Milena noch jemand befand, gab es vielleicht doch noch eine Chance zu entkommen! Tief holte er Luft, viel Zeit hatte er nicht, den Unbekannten dazu zu bewegen, ihm zu helfen. „Hallo, ich bin hier drin!"

Doch bevor er eine Entgegnung hörte, hallten die festen Stiefeltritte Milenas von den Wänden der Kellergänge. Unverständliches Murmeln drang durch die Tür, dann Milenas scharfe Worte: „Das geht dich gar nichts an! Los, zurück an die Arbeit! Dieser Teil der Burg ist für dich tabu, verstanden?"

Mick ließ den Kopf hängen. Bei der anderen Person musste es sich um einen von Milenas Bediensteten handeln. Vielleicht sogar um Hobolo, den alten Hubbeldi. Dieser würde sich Milena kaum widersetzen. Schon als sie noch ein kleines Mädchen war, hatte er ihrer Familie gedient und darauf aufgepasst, dass Milena das Essen nicht vergaß ...

Milena sah zufrieden, wie Hobolo davonschlurfte. Er würde sich hier nicht noch einmal blicken lassen. Er war gewohnt, ihren Befehlen zu gehorchen. Kaum war er um die nächste Ecke gebogen, stieß sie die Tür zu Micks Verließ auf und fixierte ihn scharf. „Um Hilfe zu rufen, kannst du dir sparen!"

Bedauernd sah er sie an. „Wenn sie wüsste, was du tust!“

Milena lachte auf, sie hatte damit gerechnet, dass er versuchen würde, sie mit dem Hinweis auf ihre Mutter zu manipulieren.

„Weißt du, was *sie* immer gesagt hat?“ Vorsichtig streckte sie das Gesicht vor und wiederholte das Mantra der verstorbenen Hüterin: „Manchmal muss man für seine Ziele kämpfen, auch wenn der Weg dorthin steinig ist.“

Starr hielt sie Micks unglücklichem Blick stand. Er würde sie nicht mit Erinnerungen weichkochen! Sie hatte Wichtigeres zu tun und musste zur Sache kommen. Vor ein paar Minuten war sie aus dem Wald zurückgekehrt. Sie hatte das vermaledeite Orakel aufgesucht, um es mit ihrer neugewonnen Macht zu erpressen, ihr den Weg zu den Wächtern zu verraten. Doch wie immer hatte das Orakel auf alle Drohungen nur unbekümmert und arrogant reagiert und auf alle Fragen mit weiteren Rätseln. Einzig die Information, dass sich eine neue Sternenfee aus der Menschenwelt in Namra befand, um die Wächter zu suchen, war ein Hinweis gewesen. Doch auch dieser war mehr als vage. Also brauchte Milena dringend genauere Details von Mick.

„Was weißt du von der Sternenfee?“, fauchte sie ihn also an. „Ist sie zurückgekehrt?“

„Sie hat Namra vor Jahren verlassen, das weißt du“, wiegelte Mick ab, doch das ließ Milena nicht gelten. „Das Orakel sagt, sie ist wieder hier. In Gestalt eines Mädchens der Menschenwelt.“ Sie beobachtete jede seiner noch so kleinen Reaktionen. „Ist sie eines der Kinder, die du letztes Jahr nach Namra geholt hast?“

Er stürzte auf sie zu. „Was willst du von ihr?“

Die Panik in seinen Augen gab ihr die Antwort. Mit bösem Lächeln zuckte Milena die Schultern. „Wenn das Orakel mich nicht zur Hüterin macht, dann müssen die Wächter es tun. So wie früher“, erklärte sie siegesgewiss. „Und die Sternenfee weiß, wo die Wächter sind. Wo steckt sie?“

Mick presste die Lippen zusammen, doch er hatte ihr bereits genug verraten.

Mit einem hochmütigen Lächeln drehte Milena sich zum Gehen. „Ich finde sie auch ohne deine Hilfe.“ Niemand würde sich in ihre Angelegenheiten mischen! Und schon gar nicht ein Mädchen aus der Menschenwelt!

Dimitri starrte in das Brunnenwasser. Sein eigenes Gesicht blickte ihm verwundert entgegen, sein Pony war frisch in die Stirn gekämmt, der Kragen seines Hemdes lag ordentlich über dem gestreiften Pullover. Er wischte seine Hand am Hosenbein ab. Vor ein paar Minuten noch hatte er im Brunnen nur den Himmel über dem Hof gesehen, nicht sein Spiegelbild. Nachdenklich zog er die Nase kraus. „Wie habe ich das gemacht?“

„Was?“ Jenny trat neben ihn und nutzte die Wasseroberfläche als Spiegel, um ihren gehäkelten Pulli neckisch über die Schultern zu zupfen. Dann sah sie ihn auffordernd an. „Nun sag schon!“

Dimitri winkte ab. „Nichts!“ Und lief ins Haus. Doch Jenny ließ nicht locker, sie folgte ihm. „Wo sind die anderen?“

„Weggeritten.“ Dimitri stapfte entschlossen die Treppe nach oben.

„Was? Wohin denn? Was haben sie denn gesagt?“ Jenny flitzte ihm hinterher und folgte ihm in sein Zimmer.

„Irgendwas darüber, die Wächter zu suchen. Um den Schattenzauber loszuwerden." Dimitri bestückte seinen Notenständer und griff nach seiner Geige. Es war ja nicht so, als hätten die anderen darüber nachgedacht, ihn oder Jenny mitzunehmen. Und das war auch gut so. Dann konnte er jetzt vielleicht endlich mal in Ruhe üben! Er begann, die Saiten zu stimmen.

„Vielleicht", überlegte Jenny laut, „ist das 'ne Prüfung. Du hast doch gesagt, dass das alles nur ein Spiel ist. Oder glaubst du jetzt doch, dass alles echt ist? Und dass wir hier in so 'ner Magic-Welt sind und Charlie davon die Leuchtdingselfe ist?"

„Sternenfee", korrigierte Dimitri abgelenkt. Warum konnte sie ihn nicht einfach in Ruhe lassen?

„Heißt das dann, dieser komische dunkle Fleck ist auch echt?" Langsam klang Jenny wirklich beunruhigt. Und Dimitri konnte sie verstehen, er wusste ja selbst nicht, was hier los war, weshalb ihn die anderen manchmal sahen und manchmal nicht.

„Keine Ahnung. Ist mir auch egal!", ließ er Jenny dennoch abtropfen und deutete auf seine Noten. „Ich kann das Stück immer noch nicht fehlerfrei. Mit dem Mendelssohn habe ich nicht einmal angefangen!"

Jenny starrte ihn an. Das konnte doch unmöglich sein Ernst sein, oder? „Alter, vergiss Mandys Sohn!", rief sie aufgebracht und schob ihr Gesicht dicht vor seins. „Ich bleib doch nicht hier und lass mich von so einem scheiß-kack Monsterding auffressen, während die anderen krassen Shit erleben und voll die Helden werden."

Keine Chance, der Streber schloss einfach die Augen und begann auf seiner Fiedel zu ... fiedeln! „Ich halte dich nicht auf", seufzte er dabei genervt.

Mann, dieser sture Typ! Okay, dann musste sie ihm wohl gestehen, weshalb sie ohne ihn nicht loskonnte. Tief holte sie

Luft. „Ich kann nicht reiten!“, stieß sie schnell und peinlich berührt hervor. „Du musst mitkommen und mir zeigen, wie das geht!“

Jetzt machte er wenigstens die Augen wieder auf. Seine Antwort hätte sie allerdings vorhersagen können. „Ganz bestimmt nicht!“ Er fiedelte weiter, als hätte er sonst keine Sorgen.

Das war's! Jenny reichte es. „Was bist du denn für ein Lappen, der 'ne Frau hängen lässt?!“, fauchte sie und riss ihm wütend die Geige aus der Hand.

Ehe er begriff, was sie vorhatte, war sie damit schon aus dem Zimmer und rannte die Treppe hinunter auf den Hof. Dimitris ärgerliches Gelaber darüber, was für ein super wichtiges und besonderes Instrument seine Fiedel war, ignorierte sie. Stattdessen hielt sie sie in die Höhe und versprach mit Oberwasser: „Du kriegst das Ding wieder, wenn du mitkommst.“

Ha, jetzt hatte sie ihn, die Masche funkte immer! Damit hatte sie Emre, dem kleinen Brillen-Zottel aus ihrem Viertel, schon so manches Mal Finderlohn für den gemopsten Geldbeutel abgenommen: sein Taschengeld und das Versprechen, Mathe und Bio bei ihm abschreiben zu dürfen. Zugegeben, der Schwächling hatte jedes Mal beinahe geheult und ganz wohl war ihr dabei nicht gewesen. Aber vor ihrer Clique hatte sie ja wohl kaum klein beigeben können.

Und auch jetzt blieb ihr nichts anderes übrig. Sie brauchte Dimi. Und wenn der nicht freiwillig mitkam, musste er eben ... überzeugt werden! Jenny kniff die Lippen zusammen und hob die Geige hoch über ihren Kopf, als wollte sie sie zerschmettern.

Da endlich ließ Dimitri geschlagen die Schultern sinken. „Gut“, flüsterte er, „ich komme mit.“

Jenny lief zum Stall. „Cool!", rief sie ihm dabei zu. „Das wird mega. Endlich passiert hier mal was!" Jetzt mussten Dimi und sie nur noch verschwinden, ohne dass Lore und Rona etwas davon mitbekamen.

Zu Jennys Freude präsentierte sich eine super Ablenkung: Ein kleiner Junge mit Wuschelhaar überquerte den Hof und lief in die Küche. Durch das offene Fenster erscholl Tamis Freudenschrei: „Adrian!" und Jenny sah, wie die beiden sich umarmten, als hätten sie sich schon jahrelang nicht mehr gesehen. Süß! Mit einem breiten Grinsen winkte sie Dimi, ihr in den Stall zu folgen.

Auch Rona, die sich mit Tami in der Küche befand, freute sich, Adrian, den kleinen Zauberer und Freund ihrer Enkelin, zu sehen. Sie drückte ihm einen warmen Kuss auf die Wange, dann konzentrierte sie sich erneut auf die Sammlung ihrer alten Bücher.

„Ist alles in Ordnung bei euch?", fragte Adrian und sah Rona nachdenklich dabei zu.

„Wegen des Schattenzaubers?" Tami bekam große Augen. „Weißt du denn, was es damit auf sich hat?"

Adrian schüttelte den Kopf. „Ich habe so was noch nie gesehen. Onkel Rudofus sagt, dass bestimmt wieder die Hubbeldies oder die Zwerge dahinterstecken. Aber ich glaube das nicht."

Tami lächelte Rona voller Überzeugung zu, die nun etliche Bücher auf den Küchentisch stapelte. „Oma findet sicher etwas, um den Zauber aufzuhalten! Brauchst du Hilfe, Oma, oder können wir auf den Dachboden?"

Rona wedelte mit einer Hand und setzte sich. „Geht ihr ruhig spielen, nur eines, Adrian: Ist dir auf dem Weg hierher Mick begegnet?"

„Nein."

Sorgenvoll blickte Rona den Kindern hinterher, als diese nun kichernd nach draußen stürmten. Wo war Mick? Seufzend nahm sie eine Lupe auf und konzentrierte sich auf die eng beschriebenen Seiten ihrer Lektüre. Als Lore in die Küche trat, sah sie nur kurz auf. „Und? Wie sieht es aus?"

Lore strich sich erleichtert über die hellbraune Weste, die sie zum Ausreiten angezogen hatte. „Ein paar Reiter haben berichtet, dass es Richard und den Jungs gut geht. Der Schattenzauber wird in den Hügelländern vom blauen Fluss abgehalten."

Rona nickte, das waren gute Nachrichten. Bei Lores nächstem Satz ließ sie jedoch überrascht ihre Lesehilfe sinken.

„Wir sollten vielleicht auch dorthin aufbrechen", schlug ihre Schwiegertochter vor.

Rona runzelte die Stirn. „Du willst unseren Hof zurücklassen?"

Lore schwieg vielsagend, dann wechselte sie, sich umblickend, das Thema. „Sind die Kinder mit Tami zusammen ausgeritten?"

Rona nahm ihre Lupe wieder auf. „Tami und Adrian sind auf dem Dachboden."

„Aber die Pferde sind nicht da."

Argwöhnisch sahen die beiden Frauen sich an. Bei Lore fiel der Groschen zuerst. „Sie sind ins Alte Tal geritten!" Schon stürzte sie aus dem Haus. „Ich muss sie aufhalten!"

Charlie, Arman und Tarik ritten über eine weite Wiese und zügelten plötzlich ihre Pferde.

„Wir sind da." Arman deutete nach vorne, wo nur wenig entfernt zwei Steinsäulen emporragten. Dazwischen schimmerte die Luft wie eine Fata Morgana während eines heißen Tages: der Eingang zum Alten Tal.

Charlie sah sich um. Ein Greifvogel drehte immer enger werdende Kreise über ihnen am Himmel. Der Wind beugte die Grashalme. Nur dort, wo der Schattenzauber langsam, aber stetig voranfloss, versiegten sämtliche Farben und alles Leben. Von beiden Seiten kroch er unaufhaltsam auf die Steinpfeiler zu und engte den Weg durch das Tor immer weiter ein.

„Wenn wir jetzt da durchgehen, können wir nicht mehr zurück", fasste Tarik Charlies Beunruhigung in Worte.

Charlie nickte. Trotzdem blieb ihnen kaum etwas anders übrig, oder? Umdrehen war keine Alternative. Charlie stieg von Auriga und führte sie an den Zügeln vorsichtig auf den schmalen Streifen Wiese zwischen den Schattenmassen zum Tor. Dann atmete sie tief ein und nickte den Jungs zu. „Also dann: los!"

Ein Flimmern legte sich um sie, als sie den ersten Schritt hindurchtrat. Dann verschwand das Bild der Wiese hinter den Säulen und setzte sich neu zusammen: Charlie befand sich auf einem schmalen Pfad am Grund einer Schlucht. Weit oben ragte ein Baum neben dem anderen in die Höhe. Rechts und links von ihr erstreckten sich rötliche Felswände bis weit hinauf. Am Grund der Schlucht schlängelte sich ein mit Blättern übersäter Trampelpfad entlang.

Zwischen Ästen und Felsen glitzerten zarte Spinnennetze, dazwischen Edelsteine. Moos überdeckte die Felsen und den Boden, als wollte es Schritte und Geräusche dämpfen. Rechts und links davon raschelten hell- bis dunkelgrüne Farne und überall wuchsen unterschiedliche Blumen. Ihre Blüten schienen die gesamte Farbskala auszumachen, offene Kelche streckten sich nach dem durch die Bäume fallenden Sonnenlicht. Andere schmiegten sich dicht an den Boden.

Ein leiser Windhauch ließ die Blumenköpfe nicken, als wollten sie Charlie willkommen heißen. Charlie sah sich begeistert um. So eine magische, bunte Vielfalt hatte sie noch nie gesehen!

Nur wenig später tauchten Arman und Tarik hinter ihr auf. Auch sie waren von ihren Pferden gestiegen und führten sie neben sich her. Charlie sah sich fasziniert um. „Das ist ..."

„... super crazy!" Tarik drehte begeistert den Kopf hin und her und näherte sich einer der Blumen.

Nur Arman blieb zurückhaltend. „Bleibt auf dem Weg", warnte er, „so schön dieser Ort ist, er hat seine Tücken."

Da hatte Tarik schon die Hand ausgestreckt. Die kleine Blume vor ihm begann zu tanzen und zu lachen, als hätte er sie gekitzelt. Von dem Lachen angesteckt, trat er noch einen Schritt näher, ohne auf Armans warnende Worte zu hören – und sank binnen weniger Sekunden bis zu den Knien in dem schlüpfrigen Boden ein, der ihn wie Treibsand nach unten sog. Entsetzt schrie er auf.

Arman eilte zu ihm und griff nach seinem Arm. „Nicht bewegen, Tarik!"

Doch Tarik war viel zu erschrocken. Wild strampelnd versuchte er, sich zu befreien. „Die Erde frisst mich auf!", rief er entsetzt. „Charlie, hilf mir!"

Mit vereinten Kräften gelang es Charlie und Arman, Tarik aus dem Moorloch zu ziehen. Außer Atem und mit Schlamm bedeckt, ließen sie sich auf den Boden fallen.

Arman warf Tarik einen vielsagenden Blick zu. „Willkommen im Alten Tal“, grummelte er und hörte sich eher an, als meine er: „Hab ich's dir nicht gesagt?“

Charlie verbiss sich ein Lächeln, als sich Tarik, nun wieder ganz der Wissenschaftler, neugierig zu der braunen Schlammmasse beugte, die ihn vor wenigen Sekunden noch verschlingen wollte, und „Wirklich interessant“ murmelte. „Ein Kubikmeter Schlamm muss mindestens drei Tonnen wiegen. Wieso kommt es nicht zu einer Kompaktion?“

Charlie stand auf und klopfte sich die Kleider ab. In ihrem Rücken taten es ihr die beiden Jungen nach. „Wir sollten zurückgehen“, murmelte Arman, „es ist zu gefährlich.“

Charlie zögerte. Abgesehen davon, dass der Schattenzauber vor dem Eingang zum Alten Tal inzwischen sicherlich schon weiter vorangeschritten war, hielt sie etwas hier. Wie magisch angezogen lief sie ein paar Schritte weiter und bog um die nächste Kurve. Und da sah sie es: Das weiße Pferd stand nur wenige Meter von ihr entfernt auf dem schmalen Weg!

Wie bei ihrer ersten Begegnung spürte Charlie genau seine magische Anziehungskraft. Irgendetwas versuchte der Schimmel ihr mitzuteilen. Nun schnaubte er leise und hob auffordernd den Kopf. Charlie nickte ihm zu, sie hatte verstanden.

„Nein“, widersprach sie Arman und deutete auf das wartende Tier, „wir müssen hier lang!“ Entschlossen nahm sie Aurigas Zügel und folgte dem magischen Pferd.

Keiner der drei ahnte, dass Jenny und Dimitri ihnen bereits dicht auf den Fersen waren. Anfangs hatte Dimitri Jennys Stute Leonis noch an den Zügeln geführt, damit sie ein Gefühl für das Tier, auf dessen Rücken sie saß, entwickeln konnte. Doch schnell hatte Jenny darauf bestanden, alleine zu reiten. Ansonsten, fand sie, würden sie Tarik, Charlie und Arman schließlich nie einholen. Außerdem war es dringend an der Zeit, dass sie mal ein bisschen selbstständig ritt. Leonis würde sicher auf sie aufpassen, oder?

Begeistert hatte Jenny die Hände zur Seite gestreckt und „Ich bin die Königin der Welt“ geschrien. Das unglaubliche Glücksgefühl dabei hatte nicht lange angehalten. Prompt war sie von Leonis breitem Rücken gerutscht. Aber nun gut, es war noch keine J-Nifah vom Himmel gefallen!

Klar auch, dass Dimis erste Sorge nach ihrem Sturz seiner wertvollen Zupffiedel gegolten hatte und nicht ihr!

„Das ist doch Schwachsinn, was wir hier machen“, raunzte er nun genervt. „Wir wissen überhaupt nicht, wo die anderen sind!“

Und das, obwohl Jenny immer wieder Spuren der anderen entdeckte: Pferdeäpfel, Hufabdrücke, geknickte Halme. Wieso Dimiboy diese nicht sehen konnte, war ihr ein Rätsel, aber vielleicht machte zu viel auf Noten Starren ein bisschen blind für andere Dinge?

Nun jedenfalls hatte sie es raus! Anstatt zu versuchen, so gerade und unbeweglich wie möglich zu sitzen, ging sie mit Leonis' Bewegung mit. Jenny lehnte sich nach vorne und überließ sich dem beruhigenden Takt ihres Pferdes. Dabei scannte sie weiterhin ihre Umgebung. Da, dort vorne waren schon wieder Hufabdrücke. Inzwischen wies sie Dimitri nicht länger darauf hin, er kniff sowieso nur ungläubig die Augen zusammen und dachte, sie verarsche ihn.

Und dann, kaum hatten sie ein kleines Stück Wald umritten, sahen sie es: Zwei Säulen aus ineinandergewundenen Steinpfeilern ragten mitten auf der Wiese in die Höhe. Die Spuren von Charlies, Tariks und Armans Pferden führten mitten hindurch. Das musste der Eingang zum Alten Tal sein, sie hatten es geschafft! Nur noch ein paar Meter und ...

„Jenny, Dimitri, nicht!“ Lores Stimme klang schrill vor Panik. Tief über den Hals ihres Pferdes gebeugt, jagte sie über die Wiese immer näher. Erschrocken sah Jenny ihr entgegen. Wenn sie das Tor erreichen wollte, bevor Lore sie eingeholt hatte, musste sie sich etwas einfallen lassen!

„Oh Shit“, wandte sie sich an Dimitri. „Wie macht man das Ding hier schneller?“

Doch Dimi antwortete nicht. Wie ein Reh im Scheinwerferlicht sah er der herangaloppierenden Lore entgegen und rief: „Wir sind hier!“

Mit einem Blick auf den immer enger werdenden Weg zum Tor traf Jenny eine Entscheidung: Von ihr aus konnte Dimitri hier warten, doch J-Nifah war aus anderem Holz geschnitzt!

Unsicher beugte sie sich dicht über den Hals ihres Pferdes. Und wie durch ein Wunder trabte es plötzlich los! Als verstünde es Jennys Eile, begann es, an Tempo zuzulegen. Jenny raste zwischen den aufeinander zukriechenden Schatten auf das Tor zu ...

Kurz bevor sie es erreichte, drehte sie sich noch einmal zu Dimitri um, der bewegungslos da stand und auf Lore wartete.

„Verräter!“, zischte sie ihm zu und hielt seine Geige in die Höhe, dann konzentrierte sie sich auf den Eingang.

Ihr Gesichtsfeld verengte sich, nur noch den immer schmäler werdenden Grasstreifen sah sie, die beiden Steinpfeiler, das flirrende, unwirkliche Licht dazwischen.

Wenn Dimitri seine Geige nicht wiederhaben wollte, bitte sehr, dann sollte er doch bleiben! Sie, J-Nifah, würde es auch ohne ihn schaffen! Irgendwie. Hoffentlich …

KAPITEL 10

Lore trieb ihr Pferd an, als Jenny auf den Eingang zum Alten Tal zutrabte. In einer Sekunde war sie noch da, in der nächsten wie vom Erdboden verschluckt. Wenigstens schien Dimitri auf sie zu warten. Zögernd stand er noch immer an Ort und Stelle, die weit aufgerissenen Augen flitzten zwischen ihr und dem Tor hin und her.

Doch schon bevor er sich in Bewegung setzte, ahnte Lore, was geschah: Sie sah, wie er die Beine anspannte und die Knie in Cassiopeias Flanken drückte.

Ihr flehendes „Dimitri, nicht!“ stieß auf taube Ohren. Der Junge stob blitzschnell voran. Kurz bevor der Schattenzauber hinter ihm selbst das kleinste Stückchen Wiese vor dem Tor auslöschte, verschwand auch er auf der anderen Seite. Sie war zu spät gekommen!

Außer Atem blieb Lore stehen. Die schwarze Masse vor ihr blubberte bösartig. Sie hatte keine Möglichkeit, den Kindern zu folgen.

Also blieb nur eines: So schnell sie konnte, wendete sie ihr Pferd und ritt zum Hof zurück. Denn egal wie sehr Rona hoffte, ein Gegenmittel zu finden, für Lore stand fest: Rona, Tami und sie konnten nicht auf dem Lilientalhof bleiben! Der Schattenzauber breitete sich viel zu schnell aus. Und so sehr sie hoffte, die Kinder würden im Alten Tal die Wächter finden, sie musste ihre Familie in Sicherheit bringen!

Kaum hatte sie ihr Pferd versorgt, marschierte Lore fest entschlossen in die Küche zu Rona, die wie erwartet noch immer über ihren Büchern brütete. Langsam wurde sie wirklich wütend.

„Warum hast du nicht gemerkt, was die Kinder vorhaben?!“, verlangte sie von ihrer Schwiegermutter zu wissen.

Überrascht sah Rona auf. „Ich habe es dir doch in den Schriften gezeigt: Die Sternenfee hat Namra schon einmal gerettet, als es keinen Hüter gab. Wir sollten Charlie vertrauen.“

Lore biss die Zähne zusammen. War sie eigentlich die Einzige, die erkannte, in welcher Gefahr sie alle schwebten? „Rona, es sind Kinder. Sie sind ganz allein! Und Charlies Licht scheint nicht mehr zu funktionieren.“

Rona lächelte beruhigend. „Aber Arman ist bei ihnen. Er kennt sich im Alten Tal aus.“

Lore schüttelte den Kopf. Egal, ob ihre Schwiegermutter damit richtig lag oder nicht – wer sagte, dass die Kinder rechtzeitig eine Lösung fanden? Sie konnte nicht hier sitzen und darauf warten. Lore stellte eine Kiste zu Ronas Büchern auf den Tisch.

„Wo ist nur Mick? Da stimmt doch etwas nicht. Es dauert nicht mehr lange, bis der Schattenzauber den Hof erreicht“, erklärte sie fest. Dann schloss sie einen Moment die Augen und atmete tief ein.

„Wir sollten packen“, erklärte sie Rona. „Ich will meine Familie in Sicherheit bringen, solange ich noch kann!“

Rona schluckte. „Vielleicht“, entgegnete sie dann bittend, „finde ich ein Gegenmittel. Wir können den Hof nicht einfach aufgeben. Der Hof hat uns alle gerettet.“

Lore zögerte einen Moment, dann begann sie entschieden

zu packen. Bis sie damit fertig war, würde sie ihrer Schwiegermutter Zeit geben. Danach würden sie gehen. Zu ihrer aller Sicherheit.

Jenny konnte sich gar nicht sattsehen: all die verwunschen aussehenden Pflanzen und Blumen, die sich die Felswand hinaufwanden, das Glitzern der bunten Steine dazwischen, als hätte jemand ein Schmuckkästchen darüber ausgestreut. Wie schön es hier war!

„Ey, sag mir, dass ich träume, Dimi", flüsterte sie ehrfurchtsvoll.

Dimis Blick war skeptisch. „Wo genau sind wir?"

Jenny zuckte mit den Schultern und stieg von Leonis' Rücken. Wozu brauchte dieser Ort unbedingt einen Namen? Sie mussten im Alten Tal sein, mehr Verortung brauchte sie nicht.

Tief atmete sie ein, selbst die Luft roch frisch und blumig. Vielleicht kam das von den ganzen Pflanzen? Ein paar Schritte weiter rechts neigte eine weiße Blüte ihren Kelch zu ihr. Wie eine dieser Rosen sah sie aus, die es nur ein paar Wochen im Jahr gab, erst waren die ganz kugelig und dann explodierten sie geradezu.

Jenny ließ ihre Tasche zu Boden sinken, trat näher und kniete sich hin. Als ihre Fingerspitzen eines der zarten Blütenblätter berührten, wackelte die Pflanze plötzlich hin und her und kicherte leise. Jenny ließ sich anstecken und kicherte mit. „Hör dir die an, die Lache, Dimiboy. Wie geil!"

Dimitri lachte nicht mit. „Schluss mit dem Blödsinn", fauchte er sie an und als Jenny sich zu ihm umdrehte, begriff sie, was er meinte: Er hatte seine Geige aus ihrer Tasche gezogen und lief zu Cassiopeia zurück. „Viel Spaß mit deinen Blumen. Ich bin weg."

Vor den Kopf geschlagen sprang Jenny auf die Füße. „Jetzt warte mal. Ist doch voll spannend alles!"

Wie konnte er denn jetzt gehen wollen? Und vor allem wohin?

Ohne sich noch einmal zu ihr umzudrehen, führte er sein Pferd auf dem Weg zurück. Jeder Schritt, den er sich mehr von Jenny entfernte, versetzte ihr einen weiteren kleinen Stich. Und plötzlich war er einfach verschwunden. Jenny schnaubte auf. Na bitte, dann sollte er sie doch alleine lassen und zu Mutti rennen, sie brauchte ihn nicht, sie, J-Nifah, brauchte niemanden.

Das hatte sie zu Hause oft genug bewiesen. Immer dann zum Beispiel, wenn alle aus ihrer Gang brav zum Abendessen nach Hause gewackelt waren. Oder Babysitterduty für ihre Geschwister hatten.

„Wir haben's halt nicht so entspannt wie du", hatten sie gegrinst und sich mit einem Fistbump von ihr verabschiedet.

„Sei froh, dass du keine Alten hast."

Selbst an den Tagen, an denen sie so viel Geld erbeutet hatten, dass sie richtig einen hätten draufmachen können! Aber nein, nach einigen Luftküsschen war Jenny alleine zurückgeblieben. Sie hatte sich auf den Blumenkübel genau in der Mitte des Platzes zwischen den Hochhäusern gesetzt und die Lichter gezählt, die nach und nach in den Fenster angegangen waren.

Jenny schulterte ihre Tasche. Nun munterte sie auch das Kichern der Blume nicht mehr auf.

Ein leises Schnauben erklang hinter ihr, ihr Pferd stupste sie mitfühlend an. Zärtlich strich Jenny über seine Nüstern. „Du lässt mich nicht im Stich, was? Jenny und Leonis können auch alleine Party machen!"

Sie griff nach den Zügeln, als sie zwischen dem Rauschen des Windes plötzlich etwas hörte: einen erschrockenen Schrei! Einen Moment sah sie Leonis in die großen Augen. „War das eben etwa Charlie? Das klang, als bräuchte sie Hilfe!"

Leonis nickte ihr schnaubend zu und Jenny hielt nichts mehr. Sie rannte so schnell, wie sie noch nie in ihrem Leben gerannt war. Es war, als hätten ihre Beine die Kontrolle übernommen. Die Felswände rechts und links von ihr verwischten zu einem graugrünen Flimmern, der Wind rauschte in ihren Ohren, sie hörte Wassergluckern und vor ihr noch immer das Echo von Charlies Schrei.

Dann plötzlich öffneten sich die Felsen zu einer Lichtung mitten im Wald. Rechts plätscherte ein Fluss. Links war eine kleine Anhöhe und direkt am Abhang bot sich Jenny ein wirklich seltsames Bild: Tarik stand breitbeinig kurz vor dem Gefälle, die Handflächen beschwörend auf Charlie gerichtet, die in unnatürlichem Winkel vornübergekippt über der steilen Böschung schwebte. Fast so, als würde Tarik sie durch Zauberkraft mitten im Fall in der Luft halten.

Arman war auf dem Weg, Charlie zu Hilfe zu eilen, doch in Jennys Augen bewegte er sich unerträglich langsam, fast wie in Zeitlupe. Jenny legte einen Zahn zu. Nur Sekunden später war sie bei Charlie, fasste sie um die Hüften und riss sie zurück.

Gemeinsam fielen sie auf den Waldboden. Charlie blickte wild um sich, dann starrte sie Jenny an. „Danke!", stotterte sie.

Jenny nickte und setzte sich auf.

„Wie hast du das gemacht?", wollte Arman von Tarik wissen, der wiederum seinen Blick nicht von Jenny lassen konnte.

„Keine Ahnung!“ Er zuckte die Schultern und beugte sich zu Jenny. „Und du? Wie hast *du* das gemacht?“

Nun drehte sich auch Arman zu ihr. „Konntest du das schon, bevor du hier hergekommen bist?“

Jenny runzelte die Stirn. Wovon redeten die beiden? „Was können?“

„Alter ... ähm, Jenny.“ Tarik musste lachen, „Du kamst hier angeschossen, als hättest du ’nen Raketenantrieb.“

Ein Wiehern unterbrach die allgemeine Verwirrung: Leonis und Cassiopeia trabten heran. Von Dimitri fehlte jede Spur.

Bis plötzlich ein Wasserplätschern erklang und Dimitri aus dem Nichts im Sattel seines Pferdes erschien, als sei er nie woanders gewesen.

„Ah, hier seid ihr“, sagte er erleichtert und stieg ab. „Der Eingang ist vom Schattenzauber versperrt. Wir kommen nicht mehr zurück.“

Doch so einfach kam auch er nicht davon. Arman sah ihn misstrauisch an. „Und du? Wie hast du das eben gemacht?“

„Oh.“ Dimitri zupfte sich verlegen am Ohrläppchen. „War ich etwa wieder ... ähm ... unsichtbar?“

„Alter!“ Jenny klatschte in die Hände. „Was passiert denn hier?“ Das war wirklich aufregend. Tarik konnte Menschen in der Luft halten, Dimi sich unsichtbar machen, ihr ... Tempo und die krass guten Augen, als wären plötzlich alle ihre Sinne geschärft. Wie so ’ne Wildkatze!

„Hm“, machte Arman. „Offenbar habt ihr in Namra besondere Fähigkeiten.“

Das war der Moment, in dem Jenny beschloss, dass sie Namra echt cool fand! Mal sehen, was als Nächstes passierte!

Da wieherte Tariks Pferd Orion, nervös fielen die anderen

ein. Cassiopeia stieg auf die Hinterbeine und bevor Jenny, Charlie, Arman, Tarik und Dimitri sich versahen, gingen sämtliche ihrer Pferde durch. Voller Panik stoben sie in den Wald.

„Was ist denn mit denen?“ Hilflos sah Tarik den Tieren hinterher.

„Viel wichtiger ist: Was ist das?“ Charlie deutete zum Bach. Nebel zog auf. Dicke Schwaden pulsierten in weißlichem Grau und krochen auf sie zu. Arman trat erschrocken einen Schritt zurück. „Der Geist des Alten Tals!“

Charlie spürte Armans Anspannung. Der Nebel wurde dichter, kaum mehr war der Abgrund vor ihnen zu erkennen, gespenstisch ragte nur hier und da ein Ast aus dem Dunst.

„Wir müssen sofort hier raus!“ Arman griff nach seinem Rucksack und winkte den anderen, ihm zu folgen. „Der Geist des Alten Tals macht müde. Versucht, so wenig wie möglich zu atmen!“

Doch so schnell war der Aufbruch nicht zu bewerkstelligen. Dimitri suchte nach seinem Geigenkoffer, Tarik hielt Jennys Tasche in der Hand und erkannte mit Schrecken: „Jenny ist weg!“

Charlie schluckte. Wenn Arman recht hatte und der Nebel müde machte, lag Jenny vielleicht bereits nur wenig entfernt ohnmächtig am Boden! Wie sollten sie sie finden, ohne dabei aus Versehen über den Rand des Anhangs zu treten?

„Jenny!“, begann sie zu rufen und achtete nicht darauf, was Arman ihr geraten hatte: Nicht tief einatmen! Die anderen fielen in ihr Schreien ein: „Wo bist du? Wir sind hier!! Jenny?“

Jeder Ruf nach Jenny wurde mühevoller. Charlie holte zischend Luft. Fast schien es, als würde ihr der Sauerstoff ausgehen. Wenn Jenny nicht bald auftauchte …

„Buh!“, Jenny sprang aus dem Nebel auf sie zu und lachte übermütig. Sie hielt das Ganze offenbar für einen großen Spaß!

„Bist du bescheuert?“ Tarik war verärgert und warf Jenny ihre Tasche zu. „Wir haben uns voll Sorgen gemacht!“

„Krieg dich wieder ein. Ist doch nur Nebel!“

„Eben nicht!“ Arman blickte Jenny grimmig an.

Bevor er sich umdrehen konnte, um sie hinauszuführen, sackte Dimitri neben Charlie plötzlich zusammen. Erschrocken fasste Charlie nach seinem Arm. Je tiefer sie sich zu ihm beugte, desto schummriger wurde es ihr. Aber wenn sie ihn noch länger mit dem Gesicht im Nebel liegen ließe, dann ...

Arman eilte Charlie zu Hilfe. „Dimi, steh auf!“, befahl er, doch als sie ihn gemeinsam auf die Beine gezogen hatten, lehnte er schwer zwischen Arman und Charlie. Besorgt blickten sie sich an. „Charlie!“, flüsterte Arman verzweifelt, „versuch's mit dem Sternenlicht!“

Charlies Kehle war wie zugeschnürt. Mutig schluckte sie dagegen an und streckte die Hände flach vor sich aus. Es musste funktionieren. Sie musste es schaffen. Ihre Hände begannen vor Anstrengung zu zittern. Sie konzentrierte sich.

Dimitri stöhnte. Tarik schwankte. „Wenn wir noch mehr Zeit verlieren, kommen wir hier nie wieder raus!“

Jenny stolperte gegen ihn und riss ihn beinahe mit sich zu Boden.

Arman begann vor Anstrengung zu zittern. „Dimitri! Bleib wach! Wir müssen ihn hier rausholen, Charlie!“

Charlie unterdrückte ein Schluchzen und ließ ihre Hände sinken. Sie fühlte nichts. Kein Strahlen, keinen Funken, kein bisschen Sternenlicht! „Ich krieg's nicht hin!“

„Dann kümmer du dich um Jenny.“ Mühsam richtete Arman sich und Dimitri auf. Schritt für Schritt zog er ihn weg von dem aufsteigenden Nebel. Bei Tarik angekommen, legte er dessen Arm um seine andere Schulter. „Halt dich an mir fest!"

Charlie bemühte sich mit aller Kraft, doch schon Jenny in eine sitzende Position zu bugsieren, erschöpfte sie. Sie ließ sich neben Jenny auf den Boden sinken. Blinzelnd sah sie Arman mit Tarik und Dimitri nur wenige Schritte weiter vorne. Tariks Arm rutschte von Armans Schulter, dann knickte auch er ein. „Steht auf!", wiederholte Arman immer wieder heiser, dann traf sein Blick Charlies. Und sie sah, dass auch er erkannte, sie würden es nicht schaffen. Charlies Augen fielen zu.

KAPITEL 11

Das Nächste, was Charlie hörte, war eine Mädchenstimme. Sie flüsterte unbekannte Worte in einer fremden Sprache. Oder schlief Charlie und träumte?

Nach und nach wurde ihr Kopf klarer. Sie begann sich zu erinnern: der Geist des Alten Tals! Das Plätschern des Baches klang fröhlich und hell. Leicht benommen blickte Charlie sich um. Der Nebel war verschwunden, als wäre er nie da gewesen. Auch die anderen erwachten, und setzten sich auf. Verschlafen und etwas verwirrt blickten sich alle an.

Da sah Charlie zwischen zwei Bäumen etwas Rotes aufblitzen. Sie kniff die Augen zusammen. Tatsächlich, da stand ein Mädchen in Tamis Alter mit langen roten Locken, einer Tunika und einem Leinenhemd über der dunklen Hose, die in Lederstiefeln steckte. Sie trug eine Ledertasche und fingerlose dunkle Handschuhe und lächelte Charlie zaghaft entgegen.

Arman sprach sie an: „Wer bist du?"

„Lena."

Noch immer benommen stand Charlie auf. „Warst du das?"

Lena antwortete nicht, beugte aber den Kopf. Charlie lächelte sie an. „Danke!"

Auch Tarik hievte sich auf die Beine und strahlte. „Du hast uns gerettet!"

„Kein Problem", winkte Lena ab, doch nun verzog sich ihr Gesicht fröhlich.

Arman blieb ernst. Misstrauisch trat er ein paar Schritte auf sie zu. „Wie hast du das gemacht?"

Charlie sah ihn verwundert an, traute er der Kleinen etwa nicht? Lena zuckte unschuldig mit den Schultern. „Der Geist des Alten Tals hat schlechte Erfahrung mit Menschen aus der Außenwelt gemacht", erklärte sie schließlich freundlich. „Ich habe ihm gesagt, dass ihr nicht gefährlich ausseht."

„Du kannst mit ihm kommunizieren?" Arman klang nicht überzeugt.

„Ja." Lena nickte. „Ich lebe schon lange hier. Da muss man früh lernen, sich zu verteidigen."

Nun hatte auch Jenny sich aufgerappelt. „Ey, kenn ich, Schwester!" Sie hielt Lena eine ausgestreckte Faust zum Fistbump entgegen. Als das Waldmädchen sie nur verwirrt ansah, machte Jenny ihm vor, wie es einzuschlagen hatte, und grinste breit.

Nun war es an Lena, die fünf neugierig zu mustern. „Was macht ihr eigentlich hier?"

„Wir suchen die Wächter." Tarik sah sie gespannt an. „Weißt du, wo wir die finden?"

„Was wollt ihr denn von ihnen?"

„Die müssen so 'nen neuen Präsidenten wählen oder so", sagte Jenny lässig. „Ein weißes Pferd soll uns hinbringen. Sagt sie jedenfalls." Jenny deutet auf Charlie. „Weil sie ist die ... äh ... was bist du noch mal?"

„Sternenfee", soufflierte Dimitri. Bevor er jedoch weiter ausholen konnte, lief Arman bestimmt voran. „Lasst uns weitergehen."

„Wenn ihr wollt, kann ich euch helfen", hielt Lena sie auf. „Über die Wächter weiß ich zwar nichts, aber im Alten Tal kenne ich mich aus." Lena klang eifrig. Und ein bisschen bittend. Charlie sah sie mitleidig an. Vielleicht war sie einsam, so alleine hier im Wald?

„Das wäre toll!“, sagte sie also und sah sich unsicher um. „Also dann erst mal Richtung Waldweg zurück?“

Lena nickte und folgte den fünfen. Dabei rückte sie ihre Tasche zurecht und zog die bis zum Ellenbogen reichenden Handschuhe sorgfältig gerade.

Auf dem Lilientalhof hatte Lore inzwischen fertig gepackt. Kisten und Körbe, Taschen und ein paar Fässer hatte sie auf einem kleinen Wagen gesichert und spannte nun eines der Pferde davor. Der Wind hatte aufgefrischt und blies in kühlen unheilvollen Böen über den Hof.

Rona schob ihre Büchertasche vorne auf den Sitz und zog ihr gehäkeltes Tuch enger um die Schultern. „Lass uns doch den großen Wagen nehmen.“

Lore schüttelte sorgenvoll den Kopf. „Ich kann verstehen, dass du hier bleiben willst, aber …“, verzweifelt sah sie in Richtung der Fichten mit dem Schattenzauber, „dafür ist keine Zeit mehr.“

Entschuldigend lächelte sie ihre Schwiegermutter an, dann drehte sie sich zum Haus.

„Tami“, rief sie langsam ungeduldig. Sie hatte ihre Tochter schon vor einer Stunde gebeten zusammenzusuchen, was sie mitnehmen wollte. Hinter ihr waren langsame Schritte zu hören. Und dann noch ein paar, noch langsamere. Überrascht drehte sich Lore um.

Da stand Tami mit einer Tasche in der Hand. Einen Arm hatte sie schützend um Adrian gelegt. Einen über und über blauen Adrian mit riesigen Füßen. Das schlechte Gewissen, das ihnen beiden ins Gesicht geschrieben stand, brachte Lore beinahe zum Lachen! Sie hatte sich schon gewundert, dass Adrian sich gar nicht verabschiedet hatte. Aber offensichtlich war er gar nicht gegangen. Kein Wunder! So wie er aussah, würde sein Onkel sofort begreifen, dass er einmal mehr gezaubert hatte, auch wenn er das gar nicht durfte.

Lore inspizierte seine Hautfarbe und die großen Füße. „Was habt ihr denn schon wieder angestellt?"

Beschämt senkte Adrian den Kopf. Dann holte er tief Luft. Doch bevor er auch nur ein Wort herausbrachte, mischte sich Tami ein: „Adrian wollte eigentlich gar nicht zaubern", versuchte sie, die Schuld auf sich zu nehmen. „Aber ich habe ihn darum gebeten ..."

Adrian warf Tami einen überraschten Blick zu und Lore verbiss sich das Grinsen. „Und dann", führte Tami zerknirscht weiter aus, „ist irgendwie alles schief gegangen. Adrian wurde blau, und ich habe versucht, unseren Zauber gegen Sonnenbrand dagegen einzusetzen, aber ... umsonst! Wir wussten nicht, ob er sich damit einreiben sollte oder es trinken ..."

Nun verhüstelte auch Rona ein amüsiertes Lachen.

„Und dann", seufzte Adrian schwer, „kamen auch noch die Riesenlatschen dazu!"

„Hmmm, daran lässt sich nun nichts ändern." Lore winkte die Kinder näher und deutete auf den Wagen. „Also: aufsteigen, ihr zwei."

Sie verstand, dass Adrians Onkel mit seinem Zauberverbot dafür sorgen wollte, dass sein Schutzbefohlener nicht aus Versehen alles Mögliche hervorrief. Aber sie konnte auch Adrian verstehen, der seiner besten Freundin Tami natürlich trotzdem zeigen wollte, was er alles konnte und gelernt hatte.

Und egal, was er diesmal dabei angerichtet hatte, Lore würde ihm dafür keine Standpauke halten. Die würde er später sicherlich sowieso von Rudofus bekommen, wenn er zu diesem zurückgekehrt war. Dank der Unübersehbarkeit der Folgen seines Zauberversuchs würde er vor seinem Onkel kaum verheimlichen können, was er getan hatte.

Lore nahm die Zügel zur Hand und führte das Pferd voran. Langsam setzte sich der Wagen in Bewegung. Nun war es zunächst einmal wichtig, hier wegzukommen. Wenn wenigstens Mick zurückgekommen wäre. Hoffentlich ging es ihm gut!

Lore konnte nicht ahnen, dass Mick in seinem Verließ langsam zu verzweifeln begann. Ihm gingen die Argumente aus, mit denen er hoffte, Milena umstimmen zu können. Aus seinem Kerker gab es keinen Weg hinaus und ob Feenja seine Worte empfangen hatte, konnte er auch nicht mit Bestimmtheit sagen. Er hatte versagt. Als Teil jener Familie, deren Aufgabe es seit Urbeginn gewesen war, das Gleichgewicht in Namra zu erhalten, als Ratgeber, Bruder und als Freund.

Die beiden Neuen, Jenny und Dimitri, hatte er aus einer Intuition hierhergebracht, damit sie ihre Probleme lösen konnten. Nicht, damit sie in ein viel gefährlicheres Abenteuer geworfen wurden, als sie sich in ihrem Leben je hätten stellen müssen.

Und Charlie? Die Sternenfee hatte offenbar Schwierigkeiten mit ihren magischen Fähigkeiten – und nun war sie dort draußen irgendwo unterwegs. Ohne zu ahnen, dass sie in Milena eine mächtige Gegnerin hatte. Mick ließ den Kopf hängen. All das war seine Schuld. Er hätte es vorhersehen müssen, niemand kannte Milena schließlich so gut wie er!

„Und du spielst Geige?“ Lena lief leichtfüßig neben Dimitri, Tarik und Jenny über den unebenen Waldboden und beäugte interessiert den blauen Instrumentenkasten, der aus Dimitris Rucksack lugte.

„Ja. Ich hab bald ein wichtiges Vorspiel. Und muss noch viel üben.“

„Dimiboy ist ein kleiner Streber!“, vertraute Jenny dem Mädchen grinsend an und bekam sogleich eine Retourkutsche von Tarik. „Was Jenny so sagt, kann man gerne einfach ignorieren.“

Jenny knuffte ihn gespielt grimmig in die Seite, während Tarik beinahe über seinen offenen Schuh stolperte. Eilig warf er einen abschätzenden Blick voraus, doch Charlie und Arman waren noch in Sichtweite, also bückte er sich. Die anderen drei blieben stehen und warteten auf ihn. Sie beobachteten Arman und Charlie, die dicht nebeneinander durch den Wald liefen.

Nach jedem konzentrierten Pfiff Armans lauschte Charlie in den Wald hinein, doch von ihren Pferden war nichts zu hören. Bisher hatte Arman keine Verbindung zu ihnen finden können. Irgendetwas oder -jemand hatte die Tiere vorhin zu Tode erschreckt. Nur wer oder was? Tatsächlich der Geist des Alten Tals? Vorsichtig drehte Arman sich zu Tarik und den anderen um und runzelte die Stirn.

Charlie folgte seinem Blick. „Was ist?“

Beunruhigt schüttelte er den Kopf. „Ich bin mir nicht sicher, ob wir dieser Lena trauen können.“

„Ich finde sie eigentlich ganz nett. Und ich will lieber nicht wissen, was passiert wäre, wenn sie uns nicht gerettet hätte.“ Betrübt stieß Charlie einen Kiesel vor sich her. „Ich bin keine große Hilfe. Tolle Sternenfee ohne Sternenlicht.“

„Charlie ...“

Charlie schnitt ihm das Wort ab. „Ja, jetzt sagst du wieder, es wird da sein, wenn ich's brauche ... Vorhin hab ich's gebraucht und es war nicht da." Sie war ärgerlich. Nicht über ihn, über sich selbst.

„Vielleicht liegt es daran, dass du es dir selbst nicht zutraust", schlug er sanft vor, doch Charlie ließ den Kopf hängen.

„Oder ich bin gar nicht mehr die Sternenfee!"

Jetzt blieb er stehen. „Was?"

„Vielleicht hat Namra entschieden, dass es eine bessere Sternenfee gibt als mich!" Frustriert hob Charlie die Schultern. „Weil ich irgendwas nicht gecheckt oder falsch gemacht habe."

Mit einem ungläubigen Lächeln schüttelte Arman den Kopf und lief weiter. Charlie folgte. Sie sollte aufhören, sich zu beschweren, ändern tat sie damit ja doch nichts.

„Sorry", seufzte sie frustriert. „Ich weiß, mein Gequatsche kann manchmal ganz schön nerven."

Nun lachte Arman wirklich. „Eigentlich", murmelte er amüsiert, „wollte ich nur sagen, dass ich niemanden kenne, der sich so einen Knoten in den Kopf denken kann."

Charlie seufzte tief. Andere nannten es Schaden. Was genau waren Nils' Worte gewesen, als sie mit ein paar seiner Freunde zum Picknick verabredet gewesen waren?

Ja, genau. „Können wir das Thema wechseln? Die anderen denken noch, du hast voll den Schaden, wenn du von Namra und der Sternenfee erzählst." Ganz normal mit seinen Freunden hatte er abhängen wollen.

Normal, schon klar. Wie denn? Die erste Frage an sie beide hatte gelautet: „Wie habt ihr euch eigentlich kennengelernt?" Und Charlie hatte genau bemerkt, wie Nils neben ihr zusammengezuckt war. Also hatte sie behauptet, sie seien gemeinsam in einem Ferienlager gewesen. Irgendwo mitten in der Pampa, in einem Kaff, das eh keiner kannte.

Jedes Mal danach war es dasselbe gewesen. Klar, dass man nicht irgendwelchen „normalen“ Freunden die Geschichte von Namra, den Lilientals und der Sternenfee erzählte. Aber selbst wenn sie unter sich gewesen waren, hatte Nils das Thema abgeblockt.

Traurig starrte Charlie vor sich hin. Den morschen Ast vor ihren Füßen übersah sie dabei, stolperte und wäre sicher gestürzt, wenn Arman sie nicht aufgefangen hätte. Die Arme stützend um sie geschlungen, hielt er inne und sah sie aus seinen braunen Augen an. Charlie erwiderte seinen Blick. Sie konnte nicht verhindern, dass ihr Herz eine Spur schneller schlug. Für eine gefühlte Ewigkeit sahen sie sich in die Augen und irgendwie war da etwas zwischen ihnen. Eine unsichere Frage, ein überraschtes Stocken, etwas Neues und zeitgleich längst Dagewesenes?

Jennys Kichern von hinten unterbrach den Moment. Schnell lösten sie sich voneinander und taten, als würden sie Jennys spöttische Kussgeräusche nicht hören.

Ohne sich umzudrehen, lief Charlie weiter, hinaus aus dem Wald auf eine grüne Wiese, deren Gras ihr bis zu den Schultern reichte und Lena beinahe bis über den Kopf. Mit einem kleinen Hüpfen holte die Kleine auf und schob sich neben Charlie. „Und du bist die Sternenfee?“

Unglücklich zuckte Charlie mit den Schultern. Darauf gab es momentan keine richtige Antwort, oder? „Ich kannte mal ’ne andere Sternenfee“, zwitscherte Lena neben ihr fröhlich.

„Ehrlich?“ Charlie strahlte auf. „Rosalie?“ Und als Lena nickte, führte sie aus. „Rosalie ist meine Großmutter, ich meine …“

Charlie stockte. „Ich konnte sie nicht kennen lernen. Das hier“, sie zog Rosalies Buch aus ihrer Umhängetasche, „ist alles, was ich von ihr habe. Wie war sie so?“

Lenas Augen schweiften über den wolkenlosen Himmel. „Sie war ein besonderer Mensch“, sagte sie leise. „Ich mochte sie sehr.“

„Rosalie hat nie von dir erzählt“, mischte sich Arman verstimmt ein. Seine Augen waren auf der Hut, offenbar traute er dem Waldmädchen noch immer nicht. Lena erwiderte seinen Blick arglos. „Nein?“

„Hat eigentlich irgendjemand einen Plan, wo wir gerade hinlaufen?“, kam es da missmutig von hinten.

Jenny blickte Charlie, Arman und Lena an und rollte mit den Schultern. Charlie sah sich zögernd um. „Das letzte Mal habe ich das weiße Pferd gesehen, als wir im Alten Tal angekommen sind.“

Tarik seufzte. „Von unseren Pferden gibt es auch keine Spur.“

„Und ohne die kommen wir gar nicht vorwärts.“ Auch Dimitri wurde langsam frustriert.

Arman bemühte sich, die Gruppe zu beruhigen: „Namrische Pferde haben einen besonderen Spürsinn. Darauf könnt ihr euch verlassen.“

„Ich hab aber Hunger“, quengelte Jenny und verschränkte die Arme vor der Brust. Dimitri und Tarik nickten zustimmend.

Lena hatte zum Glück eine Lösung parat. „Nicht weit von hier ist ein Wiesenhain“, sagte sie. „Da finden wir was zu essen. Am besten teilen wir uns auf. Dann geht es schneller. Ihr drei“, sie deutete auf Dimitri, Jenny und Tarik, „und wir anderen drei.“

Bevor Charlie sich in Bewegung setzen konnte, landete Armans Hand warm auf ihrer Schulter. „Charlie und ich kommen schon klar“, bestimmte er und fixierte Lena kühl. „Hilf du den anderen.“

Lena hob überrascht die Augenbrauen, dann wandte sie sich ab. Ihr „Wie du meinst“, klang fast ein wenig beleidigt.

Dass sie Charlie und Arman einen ungehaltenen Blick hinterherwarf, als die beiden sich nun von ihr, Tarik, Jenny und Dimitri entfernten, bemerkten sie nicht ...

KAPITEL 12

Auf der Wiese, zu der Lena Tarik, Dimitri und Jenny geführt hatte, standen Laubbäume mit ausladenden Zweigen, manche blühten, andere trugen wunderlich aussehendes Obst. Eine Art davon hatte es Jenny sofort angetan: Die Früchte ähnelten Pflaumen oder zu groß geratenen Marillen, doch anstatt violett oder gelb zu sein, waren sie rosa-silberfarben gesprenkelt.

So sehr Jenny sich auf die Zehenspitzen stellte, selbst jene, die am weitesten unten hingen, waren noch immer außerhalb ihrer Reichweite. Kurzerhand wies Jenny Dimitri an, sich zu bücken, damit sie auf seine Schultern klettern konnte.

Dimitri gab genervt nach. Auch er war hungrig. Nach einigem Wanken hatten sie ihr Gleichgewicht gefunden. Jenny streckte die Hand nach den ersten Früchten aus und zupfte einige davon ab. Amüsiert blickte sie sich währenddessen um. Von hier oben hatte sie einen guten Blick auf die Wiese, den kleinen Hügel, hinter dem Arman mit Charlie verschwunden war, und auch auf Tariks verbissenes Gesicht und seine lustige Haltung – fast als wollte er jeden Moment mit einem kleinen Ausdruckstanz beginnen.

Jenny grinste ihn auf Dimitris Schultern balancierend breit an. „Alles klar bei dir?“

Enttäuscht ließ er die Hände sinken, die er auf einen Stock gerichtet hatte. „Ich dachte, es klappt noch mal. So wie vorhin am Fluss mit Charlie.“

„Glaubst du, wir haben so Superpowers oder so?"

Dimitri unter Jenny begann zu schwanken. „Oh Mann, bist du schwer", beschwerte er sich. Also sprang Jenny zu Boden und hielt ihm die Früchte hin. Dimitri griff vorsichtig danach, doch Jenny zog sie spielerisch aus seiner Reichweite.

„Jetzt mal nicht frech werden", befahl sie, „sonst ..." Fragend wandte sie sich an Tarik. „Was kann ich eigentlich genau?"

„Du", antwortete Tarik beeindruckt, „kamst schneller angeschossen als Usain Bolt."

„Als was?"

Dimitri musste über ihren Gesichtsausdruck lachen. Jenny sah aus, als sei sie sich nicht sicher, ob Tarik ihr ein Kompliment gemacht hatte oder sie beleidigte. „Der jamaikanische Sprinter", erklärte er lächelnd. „Er hat acht Mal Olympia gewonnen. Schneller als ein Vogel ist der!"

Und schon hatte sie ihm die Früchte in die Hand gedrückt. „Vielleicht", rief sie atemlos aus, „kann ich ja auch fliegen!"

Bevor Dimitri oder Tarik sie abhalten konnten, war sie schon ein paar Meter gerannt, nahm Anlauf, sprang in die Luft und ... verschwand mit einem kleinen Kreischen im hohen Gras.

„Nein", erkannte Dimitri trocken, „kannst du nicht." Hinter ihm prustete Tarik gut gelaunt, während Jenny sich aufrappelte und einige Grashalme aus ihrem Mund und der Frisur zupfte.

„Hätte ja sein können", verteidigte sie sich. „Wenn der Streber sogar unsichtbar werden kann." Dimitri verdrehte die Augen. Konnte sie ihn nicht einfach nur bei seinem Namen nennen? Oder am besten einfach ganz die Klappe halten.

Als würde sie seine Gedanken lesen, grinste sie ihn frech an, schnappte sich eine der Früchte aus seiner Hand und führte sie zum Mund.

„Die sind vielleicht giftig“, warnte Dimitri und wurde von Tarik unterstützt: „Wir sollten lieber warten, bis Lena zurück ist.“

Dimitri drehte sich um. Stimmte. Lena. Wo steckte sie eigentlich? Und wie lange war sie schon verschwunden?

„Ihr könnt ja warten“, fand Jenny achselzuckend und biss herzhaft ins saftige Fruchtfleisch. Dimitri starrte sie an. Mutig war sie, so viel stand fest. Oder einfach ein bisschen verrückt!

Tarik versuchte, Jennys Hand vom Mund wegzuziehen, doch sie drehte sich zur Seite. Ihr „Ey, hör auf mit dem Scheiß“ klang, als hätte sie einen ganzen Heliumballon verschluckt. Einen Moment sahen sich die drei perplex an, dann begann Jenny in ihrer neuen, schrillen Mickey-Maus-Stimme zu lachen.

„Wie geil ist das denn?!“, piepste sie begeistert und setzte hinzu: „Schmeckt voll lecker, wie Maracuja.“

Tarik zögerte nur kurz, dann schnappte auch er sich eine der Heliumpflaumen und tat es ihr nach.

„Schmeckt echt Hammer“, quietschte er.

„Du hörst dich an wie ’ne Ente“, fand Jenny, die natürlich nicht viel besser klang.

„Pass auf, wie du mit mir redest!“, sagte er gespielt grimmig, was in seiner Stimmlage mehr als albern klang. Jenny verschluckte sich fast vor Lachen.

Nachdenklich sah Dimitri den beiden zu. Das sah wirklich nach großem Spaß aus. Und ein Teil von ihm hätte am liebsten spontan mitgemacht. Doch er schüttelte nur abwehrend den Kopf, als Jenny ihm kichernd eine der Früchte hinhielt.

„Komm schon!“ Sie legte auffordernd einen Arm um seine Schultern und nach kurzem Zögern gab Dimitri nach. Diese komischen Pflaumen sahen wirklich lecker aus. Und Hunger hatte er auch ...

Auf der anderen Seite des Hügels hatten Charlie und Arman ebenfalls Früchte entdeckt. Sie waren klein und goldgelb. Vorsichtig zupften sie einige davon ab und betrachteten sie.

„Findest du nicht auch, dass du etwas zu schroff zu Lena bist?", fragte Charlie schließlich.

„Ich will nur vorsichtig sein."

„Wieso sollte sie uns was Böses wollen?"

Arman zuckte mit den Schultern. „Warum habe ich Lena noch nie getroffen, wenn sie Rosalie kannte?"

Verständnisvoll sah Charlie ihn an. „Du sagst doch selbst. Rosalie war sehr geheimnisvoll."

Er schien nicht überzeugt. „Mit dem Geist des Alten Tales hat auch was nicht gestimmt. Ich glaub nicht, dass der sich von einem jungen Mädchen mit ein paar Worten beschwichtigen lässt."

Herausfordernd stupste Charlie ihn in die Seite. „Oder Lena kennt sich hier einfach besser aus als du", zog sie ihn auf.

Er fing ihre Hand ein und hielt sie einen Moment fest. Charlie erstarrte. „Ich will, dass wir ohne sie weitergehen."

Etwas überfordert drückte Charlie ihm die gesammelten Früchte in die Hand und schlang sich ihre Tasche um. „Ich finde", sagte sie fest, „wir können ihre Hilfe gut gebrauchen."

Weder Arman noch Charlie bemerkten, wie Lena, die ihre Unterhaltung belauscht hatte, sich nun mit verkniffenem Gesicht in den Schatten des Unterholzes zurückzog und zu Tarik, Jenny und Dimitri zurückeilte.

Charlie lief grübelnd weiter. Noch immer spürte sie den sanften Druck, den Armans Finger auf ihrem Handrücken hinterlassen hatten. Warum argwöhnte er, dass Lena etwas anderes vorhatte, als ihnen zu helfen?

Sie hoffte, dass der magische Schimmel sich bald wieder zeigen würde. Ihm vertraute sie blind. Er würde sie in die richtige Richtung führen. Und dann wären sie nicht länger auf Lena angewiesen. Damit verschwände sicher auch Armans unwohles Gefühl!

Charlie umrundete den kleinen Hügel und stieg vorsichtig einen felsigen Abhang hinunter. Zwischen den Steinen hatten sich Baumwurzeln festgekrallt und bildeten fast eine kleine Treppe.

Hinter ihr konnte sie Armans Schritte mehr spüren als hören. Sie lief weiter bis zu dem vor ihr liegenden Felsvorsprung, von dem sie auf die kleine Lichtung unter ihnen hinabsehen konnte: Einige Nadelbäume standen in einem fast perfekten Kreis. Das war seltsam! Braune Nadeln und Laub bedeckten fünf Steine, die aussahen, als wären sie mit Absicht angelegt worden: Vier davon – stark mit Efeu und Moos bewachsen – markierten einen Halbkreis, ausgerichtet auf den fünften Stein. Er war sechseckig, stand den vier anderen gegenüber und erinnerte Charlie an eine Art Altar.

„Arman, siehst du das?“ Charlie drehte sich zu ihm um, doch er war einige Meter entfernt. „Tarik, Jenny, Dimi, Lena!“, rief sie so laut sie konnte, während sie sich an den Abstieg machte. „Kommt alle her!“

Arman hangelte sich hinter ihr von einer Wurzel zur nächsten. Und auch die antwortenden Rufe der anderen waren nun zu hören.

Aufgeregt lief Charlie zu den Felsen. Deren Oberflächen sahen aus wie behauen. Das hier war ganz sicher nicht nur eine zufällige Anordnung. Charlie drehte sich in Richtung der Obstwiesen, legte die Hände zu einem Trichter an den Mund

und rief noch einmal: „Tarik? Jenny? Dimi? Lena? Hört ihr mich! Kommt! Hier ist was!“

Arman sprang auf den Boden, als Tarik, gefolgt von den anderen, angerannt kam. Ehrfürchtig liefen sie durch die Fels-Formation und sahen sich neugierig um.

„Guckt mal!“ Tarik deutete fasziniert auf einen der Steine. „Da ist ein Zeichen.“

„Hier auch!“ Dimitri beugte sich in der Mitte über das altarähnliche Sechseck. Charlie lief zu ihm und kniete sich neben Lena und Arman, die bereits begonnen hatten, die Oberfläche von Moos und Baumnadeln zu befreien. Arman pustete Erde weg und fuhr über die Einkerbungen. Neugierig beugte sich Charlie vor. „Was steht da?“

Armans Fingerspitzen folgten jedem Strich und jeder Kurve. „Das ist altnamrisch“, flüsterte er. „Ich glaube, es heißt so viel wie *Die, die uns schützen*.“

„Nein.“ Auch Lenas Gesicht war dicht über die Runen gebeugt. „Da steht: *Die, die über uns wachen*.“

Wie elektrisiert sprang Charlie auf. „Die Wächter!“, rief sie voller Freude. „Heißt das, wir haben sie gefunden?“

„Endlich“, seufzte jemand dicht neben ihr. Charlie sah die anderen verwundert an, dann blieb ihr Blick an Lena hängen, die noch immer auf den Wächterstein starrte. Ihr Gesicht strahlte. Und plötzlich hatte Charlie einen Kloß im Hals. Endlich? Weshalb war der Wächterstein so wichtig für ein kleines Mädchen, das im Wald lebte?

„Was?“, brachte sie krächzend heraus. „Was hast du gesagt?“

Lena richtete sich langsam auf und hob beschwörend die Hände. „Nichts, ich habe gar nichts gesagt!“

Charlie betrachtete argwöhnisch Lenas fingerlose Handschuhe, ihre Stiefel, die roten wilden Locken und ihre Ledertasche. Hatte Arman recht? Stimmte etwas nicht mit der Kleinen?

Lena wich vor Charlies prüfendem Blick vorsichtig zurück, erst langsam, dann schneller.

„Warte!“ Charlie griff nach ihrer Hand. Als Lena versuchte, sich loszumachen, verrutschte der Handschuh. Entsetzt sah Charlie auf die Adern des Mädchens: Sie pulsierten in tiefstem Schwarz!

Und plötzlich durchströmte Charlie ein warmes Leuchten, so hell wie Sternenstaub, sie fühlte sich so sicher wie schon lange nicht mehr. Aus ihren Händen floss weiches weißes Licht, umströmte Lena, hüllte sie ein und als es sich wieder verzog, stand plötzlich eine ganz andere Person vor ihnen: Eine junge Frau in einem langen uniformartigen Mantel mit streng zurückgekämmten dunklen Haaren und grünen Augen, die Charlie ebenso geschockt wie besessen fixierten.

„Milena?“ Arman klang entrüstet.

Hektisch sah die junge Frau sie alle an. Für einen Moment kam sie Charlie vor wie ein in die Enge gedrängtes Reh. Wer war sie und vor allem: Was tat sie hier?

„Das hier“, Arman wies mit einem anklagenden Finger auf Milena, „ist die Tochter der Hüterin.“ Er warf Charlie und Tarik einen vielsagenden Blick zu. „Die, die das Orakel nicht ernannt hat.“

Tariks Augen wurden groß. Jenny und Dimitri blickten überfordert von einem zum anderen. Charlie räusperte sich. Sie brauchten Klarheit. „Was willst du von uns?“, fragte sie misstrauisch. „Wieso hast du dich verwandelt?“

Milena hob beschwörend die Arme. „Ich wollte euch nicht

erschrecken“, sagte sie und lächelte vertrauensheischend. „Ich suche die Wächter. Genau wie ihr.“

Doch das nahm Charlie ihr nicht ab. Nicht, nachdem sie mit eigenen Augen gesehen hatte, was Milena unter ihren Handschuhen verbarg.

Arman schien es ähnlich zu gehen. „Warum?“

Als Milena nicht antwortete, begriff Charlie plötzlich. Ihr wurde kalt. „Du willst, dass sie dich zur Hüterin ernennen!“

„Ja!“ Endlich eine Antwort, die glaubwürdig klang! Milena trat auf Charlie zu. „Niemand ist besser geeignet. Deshalb werden die Wächter mich auch ernennen!“

Charlie fühlte sich unwohl, Milenas Augen glitzerten gefährlich. Und nun breitete sich ein siegessicheres Lächeln auf ihrem Gesicht aus. „Die Wächter haben keine Wahl. Und ihr führt mich zu ihnen.“

Arman starrte sie verächtlich an. „Du bist für den Schattenzauber verantwortlich?!“

Milena versuchte nicht einmal zu widersprechen. Charlie trat einen Schritt zurück. „Wir“, sagte sie fest, „führen dich nirgendwohin.“

Aus den Augenwinkeln sah sie Tarik, Jenny und Dimitri zustimmend nicken. Es tat gut, die Überzeugung der anderen zu spüren.

Milena senkte einen Moment den Blick. Doch sie sah nicht aus, als gäbe sie sich geschlagen. Eher, als verlöre sie langsam die Geduld.

Und was sie als Nächstes tat, versetzte nicht nur Charlie in Angst und Schrecken. Milena entledigte sich ihrer Handschuhe. Charlie hörte Jenny erschrocken einatmen, Tarik etwas murmeln, der Platz, wo Dimitri eben noch gestanden hatte, war plötzlich leer. Arman trat schützend näher zu ihr, als Milena drohend ihre schwarz pulsierenden Arme auf sie alle richtete.

„Ach ja?", fragte sie mit einem dämonischen Grinsen, während dunkle blauschwarze Wolken aus ihren Handflächen kreisten. „Ich denke, doch."

Charlie vereiste. Was sollte sie tun? Das vorhin, das dafür gesorgt hatte, dass sich Milena gegen ihren Willen in ihre eigentliche Gestalt zurückverwandelt hatte, war das ihr Sternenlicht gewesen? Hatte Arman recht gehabt: Wenn sie es brauchte, hatte sie es wieder?

Doch selbst wenn, Sternenmagie war gute Magie, nicht dazu gemacht, zu kämpfen und zu verletzen. Wie also sollte Charlie Milena davon abhalten, ihren Schattenzauber auf sie loszulassen?

Mit ein paar nett gemeinten Worten würde sich Milena sicherlich nicht von ihrem Plan abbringen lassen. Er sei denn …

Es sei denn, Charlie hätte ein Argument parat, das genau auf das abzielte, was Milena wollte! Charlie richtete sich auf. Sie hatte eine Idee. Hoffentlich würde sie funktionieren!

„Du kannst uns nichts tun", erklärte sie ruhiger, als sie sich fühlte. „Du weißt nicht, wo die Wächter sind. Du brauchst uns."

Charlie hielt den Atem an, als Milena nun zögerte und einen Moment die Augen senkte. Als sie wieder aufblickte, war der Ausdruck darin wie ausgewechselt, ihre Hände hatte sie hinter dem Rücken verschränkt.

„Ich glaube, ihr habt mich missverstanden", sagte Milena so freundlich, als hätte sie Charlie und ihre Freunde nie bedroht, und trat einen Schritt zurück. „Ich bin auf eurer Seite. Ich will nur das Beste für Namra." Langsam schob sie sich an den Taschen und Rücksäcken der Kinder vorbei in Richtung des Waldes.

Charlie schüttelte den Kopf. „Ich glaube dir kein Wort."

Milenas Hände vollführten einen kleinen Kreis über dem Gepäck der fünf, dann sah sie betont unschuldig auf.

„In dem Fall", seufzte sie, als wäre sie missverstanden, „müsst ihr wohl ohne mich zurechtkommen." Damit verschwand sie im Schatten der Bäume.

Besorgt sah Charlie ihr hinterher. Irgendetwas stimmte an Milenas Abgang nicht! Aber sie konnte nicht genau den Finger darauf legen.

Jenny atmete aus. „Hoffentlich kommt die nicht wieder." Dann drehte sie sich suchend um. Wasser plätscherte, dann tauchte Dimitri neben ihr auf, eine offene Wasserflasche in der Hand.

„Im Ernst?", seufzte Jenny. „Du warst schon wieder unsichtbar?"

„Wär ich auch gern gewesen", murmelte Tarik.

Charlie hob ihre Tasche auf und reichte den anderen ihr Gepäck. Eines war sicher: Sie mussten weiter, hier war seit Ewigkeiten niemand mehr gewesen, hier fanden sie die Wächter nicht.

Die Frage war nur: Wo stattdessen? Der magische Schimmel war schon eine Weile nicht aufgetaucht. Aber vielleicht hatte das auch etwas mit Milenas Anwesenheit zu tun gehabt und er würde sich bald wieder zeigen und ihnen die Richtung weisen.

„Also los, weiter", beschloss Charlie kurzerhand. Arman nahm seinen Rucksack entgegen, verschloss ihn und setzte ihn auf.

Weder er, noch Charlie oder die anderen hatten gesehen, dass Milena dort etwas hatte hineinfallen lassen, bevor sie sich zurückgezogen hatte: eine kleine Kristallkugel, gefüllt mit bläulich-schwarzer öliger Flüssigkeit. Und niemand von ihnen ahnte, was diese alles konnte …

Ohne ihre Pferde kamen sie nur beschwerlich voran. Erschöpft liefen sie in der einbrechenden Dämmerung hintereinander durch den dichten Wald. Dimitri hatte Mühe, den anderen zu folgen, er sah, wie Jenny versuchte, Tarik zu bewegen, ihre Tasche für sie zu tragen, und verstand sie gut. Auch er konnte kaum mehr die Füße heben, der Untergrund war uneben, mit Farn bewachsen und voller Wurzeln.

Als sich vor ihnen eine kleine Waldlichtung öffnete, atmeten alle erleichtert auf. Das hier war ein guter Platz, um einen Unterschlupf zu errichten und die Nacht zu verbringen! Aus Ästen banden sie eine Art Zelt und polsterten es mit ihren Jacken aus.

Arman entzündete ein Feuer und nachdem sie sie sich alle mit Früchten und den letzten Brotscheiben vom Lilientalhof gestärkt hatten, teilten sie die Wachen ein. Dimitri und Jenny waren die ersten – auch wenn Jenny davon natürlich alles andere als begeistert war. Doch Widerstand war zwecklos. Dimitri zog sie von dem Lager hoch, auf dem sie es sich gemütlich gemacht hatte.

„Oder willst du, dass Milena uns im Schlaf überrascht?“ Das wirkte. Mit schlurfenden Schritten folgte sie ihm zum Lagerfeuer.

Arman, Charlie und Tarik wünschten ihnen eine gute erste Wachrunde und begaben sich zum Zelt.

Am knisternden Lagerfeuer sitzend zog Dimitri ein paar Notenblätter heraus und hielt sie ins flackernde Licht der Flammen. Jenny erledigte währenddessen ihre Jenny-Abendroutine. Prüfend betrachtete sie sich in einem kleinen Kosmetikspiegel, knotete ihre Frisur neu zusammen, fuhr sich seufzend über die sorgsam gezupften Augenbrauen, bleckte die Zähne. Erst dann ließ sie den Spiegel achtlos neben sich gleiten und stupste Dimitri auffordernd an. „Wollen wir was spielen? Flaschen drehen, Armdrücken, Promi raten oder so?“

„Ich muss lesen.“

„Lesen? Auf deinen Seiten sind doch nur Noten!“

„Ja und?“

Jenny lachte. „Du bist echt ein Freak. Hast du irgendwann mal Spaß gehabt in deinem Leben?“

Dimitri biss die Zähne zusammen. Spaß?

Er ließ den Kopf hängen. Jenny hatte sicher massenhaft Spaß. Sie musste dazu nicht erst gezwungen werden, sie machte ihn sich selbst und genoss ihn in vollen Zügen.

Das letzte Mal, als Dimitri einfach mal getan hatte, wozu er Lust hatte, hatte er hinterher bitter bereut! Wie alt war er da gewesen? Acht? Zehn?

Er war auf dem Weg nach Hause gewesen. Vom – wie konnte es anders sein – Geigenunterricht während der Sommerferien. Geschwitzt hatte er unter seinem Hemd und dem Pullover. Schon im Zimmer der Musikschule hatte er durch das offene Fenster das begeisterte Kreischen aus dem Freibad gehört.

Die Straße zum Haus seiner Eltern war wie ausgestorben gewesen. Nur vor dem Grundstück gegenüber hatten sich eine Handvoll Jungs in seinem Alter eine Wasserpistolen- und Wasserbombenschlacht geliefert und ihn eingeladen mitzuspielen.

Sie waren um die geparkten Autos gerannt, hatten gequietscht und sich halb totgelacht, wenn einer von ihnen getroffen wurde. Sie hatten so richtig Spaß gehabt!

Aber Spaß hatte immer Konsequenzen, richtig?

Für etwa zehn Minuten hatte er nicht nachgedacht. Er war mit den anderen gerannt und ausgewichen, hatte Wassersalven verschossen und gefüllte Ballons geworfen. Dann war er ausgerutscht.

Dimitri starrte in die Flammen. Spaß war eben nicht für jedermann gedacht. „Ich möchte Profimusiker werden, wie mein Vater. Da geht es nicht um Spaß", erklärte er Jenny fest. „Das ist harte Arbeit." Einen Moment lauschte er seinen Worten nach. Selbst er hörte, wie auswendig gelernt sie klangen.

Jenny runzelte die Brauen. „Du willst Musiker werden", hakte sie irritiert nach, „obwohl es dir keinen Spaß macht?" Dann schüttelte sie den Kopf. „Also, ich will lieber Spaß haben."

Dimitri drehte ihr den Rücken zu. „Warum wundert mich das jetzt nicht."

„Pfft!" Jenny stand auf. „Ich hol' meine Jacke."

Kaum war sie weg, war es irgendwie leer um das Lagerfeuer. Und viel zu still. Dimitri versuchte, sich in seine Notenblätter zu vertiefen, doch es gelang ihm nicht.

Sein Sturz während der Wasserschlacht war nicht schlimm gewesen, er hatte sich mit den Händen abgefangen. Die Schürfwunde war nur oberflächig gewesen. Aber sie betraf fast seine gesamte Handfläche. Rollsplittsteinchen hatten sich unter die Haut geschoben, es blutete und nässte.

Mit hängenden Schultern hatte Dimi an seiner Haustür geklingelt. Wie sagte sein Vater immer? Die Hände eines Musikers waren sein wichtigstes Werkzeug! Und so hatte dieser auch nur einen Blick auf die verletzte Hand geworfen und gefragt: „Kannst du morgen beim Wettbewerb spielen?“

Nein, das hatte Dimitri nicht gekonnt. Dabei hatte sein Vater seit einem Jahr mit ihm darauf hingearbeitet.

Bis er den Bogen wieder völlig korrekt und ohne Zusammenzucken hatte halten können, waren drei Wochen vergangen …

Dimitri seufzte traurig in der Erinnerung und wischte sich wütend über die Augen. Gut, dass Jenny noch immer nicht wieder aufgetaucht war, wenn er eines nicht wollte, dann, dass sie ihn weinen sah. Und selbst wenn sie nicht mehr zurückkam, er würde hier die Stellung halten. Er hatte eine Aufgabe: Schließlich wollte er nicht, dass Milena sie überraschte!

Was Dimitri nicht ahnte, war, dass Milena keinen Grund hatte, ihm und den anderen persönlich hinterherzuspionieren. Die blau-schwarze Kugel, die sie in Armans Rucksack geschmuggelt hatte, tat das für sie. Wachsam griff sie sich in der Burg eine zweite größere Glaskugel aus dem Regal, die der im Gepäck der Kinder ansonsten glich wie ein Ei dem anderen. Sie schüttelte sie. Das silberdurchzogene Blau wurde pechschwarz.

Milena ließ sich an dem dicken Holztisch in der Mitte des Raumes nieder und positionierte die Kugel vor sich. Mit eisigem Blick starrte sie in deren düsteres Schneegestöber. Nur wenig daneben ließen einige Blumen die vertrockneten Köpfe hängen. Der Mond warf dumpfe Strahlen durch die bunten Glassteine des geschlossenen Fensters.

Unverwandt blickte Milena in ihr magisches Spionagegerät. Sie bewegte ihre Handflächen über die kristallene Oberfläche und nach und nach lichtete sich das Schwarz. Ein immer klarer werdendes Bild erschien: Arman und Charlie lagen unweit voneinander auf dem Boden, die Körper einander zugedreht, als richteten sie sich selbst im Schlaf aneinander aus. Milena schnaubte abfällig. Der große dunkelhaarige Junge – Tarik? – lag im Schutz eines Unterschlupfes aus Ästen und drehte sich unruhig hin und her. Vermutlich, weil diese Jenny neben ihm im Schlaf vor sich hinmurmelte. Nur Dimitri, der Junge mit der Geige, war wach und starrte traurig in die Flammen eines Lagerfeuers.

Milena lächelte kalt. Die Sternenfee hatte recht gehabt vorhin: Milena brauchte die Jugendlichen. Solange sie die Wächter nicht gefunden hatten, waren sie also vor ihr sicher. Dann allerdings ... hatte Milena sie nicht mehr nötig.

Mit einer schnellen Handbewegung verdunkelte sich ihre Kugel. In den nächsten Stunden würde dort draußen im Alten Tal nichts passieren. Nur schade, dass die Sternenfee Milenas wahre Gestalt hervorgelockt hatte. Als Lena wäre sie so viel dichter dran gewesen. Das Einzige, was sie hätte tun müssen, wäre gewesen, ihnen hier und da ein paar Früchte und Quellen zu zeigen.

Doch was die Kinder nicht wussten, war: Sie waren nicht die Einzigen, von denen Milena Informationen erhalten konnte! Finster starrte sie durch das Fenster in die Dunkelheit. Noch vor wenigen Stunden hatte dort die Sonne auf Namra geschienen. Und die Einwohner von Namra hatten gedacht, sie wären sicher. Jene Einwohner, die Milena vor nicht allzu langer Zeit übers Haar gestreichelt und sie vor ihrer Mutter gelobt hatten – wie fleißig sie sei und wie konzentriert. Wie pflichtbewusst und ernsthaft. Doch hinter Milenas Rücken hatten sie sich über sie lustig gemacht und sie kleingeredet.

Nur einen hatte es gegeben, dem sie blind vertraut hatte.

Dann jedoch, vor zwei Tagen, war er Zeuge ihrer größten Demütigung geworden. Und anstatt für sie Partei zu ergreifen, hatte er sich diplomatisch zurückgehalten.

Diplomatie war etwas für jene, die zu feige waren, eine Entscheidung zu treffen und das Richtige zu machen! Micks Verrat schmerzte fast noch mehr als alles, was sie vorher miterleben musste!

Milena stand auf, schnappte sich einen Krug Wasser und eilte die Treppen hinunter in das Labyrinth der Türen tief in der Burg.

Als sie Micks Verließ betrat, sah er ihr gequält entgegen. Milena reichte ihm, was sie mitgebracht hatte. Er nickte vorsichtig, als ahnte er Milenas Wut. Dann räusperte er sich. „Milena, ich kenne dich. Du willst Namra nicht schaden." Mit zusammengekniffenen Augen sah sie ihn abwartend an. Ganz unrecht hatte er damit nicht. Doch schon machte er alles wieder zunichte. „Hör auf", beschwor er sie, „Das ist der falsche Weg."

Milena biss voller Wut die Zähne zusammen, sie hätte es wissen müssen. „Der richtige", erklärte sie Mick kalt, „wurde mir verweigert."

Er war doch dabei gewesen! Hatte er es wirklich vergessen? Voller Vorfreude war sie in den Hof getreten! Die Teilnehmer der Zeremonie hatten wie Milena selbst ihre besten Kleider getragen. Die Sonne hatte Milena aus dem blauen Himmel zugelacht und sie hatte tatsächlich gedacht, kurz vor dem Ziel zu sein. Auf das sie ihr Leben lang hingearbeitet hatte ...

Sie war durch die Menge geschritten wie auf Watte, hatte Mick ein strahlendes Lächeln zu geworfen, Arman neben ihm zugenickt. Sämtliche Anwesenden hatten sie voller Ehrfurcht gegrüßt.

Und dann: das Orakel. Das weiße Kleid ebenso aufgebauscht wie ihr Ego, ihr Gesicht blank. Milena hatte sich vor das Orakel gekniet, wie es Sitte war, und darauf gewartet, dass es ihr den aus Blumen gewebten Umhang um die Schultern legen würde. Als Zeichen dafür, dass sie die neue Hüterin von Namra war.

Stattdessen hatte das Orakel einfach nichts getan. Es hatte bewegungslos dagestanden, bis das Murmeln der Anwesenden lauter und lauter geworden war und alle Milena angesehen hatten, als hätte *sie* etwas falsch gemacht.

„Magst du Blumen?" hatte das Orakel gefragt und in Milenas Ohren hatte das Rauschen begonnen. Es hatte aus all den gemeinen Worten ihrer Kindheit bestanden, aus verächtlichen Witzen auf ihre Kosten, aus Erniedrigungen und Demütigungen.

„Ich glaube, du verabscheust Blumen", hatte das Orakel streng gemurmelt und den Blumenumhang von Milena weggehalten. „Du wirst nicht Hüterin von Namra werden."

Und Milena hatte rotgesehen. „Das kannst du nicht machen!" Empört hatte sie dem Orakel den Blumenumhang aus den Händen gerissen. Doch die weiße Frau hatte, ohne darum zu kämpfen, losgelassen und Milena herablassend angesehen.

„Bitte sehr", hatte sie gesagt und mit den Schultern gezuckt. „Der Umhang macht dich nicht zur Hüterin." Damit war sie gegangen.

Mit Tränen in den Augen hatte Milena ihr hinterhergestarrt. Tränen voller Enttäuschung, die schnell von einer unbändigen Wut vertrieben worden waren.

Milena wischte sich über das Gesicht. Deshalb war sie nicht hierhergekommen. Das war nicht der Plan gewesen!

„Ja. Es ist ungerecht", murmelte Mick mitfühlend, stand auf und näherte sich ihr vorsichtig. „Du kennst die Geschichte der Zwerge. Du sprichst die Sprache der Hubbeldies. Du weißt, warum die Kleewiese nur alle sieben Jahre blüht. Du kennst die Zauberer und die Menschen." Milena konnte nicht mehr als nicken. Mit allem hatte er recht. Beschwörend beugte er sich zu ihr. „Wir finden eine andere Aufgabe für dich. Eine, die dich glücklich macht."

Milena konnte nicht anders, trotz all der Wut und der Trauer musste sie lachen. Glaubte Mick das wirklich? Er hatte doch gesagt, er kannte sie?! Und dann dachte er wirklich, sie ließe sich abspeisen – mit irgendeiner Aufgabe, damit sie sich nicht unnütz fühlte, während jemand anders jenes Amt übernahm, das ihr zustand? Sie schüttelte den Kopf, ihre Tränen versiegten. „*Ich* bin glücklich", sagte sie bissig, „wenn ich Hüterin bin."

Damit ließ sie ihn zurück. Was hatte sie hier eigentlich erwartet, seine Unterstützung? Dass er sie verstand? Niemand verstand sie. Aber das hieß noch lange nicht, dass sie nicht im Recht war!

KAPITEL 13

Inzwischen war es tiefe Nacht in Namra, Sterne standen am Himmel. Dimitri bekam davon nichts mit. Zu sehr war er noch immer in seinen Erinnerungen versunken.

Nach dem Unglück während der Wasserballonschlacht hatte seine Mutter seine Hand verbunden. Sie vorsichtig haltend war Dimitri zögernd vor der offenen Tür zum Arbeitszimmer seines Vaters stehen geblieben. Ein Teil von ihm wusste, er sollte sich entschuldigen für den Wettbewerbsauftritt morgen, den er durch eine einzige Unachtsamkeit versaut hatte. Doch ein anderer Teil von ihm wollte eigentlich nichts mehr, als sich umdrehen und aus dem Haus rennen, sich irgendwo verstecken und so lange unsichtbar bleiben, bis sein Vater sich nicht mehr dran erinnert konnte, was er falsch gemacht hatte.

Vorsichtig hatte er an die Türzarge geklopft, den Blick ängstlich auf den Rücken des Vaters gerichtet, der am Fenster stand, vor sich einen Notenständer. Ohne sich umzudrehen, hatte er begonnen zu reden. „Ich, Dimtiri, musste mir auch alles verkneifen! Nur wer hart arbeitet, schafft es nach ganz oben! Und jetzt geh."

Dimitri war mit hängenden Schultern davongeschlichen. Er war noch nicht einmal dazu gekommen zu versprechen, dass er nie wieder an einer Wasserballonschlacht teilnehmen würde. Nicht einmal das. Die Enttäuschung in der Stimme seines Vaters verfolgte ihn seitdem bei allem, was er tat. Sie hatte

Dimitri von ähnlichen Spontanaktionen abgehalten. Zu Recht, oder?

Seufzend ließ er den Kopf sinken und wischte sich die Tränen ab. Die würden ihm auch nicht dabei helfen, für seinen Vater jener Sohn zu sein, den dieser gerne hätte.

„Dimi?" Tarik lief gähnend aus Richtung des Unterschlupfes zum Feuer. „Jenny ist eingeschlafen, bist du noch hier? Hallo? Dimi?"

Suchend blickte sich Tarik um, dabei stand er direkt hinter ihm. Dimi erstarrte. War er etwa schon wieder unsichtbar geworden?

Eilig angelte er nach dem Kosmetikspiegel, den Jenny hier vergessen hatte, und klappte ihn auf – tatsächlich, kein Spiegelbild war zu erkennen. Also schraubte er seine Wasserflasche auf und schüttete sich einige Tropfen über die Hand. Warum das funktionierte, war ein ebenso großes Rätsel, wie wann und weshalb er überhaupt unsichtbar wurde.

„Alter!" Tarik erschrak, als Dimi urplötzlich genau vor ihm erschien. Dann musste er lachen. „Das mit den Fähigkeiten ist echt krass, oder?" Er warf einige weitere Äste ins Feuer und ließ sich neben Dimitri sinken. Gemeinsam schauten sie zu, wie die Flammen knisternd am Holz leckten. „Arman meint, er hat noch nie gehört, dass Menschen von außen auch irgendwelche Kräfte besitzen." Tarik hob die Hand und konzentrierte sich auf einen Ast. Langsam stieg dieser in die Höhe und fiel wieder auf die Erde zurück, als Tarik erschöpft seinen Zauberversuch abbrach. „Ich hab echt immer gedacht, dass es für alles eine wissenschaftliche Erklärung gibt." Er schüttelte den Kopf. „Aber das ..."

Dimitri wurde nachdenklich. Vielleicht gab es weniger eine

wissenschaftliche als eine persönliche Erklärung. Zumindest für ihn und seine Fähigkeit? Er schloss die Augen und wünschte sich weg von hier.

„Ich muss mir wohl ein anderes Forschungsthema suchen, wenn wir wieder zurück sind“, grummelte Tarik und Dimitri öffnete die Augen gerade noch rechtzeitig, um Tariks suchenden Blick zu bemerken, als dieser sich zu ihm umdrehte. „Alter, schon wieder?“, murmelte er dabei und Dimitri beeilte sich, einen Schluck Wasser über seine Hand zu gießen. Erleichtert nickte Tarik ihm zu. „Und da ist er wieder.“

„Ich glaub, ich hab's raus.“ Dimitri wischte sich die Hand ab. „Ich verschwinde immer, wenn ich mir wünsche, nicht da zu sein! Achtung ...“ Und wieder verschwand er.

„Verrückt!“ Tarik strahlte plötzlich auf, als hätte Dimitri ihn auf eine Idee gebracht. „Hey, dafür gibt es bestimmt noch keine wissenschaftliche Formel!“

Dimitri machte sich wieder sichtbar. Er und Tarik starrten in Gedanken in das Feuer.

Charlie wachte plötzlich auf. Sie öffnete die Augen und lauschte. Was war das gewesen? Ihr erster Blick fiel auf den friedlich schlummernden Arman – wie verletzlich er aussah, wenn er schlief! Seine Wimpern warfen Schatten auf seine Wangen. Die braunen Haare verwuschelt und mit einem kleinen Lächeln um den Mundwinkel. Was er wohl träumte?

Da, da war das Geräusch, das sie aufgeweckt hatte, schon wieder! Ein fernes Wiehern. Leise stand Charlie auf und folgte dem Ruf in den nächtlichen Wald.

Nur wenige Schritte später sah sie ihn: Der magische Schimmel stand zwischen den Bäumen, als hätte er einmal mehr auf sie gewartet. Charlie näherte sich vorsichtig und streckte die Hand aus.

Als sie bei ihm war, lehnte sie sich gegen den warmen Pferdekörper. Sanft streichelte sie das im Mondlicht leuchtende Fell und hielt überrascht inne, als ihre Fingerkuppen über das Zeichen eines Sterns an seinem Hals fuhren – das bisher unter der langen Mähne versteckt gewesen war. Unter ihrer Berührung begann das Sternzeichen zu leuchten, fast als hätten Charlies Berührungen es aktiviert. Charlie fühlte sich bestärkt: Alles würde gut werden. Mit der Hilfe ihres magischen Pferdes würden sie die Wächter finden und Namra retten.

„Spinnt ihr?", kam da ein Aufschrei aus Richtung des Unterschlupfes und der Schimmel galoppierte davon. Charlie drehte sich um und lief zu den anderen zurück. Kaum trat sie aus dem Wald, entdeckte sie, was den Aufschrei ausgelöst hatte, und musste grinsen: Dimitri und Tarik hatten die schlafende Jenny offenbar mit einem Schwall Wasser aufgeweckt. Noch immer schüttelte sich Jenny empört, Wassertropfen flogen nach allen Seiten.

Hinter ihrem Unterschlupf tauchte Arman auf, er sah nicht aus, als wäre ihm nach Lachen zumute, sein Gesicht war sorgenvoll.

„Habt ihr Charlie gesehen?", wollte er panisch wissen. „Sie ist nicht da, wir müssen sie finden!"

„Hey!", rief Charlie laut. „Ich bin hier." Sie eilte zu den anderen. „Ich habe das weiße Pferd wieder gesehen. Wir müssen ihm folgen!"

Innerhalb kürzester Zeit hatten sie das Lager abgebaut. Jetzt, wo der geheimnisvolle Schimmel ihnen wieder die Richtung gezeigt hatte, wollten sie keine Sekunde verlieren.

Den Kopf in die Hände gestützt, saß Milena über die Karte von Namra gebeugt. Langsam ließ sie die Augen von den Sommerbergen zum Alten Tal wandern, zum Lilientalhof und dem Tor in die Menschenwelt.

Genau in diesem Raum, an diesem Tisch hatte ihre Mutter ihren Besuch empfangen. Einwohner Namras, die etwas mit ihr besprechen wollten, sie um Rat fragen oder um Hilfe bitten. Die Tür zu diesem Zimmer hatte für alle offen gestanden. Und Milena hatte sich als Kind nicht selten auf der Treppe davor versteckt, um zuzuhören. Sie wollte wissen, was einmal auf sie zukommen würde. Welche Streite es zu schlichten gab, welche Entscheidungen zu treffen waren, welche Probleme zu lösen. Doch wer heimlich lauschte, der hörte manchmal auch Dinge, die er besser nicht gehört hätte.

„Kannst du dir Milena als Hüterin vorstellen?“, hatte eine männliche Stimme gefragt und eine weibliche geantwortet: „Nein. Sie besitzt nicht die Ausstrahlung ihrer Mutter.“

Milena hatte vorsichtig den Kopf über die Brüstung gehoben und in den Raum gespäht. Die beiden hatten vor dem Porträt ihrer Mutter gestanden, während sie auf sie warteten. Und Milena hatte sich gefragt, mit welchem Recht sie eigentlich so über sie redeten, sie kannten sie nur vom Sehen.

„Wenn ihre Mutter reinkommt, geht die Sonne auf und alle schweigen voller Ehrfurcht.“ Die Frau hatte bewundernd geklungen, der Glatzkopf genickt. „Stimmt. Milena wirkt wie eine graue Maus neben ihr.“

Milena hatte die Zähne zusammengebissen. Ein Teil von ihr wollte gehen, und doch war sie wie angewurzelt sitzen geblieben. Mit brennenden Augen hatte sie verfolgt, wie die Frau sich eine Strähne des dunklen Haares aus dem hageren Gesicht gestrichen und mit den Schultern gezuckt hatte. „Ihr fehlt alles, was eine Hüterin ausmacht: Güte, Weisheit, Einfühlungsvermögen ..."

„Immerhin ist sie fleißig", hatte ihr Gesprächspartner entgegnet und für einen Moment war Milena ihm dankbar gewesen. Doch da hatte die hagere Dame auch schon herablassend abgewunken. „Das sind Ameisen auch." Und er hatte spöttisch geschnaubt. „Vielleicht brauchen die ja auch eine Hüterin."

Das schrille Lachen der beiden verfolgte Milena noch heute. Als sie sich mit Tränen in den Augen endlich losgerissen hatte, um die Treppe hinauf in ihr Zimmer zu flüchten, musste sie an dem alten Hobolo vorbei. Unglücklich hatte er auf dem Treppenabsatz über ihr gestanden und sie mitleidig angesehen. Milena war an ihm vorbeigestürmt, die Hände zu Fäusten geballt. Ihnen allen hatte sie es zeigen wollen, ihnen beweisen, dass sie unrecht hatten. Und jetzt?

Bewusst atmete sie nun ein paarmal ein und aus, warf dem Porträt ihrer Mutter hinter ihr an der Wand einen grimmigen Blick zu.

Noch war nichts verloren. Fest entschlossen, ihrer Forderung Nachdruck zu verleihen, drehte sie sich wieder zur Karte. Bestehende schwarze Flecken zeigten jene Ecken des Landes an, die bereits vom Schattenzauber befallen waren.

Milena hob konzentriert die Hände. Die Flecken breiteten sich aus. Weitere entstanden, als hätte jemand Tinte über die Karte getropft.

Na bitte. Milena lächelte grimmig. Die Einwohner Namras würden einsehen müssen, dass sie Milena brauchten – als ihre Hüterin.

Patrizia drückte ihr Handy ans Ohr. „Irgendwas geht hier vor sich. Ich brauche deine Hilfe!", flüsterte sie und lauschte einen Moment. „Okay, dann sehen wir uns gleich im Park!"

Aufatmend unterbrach sie das Gespräch mit Nils. Wenigstens einer, der sie bei der Suche nach Tarik unterstützen konnte. Sie warf einen letzten verwunderten Blick auf die Wohnungstür von Tariks Onkel und drehte sich um. Wenn sie sich beeilte, konnte sie es in weniger als zehn Minuten zu dem Treffen mit Nils schaffen. Denn irgendetwas stimmte hier ganz und gar nicht!

Zuerst war sie vor allem sauer auf Tarik gewesen. Schon während sie ihren Film aus dem Vorlesungssaal auf ihren Channel geladen hatte, hatte sie versucht, ihn auf dem Handy zu erreichen. Doch er nahm einfach nicht ab. Und sie konnte nicht einmal Nachrichten auf seiner Mailbox hinterlassen. Stattdessen erhielt sie immer nur die Mitteilung, die Nummer sei unbekannt.

Doch das Merkwürdigste war ihr eben widerfahren, als sie ihm einen Morgenbesuch hatte abstatten wollen. Sein Onkel hatte sie kopfschüttelnd angesehen und allen Ernstes erklärt, er kenne keinen Tarik und habe keinen Neffen mit diesem Namen. Langsam machte sie sich wirklich Sorgen!

Zum Glück war wenigstens Nils rangegangen, auch Charlie bekam man über kein soziales Netzwerk oder telefonisch zu fassen. Dass sie sich bei Nils nicht meldete, war womöglich kein großes Wunder. Er hatte Patrizia berichtet, dass sie sich getrennt hatten.

Viel mehr als das hatte Patrizia nicht aus ihm herausgebracht. Besonders gut schien es ihm damit allerdings nicht zu gehen.

Patrizia schloss ihr Rad auf und trat in die Pedale.

Schon von Weitem sah sie Nils an einer Eiche lehnen. Er starrte auf etwas, das er in der Hand hielt. Und kaum erkannte er Patrizia, lief er ihr auch schon entgegen.

„So krass", rief er ihr noch im Laufen zu. „Charlies Mutter kann sich nicht mehr erinnern, dass sie eine Tochter hat!"

Patrizia legte eine Vollbremsung ein. „Wie bei Tariks Onkel!"

„Als hätte es die beiden nie gegeben."

In diesem Moment piepste Patrizias Handy, eilig zog sie es hervor. Doch nicht Tarik oder Charlie hatten sich gemeldet, die Nachricht war von Patrizias Video-Channel. Ihr letzter Beitrag hatte bereits über 4.000 Klicks und viele Kommentare. Etliche davon bezogen sich auf einen Special Effect. Nachdenklich spielte Patrizia das Video ab, vor lauter Sorge um Tarik hatte sie es nicht einmal überprüft.

Und dann sah sie es: Während ihrer Abmoderation verschwand Tarik in ihrem Rücken in einem hellen Licht. Aufgeregt spielte sie es von vorne ab und hielt es Nils unter die Nase.

„Da! Da habe ich Tarik das letzte Mal gesehen!"

Nils' Augen wurden groß. „Krass! Eigentlich gibt es für all das nur eine Erklärung …"

Patrizia nickte. „Namra!"

„Wir müssen irgendwie dahin kommen. Ich habe Angst, dass Charlie etwas passiert ist."

Nur wie? Patrizia sah ihn nachdenklich an, als Nils ihr nun erzählte, dass das Tor nach Namra verschwunden war. Er und Charlie hatten es einen ganzen Tag lang gesucht, umsonst. Also was tun? In die Universität und die Situation nachstellen, in der Tarik verschwunden war? Doch auch Charlie war offenbar in Namra und sie war ganz sicher nicht vom Vorlesungssaal dorthin gereist.

„Wir brauchen mehr Informationen", erklärte sie fest.

Nils nickte, dann strahlte er plötzlich auf. „Charlie hat so ein Buch von ihrer Oma geerbt."

„Rosalie?"

„Ja. Charlie hat sie gefunden. Beziehungsweise das Altersheim, in dem sie gewohnt hat." Er ließ die Schultern hängen. „Aber Rosalie war kurz davor gestorben."

Patrizia dachte einen Moment nach. Dann stupste sie Nils in die Seite. „Also ab zum Altersheim", beschloss sie. „Vielleicht finden wir da irgendwas." Zumindest war das ihre beste Chance.

KAPITEL 14

„Wie ist das eigentlich mit der Pause, von der du vor zwei Stunden geredet hast?"

Charlie verdrehte die Augen. Ja, sie waren seit Sonnenaufgang unterwegs, aber Jennys Genörgel ging ihr langsam wirklich auf den Zeiger. Warum begriff sie nicht, dass jede Minute zählte? Wenn sie die Wächter nicht bald fanden, würde Milena das ganze Land mit ihrem Schattenzauber überziehen.

„Ich habe das weiße Pferd seit letzter Nacht nicht mehr gesehen", erklärte Charlie betont ruhig. „Ich will es nicht verlieren."

„Dimitri braucht aber 'ne Pause", ließ Jenny nicht locker. „Hat er mir grade gesteckt. Aber er traut sich's nicht zu sagen."

„Was?", widersprach dieser. „Das hab ich nie gesagt."

Jenny blieb abrupt stehen. „Okay, okay!", fauchte sie sauer. „*Ich* brauch 'ne Pause. Ich hab Hunger. Ich hab Durst. Mir ist kalt. Ich bin nass. Meine Füße tun mir weh. Und ... aufs Klo muss ich auch." Trotzig ließ sie sich, wo sie war, auf den Boden sinken. „Sorry, aber es geht nicht mehr. Dann müsst ihr mich hierlassen."

Charlie stützte die Hände in die Hüften, doch Arman berührte sie am Ellenbogen. „Wir haben wirklich schon seit Stunden keine Pause mehr gemacht", lenkte er ein. „Vielleicht ist es besser so."

Charlie seufzte, nickte den anderen dann aber zu. Sofort

setzte sich auch Dimitri auf einen Baumstumpf, rollte mit den Schultern und packte seine Geige aus. Sein trauriges Lied verfolgte Charlie, als sie mit Arman ein paar Früchte und Wasser für alle besorgte.

Und tatsächlich. Jennys Lebensgeister erholten sich sichtlich, kaum dass sie etwas gegessen und getrunken hatte. Ihre schmerzenden Füße schienen vergessen, als sie einen Tannenzapfen aufhob und begann, sich mit Tarik eine kleine Schlacht zu liefern. Dass sie dabei wegen seiner immer besser werdenden Zauberkräfte auf der Verliererseite war, schien sie nicht zu stören. Im Gegenteil, bei jedem Wurf auf Tarik spornte sie ihn an, doch auch diesen Zapfen in der Luft zu stoppen. Ihr Lachen war laut.

Charlie setzte sich zu Arman, das Beste hatte sie ihm noch gar nicht erzählt. Sie beugte sich zu ihm. „Der Schimmel hatte übrigens einen leuchtenden Stern am Hals. Meinst du vielleicht, er könnte Rosalies Pferd sein?“

„Hm.“ Arman kniff die Augen zusammen, doch bevor er antworten konnte, traf Charlie ein Tannenzapfen.

„Hey, Sternenfee, du bist!“, rief Jenny kichernd und Charlie riss der Geduldsfaden. Wütend sprang sie auf. „Mann, Jenny, spinnst du?“

„Mach dich mal locker, Prinzessin!“

Charlie fuhr sich durch die blonden Locken. „Sag mal, kapierst du's immer noch nicht?! Wenn wir das Pferd nicht finden, finden wir die Wächter nie! Und dann wird der Schattenzauber alles zerstören.“

Aufgebracht starrte sie Jenny an. „Dann gibt es keinen Lilientalhof mehr. Dann gibt es nämlich gar nichts mehr.“ Charlie hatte genug. Genug davon, den Babysitter zu spielen. Genug davon, ständig dasselbe zu wiederholen. Warum schnallte Jenny das nur nicht? Hier ging es wirklich um viel!

Verächtlich winkte Charlie ab. „Aber wem sag ich das überhaupt. Für dich ist doch eh alles nur ein Spiel!"

Jenny starrte Charlie an. Eben noch hatte sie sich glücklich und aufgehoben gefühlt, als wären sie alle ein Team. Jetzt rutschte ihr das Lächeln aus dem Gesicht. Nur weil sie zwischendurch auch mal ein bisschen Spaß hatte, dachten immer alle, sie wäre zu nichts anderem zu gebrauchen, kriegte nichts auf die Reihe, oder was? Genau wie zu Hause!

Hier in Namra, mit Dimi, Tarik, Arman, mit Charlie, hatte sie das erste Mal gedacht, es könnte anders laufen. Sie sei ein Teil des Teams. Schließlich hatte sie sogar Superkräfte – und sie hatte Charlie damit gerettet! Aber nö. Nix. Die waren auch nicht anders als zu Hause.

„Lasst uns jetzt weiter", bestimmte Charlie und Jenny lief mit zusammengebissenen Zähnen hinter ihr her. Charlies Worte gingen ihr dabei jedoch nicht aus dem Kopf.

„Mann, Mann, Jenny. Das ist kein Spiel!", hatte auch ihr Sozialfuzzi André gelabert, als es um ihr Schülerpraktikum gegangen war. Ja, natürlich hatte sie gewusst, dass sie ohne einen Praktikumsplatz angeschissen war. Immerhin hatte er ihr das schon tausendmal vorgebetet.

„Also: Ich hab dir ein Vorstellungsgespräch organisiert", hatte André gesagt und vermutlich erwartet, dass sie vor Freude ausflippte. „In 'ner Zoohandlung. Ich hab mir schon gedacht, dass du das nicht gebacken kriegst."

Zoohandlung – also wirklich! Kacketüten für Hunde verkloppen und sich von irgendwelchen Hirnis stundenlanges Gelaber über blöde glotzende Fische anhören? No way!

„Voll nett, wirklich“, hatte Jenny abgewunken, „aber: Sag das mal wieder ab. Ich kümmer’ mich heute Abend drum. Ich schwöre!“

Zweifelnd hatte er sie angeguckt. „Und wo willst du dich bewerben?“

„Ähm … im Krankenhaus. Ich will Chirurgin werden.“

Er hatte aufgelacht und Jenny war wütend geworden.

„Mann“, war sie aufgebraust. „Ich mein das voll ernst. Ich hab so ’ne Doku gesehen.“ Verlegen hatte sie die Arme verschränkt. „Bestimmt voll geil – so an Körpern rumbasteln. Find ich voll interessant.“

Da hatte er nicht mehr gelacht. Sie nur mitleidig angesehen. „In ’nem andern Leben, Jenny.“ Damit war er aufgestanden. „Also Montag, neun Uhr, Zoohandlung an der Marktstraße. Und: Verkack’s nicht, okay? Ist echt ’ne Chance.“

Klar doch, ’ne Chance. Für was? Dafür, dass sie auf keinen Fall bekam, was sie wollte und was sie interessierte? Dafür, dass sie immer abhängig davon bleiben würde, zu tun, was andere ihr zutrauten – dafür, dass sich nie was ändern würde.

Mick lag auf seiner Pritsche, den Blick starr an die Decke seines Kerkers gerichtet. Gequält legte er einen Arm über die Augen. Als er das Quietschen der Tür hörte, bewegte er sich nicht. Er wusste nicht, was er noch tun sollte, was sagen.

„Frühstück!“

Müde drehte er den Kopf. Milena streckte einen Krug und ein Fladenbrot durch die Gitter. Schlecht sah sie aus, als hätte auch sie heute Nacht kein Auge zugetan. Ihre Augen lagen in tiefen Höhlen, die Wangen waren eingefallen.

Mick richtete sich auf, lief die wenigen Schritte zu ihr, nahm das Essen und Trinken und begab sich wortlos zurück zu seinem Bett. Sein Magen knurrte, das Brot roch wunderbar. Er riss ein Stück ab und steckte es sich in den Mund.

Milena entzündete eine Fackel neben der Tür. Gestern Wasser, heute Licht und frisch gebackenes Brot. Hatte sie ein schlechtes Gewissen? Und wenn ja, hieß das, es war noch nicht alles verloren?

„Das Rauchbrot ist gut", murmelte er leise. „Es erinnert mich an früher." Er beobachtete sie genau. Sie war mit dem Rücken zu ihm stehen geblieben, nun hob sie leicht die Schultern. „Hat Hobolo gemacht."

Mick beugte sich vor. „Weißt du noch, als wir auf der Kleewiese Rauchbrot gebacken haben?"

„Von backen kann keine Rede sein." Mick hörte ein Lächeln in ihrer Stimme und blinzelte überrascht. Nun drehte sie sich zu ihm um. „Es war mehr Rauch und weniger Brot."

Mick nickte. Das stimmte. Was Kochen und Backen anging – darin waren sie beide keine großen Leuchten gewesen. Aber darum war es ihnen auch nie gegangen, wenn sie sich gemeinsam zur Feuerstelle auf der Kleewiese hinter der Burg zurückgezogen hatten. Zwar hatten sie die rohen Fladen über die Flammen gehalten und geröstet, doch ihre Gespräche waren das Wichtige dabei gewesen.

Damals hatten sie sich noch alles anvertraut. Was sie vorhatten mit ihrem Leben, was sie erreichen wollten. Dort hatte Milena einen Plan entwickelt, wie sie die jahrhundertealte Fehde zwischen Schwubbeldies und Hubbeldies schlichten könnte. Überzeugt davon, dass ihr das gelingen würde, hatte sie sogar darüber nachgedacht, anschließend eine Brücke über den Graben zwischen den beiden Dörfern zu bauen. Damit sie sich besuchen konnten und nicht immer so schlecht übereinander redeten. Wann war dieses Vertrauen eigentlich verloren gegangen?

Mick legte das Brot neben sich. „Wann warst du das letzte Mal bei der Kleewiese?"

„Schon lange her."

Beschwörend stand er auf und trat an die Gitterstäbe. „Auf dem Weg hierher bin ich an ihr vorbeigeritten. Sie ist nicht mehr da."

War das tatsächlich Bedauern in ihrem Blick? Mick sprach eilig weiter.

„Die Außenmühle, das Klittertal, der Neubrunnen auch. Der Schattenzauber hat alles zerstört."

Einen Moment schwankte Milena und Mick schluckte. Vielleicht wurde ihr nun endlich bewusst, dass der Schattenzauber nicht einfach nur ein Mittel zum Zweck war, sondern Gegenden zerstörte, die sie einmal geliebt hatte. „Bitte, Milena", beschwor er sie, „hör auf!"

Ihre Augen wurden kalt. Ohne ein weiteres Wort drehte sie sich um, löschte die Fackel an der Wand und ließ Mick erneut in Dunkelheit zurück. Frustriert schüttelte er den Kopf. Gab es denn gar kein Argument, um sie umzustimmen? Gab es nichts, das ihr wichtiger war als ihr Ziel?

Milena eilte durch die dunklen Gänge hinauf ins Erdgeschoss. Mal sehen, was die Kinder inzwischen herausgefunden hatten. Auf dem groben Holztisch lag neben ihrer Spionagekugel und der Karte von Namra ein weiteres Rauchbrot. Hobolo hatte es sogar auf einem Teller angerichtet.

Wehmütig strich sie darüber, es war noch warm. Dann schob

sie es zur Seite und zog die Glaskugel zu sich. Sie flimmerte, dann sah Milena die Sternenfee und ihre vier Freunde durch den Wald laufen. Offenbar waren sie noch keinen Schritt weiter ... hoffentlich legten sie bald mal einen Zahn zu! Zu allem Überfluss schienen die fünf sich auch noch darüber zu streiten, welche Richtung sie einschlagen sollten!

„Wir gehen diesen Weg", sagte Arman gerade und trat zu Charlie. „Charlie führt uns. Sie ist die Einzige, die das weiße Pferd sehen kann. Und wir vertrauen ihrem Instinkt."

Milena hoffte, dass er recht hatte. Langsam wurde die Zeit knapp! Als Jenny einen beleidigten Kommentar über ihn und Charlie machte – Goldlöckchen und ihr Prinz –, seufzte Milena genervt auf. Wo zur Hölle war dieses geheimnisvolle Pferd, von dem Charlie gesprochen hatte? Es musste doch auch ein Interesse daran haben, dass die Kinder die Wächter fanden. Erst wenn das geschehen war, konnten diese sie zur Hüterin machen. Milenas Finger klopften ungeduldig auf die Tischplatte.

Da sah sie plötzlich nur noch wildes Durcheinander: den Himmel, Pflanzen, Wurzeln. Schreie waren zu hören, dann brach die magische Übertragung ab. Ihre Kugel wurde schwarz. Erzürnt nahm Milena sie in die Hand und schüttelte sie. Doch nichts tat sich. Was zur Hölle war da los?

Charlie stöhnte und bewegte vorsichtig Beine und Arme. Es schien nichts gebrochen zu sein. Auch die anderen schienen den Sturz in die tiefe Grube, die sich da plötzlich unter ihnen aufgetan hatte, unverletzt überstanden zu haben. Langsam rappelten sich alle auf und sahen sich um: Die Wände waren bestimmt über vier Meter hoch und bestanden aus groben Steinquadern. Hier und da hingen dünne Wurzeln herab, doch sie sahen nicht aus, als würden sie das Gewicht von einem von ihnen halten.

Wie sollten sie hier wieder rauskommen? Niemand wusste, wo sie sich befanden, niemand würde hier nach ihnen suchen! Arman berührte sie vorsichtig am Arm. „Alles in Ordnung mit dir?"

Charlie nickte, da hörte sie ein entsetztes Aufschluchzen von Dimitri. „Nein. Oh nein." Charlie robbte zu ihm. Fassungslos sah er auf seine Geige. Der Hals war abgebrochen, die Saiten waren gerissen. Er begann haltlos zu zittern.

Jenny legte den Kopf zurück und sah nach oben. „Ich glaube", seufzte sie, „das mit deiner blöden Geige ist grad unser kleinstes Problem." Schnippisch drehte sie sich zu Arman. „Hey, wir sollten voll auf Charlies Instinkt hören, ja? Dann kann nichts schiefgehen."

„Halt einfach deine Klappe." Charlie war ärgerlich. Um ehrlich zu sein, mehr auf sich als auf Jenny, aber trotzdem!

„Ich soll meine Klappe halten?" Nun reichte es offenbar auch Jenny. „Du bist doch hier die verdammte Besserwisserin!!"

Arman ging dazwischen. „Hört auf!" Probehalber zog er an einigen der Wurzeln. Nur wenig später hielt er sie in der Hand. Er ließ sie fallen. „Vielleicht könntest du uns mit deiner Kraft herausholen, Tarik?"

„Ich kann's versuchen." Nervös konzentrierte Tarik sich auf Dimitri. Doch so sehr er sich auch bemühte, mehr als ein paar Zentimeter schwebte dieser nicht in der Luft, bevor er wieder mit einem Rumms auf dem Boden landete.

Tarik ließ den Kopf hängen. „Ich kann's nicht. Meine Kraft ... Ich habe sie noch nicht unter Kontrolle."

„Oder“, spottete Jenny, „Dummi ist zu fett.“

Charlie biss sich auf die Zunge, da setzte sich Dimitri zur Wehr. „Kannst du mal mit deinen dämlichen Sprüchen aufhören? Wegen dir bin ich überhaupt in diesem blöden Loch!“

„Wegen mir? Die Sternenfee ist schuld!“

Auch Tarik platzte nun der Kragen. „Wenn du nicht ständig Pause machen würdest, hätten wir das Pferd nicht verloren.“

„Am Arsch, ey!“ Jenny schäumte vor Wut. „Wetten, sie hat sich dieses dumme Pferd nur ausgedacht, um sich wichtig zu machen?“

Charlie blieb der Mund offen stehen. Glaubte Jenny das wirklich? Wütend beugte sie sich vor, bis ihre Nase beinahe die von Jenny berührte. „Na, dann hau doch ab, wenn du mir nicht glaubst!“

„Haha, wie denn? Boah, dein Gelaber braucht echt keiner!“

„Weißt du, was echt keiner braucht?“ Charlie stieß ihren Zeigefinger in Jennys Richtung. „Dich!“

Jenny schlug Charlies Hand zur Seite und verpasste ihr einen Stoß. Charlie stolperte über ihre Tasche und hielt sich gerade noch an der Wand fest. Dabei fiel ihr Blick auf Rosalies Buch, das sich beim Herausfallen zur Karte von Namra aufgeblättert hatte. Charlie hob es auf und erstarrte. Dimitri, Arman und Tarik folgten ihrem Blick und beugten sich näher heran. An der Stelle, wo der Lilientalhof eingezeichnet gewesen war, befand sich nun ein großer schwarzer Fleck.

Arman griff sich an den Hals, als bekäme er keine Luft mehr. „Meine Familie!“ Mit ängstlichen Augen sah er die anderen der Reihe nach an. „Wir müssen Milena stoppen!“

Zögernd lehnte Charlie sich mit der Schulter gegen ihn. Sie ahnte, wie ohnmächtig er sich nun fühlen musste. Sie konnte nur hoffen, dass Lore, Rona und Tami rechtzeitig geflohen waren. Irgendwohin, wo sie vor Milenas Zauber sicher waren. Wo das auch immer wäre, die schwarzen Flecken auf der Karte breiteten sich unaufhaltsam weiter aus.

„Oh nein, da!“ Dimitri wich rückwärts zur Wand, die Augen auf eine Ecke der Grube gerichtet, Panik im Gesicht. „Schattenzauber!“

Und tatsächlich. In der Ecke lag eine zerbrochene Glaskugel. Aus ihr strömte schwarzblaue zähflüssige Masse. Und sie wurde immer mehr. Charlie und Arman sahen sich an: Was jetzt?

KAPITEL 15

Patrizia und Nils sahen sich vorsichtig in dem Aufenthaltsraum der Seniorenresidenz um. Der Herr am Empfang hatte ihnen auf ihre Frage nach jemandem, der Rosalie gekannt hatte, geraten, Schwester Gunrath zu suchen. Und als sie nun den hellen Aufenthaltsraum betraten, wies Nils Patrizia auf eine freundlich aussehende Frau in einem dunkelblauen Poloshirt hin. Ihre braunen Haare waren zu einem praktischen Zopf gebunden, an ihrem Hals baumelte ein Muschelanhänger.

Patrizia nickte. „Lass mich mal machen, schau du dich um", flüsterte sie Nils zu und trat auf die Schwester zu.

Nils schlenderte durch die Anwesenden. Sie saßen auf geblümten Sofas, in gemütlich aussehenden Ohrensesseln und um einige Tische. Einige waren in Brettspiele oder ein Gespräch vertieft, andere hatten den Blick auf einen an der Wand hängenden Flachbildschirm gerichtet, auf dem eine Naturdokumentation lief. Die gläsernen Türen zur gefliesten Veranda standen offen und ließen die sommerliche Brise herein. Auch dort saßen einige der Bewohner, genossen in leichte Decken gehüllt die Sonnenstrahlen. Das Pflegepersonal schlenderte geruhsam zwischen ihnen entlang, verteilte Tee, Kuchen und weitere Decken, sah nach dem Rechten und verwickelte den einen oder die andere in ein Gespräch.

„Tut mir leid, ich kann Ihnen keine Auskunft geben, wenn Sie nicht mit Rosalie verwandt sind", wies Schwester Gunrath

Patrizia mit fester Stimme ab. Nils sah genau, dass Patrizia drauf und dran war, eine Diskussion loszutreten, und mischte sich ein. „Natürlich, vielen Dank!“

Er nickte der Schwester zu und beobachtete, wie sie nun Servietten an jene der Herren und Damen verteilte, die einen Kuchen vor sich stehen hatten. Eine der Frauen blinzelte kurzsichtig und wollte wissen, ob die Schwester auch hier „im Hotel“ wohne, der Herr daneben widersprach ihr kopfschüttelnd und vermutete, die Pflegekraft gehöre zum Sicherheitsdienst.

Nils legte eine Hand auf Patrizias Arm. „Lass uns gehen.“ Das hier brachte nichts, das Personal würde ihnen keine Frage beantworten und die meisten Bewohner schienen nicht einmal zu wissen, wo sie sich befanden.

Doch so leicht gab Patrizia sich nicht geschlagen. „Irgendwas müssen wir doch tun können!“, fand sie und zwinkerte Nils zu, als eine alte Dame mit grauem wirr hochgesteckten Haar ihn nun anblitzte.

„Du“, beschwerte sie sich, „hast ihr beim Bingoabend schöne Augen gemacht. Das hab ich genau gesehen.“ Sie richtete ihre Perlenketten und einen glitzernden Schmuck, der wie ein Diadem aussah, in der Frisur, bevor sie beleidigt hinzusetzte: „Aber bitte, dann geh doch zu deiner Sternenfee!“ Zitternd warf sie ihr Glas Wasser um. Nils und Patrizia sahen sich an. Sternenfee?

„Aber Lieselotte, was machst du denn da?“, mischte sich ein Pfleger ein, wischte die Flüssigkeit auf und schenkte Patrizia und Nils ein entschuldigendes Lächeln.

Patrizia schaltete sofort. „Tante Lieselotte?“, flötete sie erfreut. „Hach, das gibt's ja nicht. Du hier!“ Sie griff nach der Hand der alten Dame. Kaum hatte sich der Pfleger entfernt, ließ sie sich auf die Sessellehne neben ihr sinken. „Erzähl mir alles", forderte sie die Seniorin auf. „Wo hast du dich denn rumgetrieben?"

Nils beschloss mitzuspielen. Er füllte das leere Wasserglas und reichte es ihr an. „Ja", sagte er, „was für ein Zufall. Wir dachten schon, du wärst verschollen."

Doch die alte Dame hatte vor allem ein Thema: Sie hatte Hunger! Und zwar nicht auf Kuchen. Nils und Patrizia sahen sich an. Dann zückte Patrizia ihr Handy und rief die App eines Lieferservices auf. Lieselottes Problem konnte gelöst werden. Hoffentlich wurde sie redseliger, wenn sie etwas im Magen hatte?!

Im Alten Tal drängten sich Charlie, Arman, Tarik und Dimitri in die von dem Schattenzauber am weitesten entfernte Ecke und blickten ängstlich auf die sich ausbreitende schwarze Flüssigkeit. Nur Jenny versuchte, neben ihnen die steile Wand emporzuklettern, und rutschte immer wieder ab.

„Vergiss es. Zu steil", knurrte Tarik, doch Jenny gab nicht auf. Vor sich hinmurmelnd trat sie ein paar Schritte zurück. Fest entschlossen fixierte sie den Abstand vom Grubenboden bis hinauf in die Freiheit und nahm Anlauf. Fast schien es, als renne sie senkrecht die Wand hinauf, und Charlies Herz begann zu hämmern. Egal, wie sehr sie sich gestritten hatten, Jenny mit ihrer Raketengeschwindigkeit schien ihre einzige Chance zu sein, dieser Falle zu entkommen.

„Sehr gut!", rief Tarik und deutete auf eine Wurzel rechts von ihr, „Halt dich da fest!"

Jenny nahm seinen Rat an und zog sich weiter.

„Und jetzt dort weiter links!" Auch Arman unterstützte sie

nach Kräften. Jennys Füße bewegten sich wie wild, sie kam immer weiter.

„Krass!" Charlie sah zu, wie Jenny sich weiter vorarbeitete und sich schließlich über den Rand des Schachtes zog.

„Geil abgeliefert, Jenny!", frohlockte Tarik und Charlie hätte am liebsten applaudiert. Dann allerdings verschwand Jenny aus ihrem Blick. Und sie blieb verschwunden. Charlie lauschte. Kein Ton drang zu ihnen hinunter. Ängstlich reckte Charlie den Kopf.

„Sie lässt uns jetzt aber nicht hier hängen, oder?" Dimitris Antwort – „Zuzutrauen wär's ihr." – machte ihre Sorge nicht gerade besser.

Da landete eine dicke, lange Efeuranke neben Charlie. Jennys Gesicht erschien. „Das hab ich gehört!", knurrte sie beleidigt.

Doch jetzt war nicht die richtige Zeit für Entschuldigungen und Wiedergutmachungen, sie mussten hier raus, bevor der Schattenzauber sie erreichte! Und das hieß: klettern, so schnell sie konnten.

Angestrengt und verschwitzt erklomm einer nach dem anderen die Efeuranke und ließ sich dankbar auf den Waldboden sinken. Auch ihr Gepäck und das von Jenny hatten sie herausgerettet. Von Jenny selbst allerdings fehlte jede Spur.

Arman richtete sich als Erster auf. „Wir hätten sie nicht allein lassen sollen." Ohne sich umzudrehen, lief er in den Wald hinein. Charlie sah ihm bedrückt hinterher. Sie hatte ein schlechtes Gewissen. Sie war Jenny gegenüber zu hart gewesen. Um ehrlich zu sein, hatte sie nicht einmal die Hälfte von ihren Worten wirklich gemeint. Wut und Enttäuschung waren nicht die besten Ratgeber.

Sie ließ den Kopf hängen. Spätestens nach der Begegnung mit dem magischen Schimmel war sie so etwas wie … die Leiterin ihrer kleinen Gruppe geworden. Und das bedeutete nicht nur, die Richtung anzugeben, sondern auch alle zusammenzuhalten. Sie musste Jenny finden und sich entschuldigen. Und sie musste Arman suchen, der nun mit der Sorge um seine Familie ganz alleine war!

„Man kann's auch positiv sehen", unterbrach Tarik ihre Gedanken mit einem schiefen Grinsen. „Den Tiefpunkt haben wir hinter uns."

Charlie lächelte ihn an. Damit hatte der Wissenschaftler ihrer Crew den Nagel auf den Kopf getroffen. Aufwärts würde es allerdings nur dann gehen, wenn es ihr gelang, Jenny und Arman zu finden und mit ihnen zu reden. Sie drehte sich um und lief in den Wald hinein. Hoffentlich konnte Tarik in der Zwischenzeit Dimitri von seiner zerbrochenen Geige ablenken. Oder ihm klarmachen, dass dies nicht das Ende der Welt war.

Nachdenklich stieg sie über Wurzeln und Steine und scannte die Umgebung. Als sie dort unten den Kopf verloren hatte, war es Jenny gewesen, die nicht aufgegeben hatte. Doch wie wusste man das? Wann es Zeit war zu kämpfen und wann nicht? Vielleicht lag es an den Menschen, die einen begleiteten? Wer sich im Stich gelassen fühlte, gab auf oder mobilisierte die letzten Kräfte. Doch mit der richtigen Unterstützung, mit den richtigen Freunden, machte es tausendmal mehr Sinn, dafür zu kämpfen, an was man glaubte.

„Jenny? Arman?" Seufzend trat Charlie Laub zur Seite und drehte den Kopf.

Und dann entdeckte sie Arman. Zusammengesunken kniete er auf dem Waldboden, die Hände vors Gesicht geschlagen.

Hilflos blieb Charlie stehen. Sie ahnte, dass er glaubte, seine Familie im Stich gelassen zu haben. Doch das stimmte nicht. Er war schließlich losgeritten, um den Schattenfluch zu brechen. Vorsichtig ließ sie sich neben ihm nieder. Was auch immer er sich ausmalte und vorwarf, er sollte das nicht alleine mit sich ausmachen.

Jenny marschierte sauer durch den Wald, wollte nur weg von den anderen. Wohin auch immer. Aus dem Alten Tal hinaus kam sie wohl nicht mehr, dafür hatte diese Milena mit ihren Schatten gesorgt.

Aber war das wirklich noch immer ihr Problem? Nicht wirklich, oder? Nicht, nachdem sich die anderen wie echte Blödmänner verhalten hatten. Jenny schnaubte auf. *Du verstehst das nicht, Jenny. Das ist kein Spiel, Jenny. Wir brauchen dich hier nicht, Jenny.* Mann, wer hatte ihnen denn allen den Arsch gerettet? Sie! Aber bitte, sollten sie doch sehen, wie sie alleine klarkamen. Vollidioten! Alle miteinander!

Jenny stolperte auf eine kleine Lichtung, als sie hinter sich einen Ast knacken hörte. Blitzschnell griff sie sich einen Stock vom Boden und drehte sich in bester Kampfkunstmanier einmal im Kreis. Gefährlich aussehen, das hatte sie gelernt, war schon halb gewonnen! Sie ging federnd in die Knie und warf einen Blick um sich. Als sie jedoch ihre Verfolgerin bemerkte, ließ sie überrascht die Waffe sinken.

Die Frau war ganz in Weiß gekleidet, ihre dunklen Haare sahen aus, als hätte sie in eine Steckdose gefasst – nicht, dass es hier so etwas geben würde – und auf ihrem Gesicht lag ein rätselhaftes Lächeln.

„Wer bist du denn jetzt?“, fauchte Jenny sie an. Anstatt zu

antworten, kam die Frau einfach immer näher. Was zur Hölle gab es da denn zu grinsen?

Diese schüttelte amüsiert den Kopf. „Ihr seid merkwürdig", fand sie, blieb vor Jenny stehen und sah ihr neugierig ins Gesicht.

Danke auch, das brauchte Jenny nun wirklich am allerwenigsten. Sie wich nach rechts aus. „Jo. Ich geh dann mal."

„Wohin?", wollte die seltsame Frau ehrlich interessiert wissen und Jenny zuckte mit den Schultern. „Weg? Keine Ahnung. Nach Hause geht ja wohl schlecht."

„Wieso?"

Hatte Schneewittchen eigentlich auch noch etwas anderes drauf als die berühmten fünf W-Fragen aller Dreijährigen? Jenny verdrehte die Augen. Da streckte die Gestalt den Arm aus und wies hinter Jenny auf eine weiße Tür, die da mitten im Wald stand, als gehöre sie hierhin und wäre nicht absolut verrückt! Fasziniert trat Jenny näher. „Was ist das?"

„Na, ich dachte, du wolltest nach Hause."

Jenny blickte zwischen der Tür und der Frau hin und her. Was genau meinte sie damit? Dass Jenny tatsächlich einfach nur dort hindurchtreten müsste und sie wäre wieder in Köln? Zögernd lief sie auf die Tür zu. Die Klinke glitzerte strahlend, als wollte sie sagen: Öffne mich und alles ist beim Alten.

Konnte es wirklich so einfach sein? Oder war das eine Falle? „Da kommt jetzt aber nicht irgend'n Tier rausgesprungen, oder so?"

Die weiße Frau vollführte eine ausladende Handbewegung und wie von Geisterhand schwang die Tür langsam auf. Auf der anderen Seite erkannte Jenny den Treffplatz ihrer Gang zwischen den Hochhäusern. Alle ihre Girls waren da, sie lachten und unterhielten sich. Erleichtert begann Jenny zu grinsen. „Endlich wieder normale Leute!“ Am liebsten hätte sie sich bei der strangen Lady mit einer Fistbump bedankt, aber sie sah aus, als ließe sie sich nur ungern anfassen.

Also hob Jenny beide Daumen. „Coole Aktion!“ Erleichtert lief sie näher. „Die Freaks können alleine weiter Pfadfinder spielen – J-Nifah ist raus!“ Entschlossen eilte sie auf das Tor zu.

Dimitri betrachtete die Teile seiner zerbrochenen Geige. Wiederherstellung ausgeschlossen. Nie wieder würde er darauf spielen, üben, nie mehr würde sie ihren perfekten Klang entfalten. Sie war nicht mehr als ein Trümmerhaufen. Dabei hatte sie ihn so viele Jahre begleitet. Auf so vielen Wettbewerben. Bei so vielen Stunden, in denen er alles getan hatte, um der Musiker zu werden, den sich sein Vater wünschte.

Tarik sah ihn mitfühlend an. „Tut mir voll leid mit deiner Geige“, murmelte er. Doch Tarik hatte keine Ahnung. Dimitris Geige war nicht einfach nur ein Instrument. Sie war so etwas wie ein Körperteil von ihm gewesen. Sie hatte zu ihm gehört. Und jetzt war sie unwiederbringlich zerstört. Und das war viel schlimmer als eine Schürfwunde.

Dimitri schulterte seinen Rucksack, wickelte die Geigenteile in seinen Pulli und presste sie fast zärtlich gegen die Brust. Dann lief er in den Wald hinein. Weg von Tarik und seinem Mitleid, der ja doch nicht einmal die Hälfte davon begriff, was geschehen war!

Dornenranken griffen nach ihm, Wurzeln schienen sich ihm in den Weg zu legen, das Moos unter seinen Füßen dämpfte jeden Schritt. Erst als er außer Sicht- und Hörweite von Tarik war, lehnte er sich erschöpft an einen Baumstamm. Er hatte keine Ahnung, was er tun sollte, wie er seinem Vater erklären sollte, was geschehen war.

„Die Geige ist dir sehr wichtig, oder?", riss ihn eine sanfte Stimme aus den düsteren Gedanken. Milena. Dimitri erschrak, wollte fliehen und stolperte. Auf dem Boden robbte er noch immer von ihr weg. „Bitte", flehte er, „tu mir nichts!"

Sie kam hinter ihm her, bis sie vor ihm stand. „Auch mir ist etwas genommen worden, was mir sehr wichtig war", flüsterte sie. Ihre Augen waren dunkel, als wäre sie gar nicht wirklich hier.

Dann klarten sie plötzlich auf und sie hielt ihm eine Hand hin. „Vielleicht können wir uns gegenseitig dabei helfen, das zu bekommen, was wir eigentlich wollen?" Sein hektisches Kopfschütteln ignorierte sie. Stattdessen zog sie etwas aus ihrem Umhang. Eine Geige. Das Holz glänzte wie frisch poliert, die Saiten waren straff gespannt. Sie sah wunderbar aus. Wie gemacht dafür, auf ihr zu spielen. Dimitris Finger juckten. Wie gemacht dafür, Wettbewerbe zu gewinnen.

Milena hielt sie ihm entgegen. „Ich habe gesehen, wie du dich beim Spielen quälst." Mitfühlend sah sie ihn an. „Diese Geige kann dir deine Qualen nehmen. Mit ihr kannst du voller Leichtigkeit die schwierigsten Melodien spielen. Ist es nicht das, was du eigentlich willst, Dimitri?"

Dimitris Blick fuhr hoch. Natürlich wollte er das, aber meinte sie das auch ernst? Ja, oder? Wer ein ganzes Land mit einem Schattenzauber überziehen konnte, der hatte auch die Möglichkeit, ein magisches Saiteninstrument hervorzuzaubern. Eines, auf dem er ohne Sorgen und Mühen perfekt spielen konnte. Eines, mit dem er endlich erreichen konnte, was sich sein Vater von ihm wünschte.

Er streckte die Hand in dem Moment aus, als Milena sie zurückzog, gerade so aus seiner Reichweite. „Um sie zu bekommen, musst du nur eine Kleinigkeit tun“, lockte sie.

Dimitri starrte auf das Instrument. Es sah perfekt aus. Und wenn er auch so perfekt darauf spielen würde, wie sie ihm versprochen hatte, dann sollte er zugreifen, oder? Dann wären alle seine Sorgen vorbei. Zögernd biss er sich auf die Lippen.

KAPITEL 16

Charlie, Arman und Tarik saßen bedrückt auf dem Boden des Waldes. Nicht nur Jenny, auch Dimitri war verschwunden und Charlie war wütend auf sich. Sie fünf waren schließlich ein Team. Charlie hätte sie alle zusammenzuhalten müssen. Immerhin war sie diejenige, die der Schimmel mit dem Sternsymbol ausgewählt hatte. Nur gemeinsam würden sie herausfinden, wie sie Namra helfen konnten. Jetzt aber waren sie nur noch zu dritt – und wer wusste, wo sich Dimitri und Jenny nun befanden? Charlie schüttelte frustriert den Kopf und hörte Arman neben ihr aufseufzen. Sie ahnte, was ihn beschäftigte.

Vorsichtig lehnte sie sich zu ihm. „Bestimmt haben es Lore, Rona und Tami geschafft, sich in Sicherheit zu bringen", versuchte sie, ihm Mut zu machen. Charlie vertraute den Liliental-Frauen.

Als hinter ihnen Blätter raschelten, drehten sich die drei erschrocken um. Doch nicht Milena war es, Dimitri tauchte auf, seine Geige schützend in den Armen haltend. Gefolgt wurde er von Jenny.

„Hoch mit euch!", rief sie voller Energie. „Wir sind fast am Ziel!"

Charlie sah sie perplex an, griff jedoch sofort nach ihrer Tasche und stand auf.

„Ich hab so 'ne weiße Braut getroffen." Jenny grinste in die

Runde. Dass sie drauf und dran gewesen war, Namra zu verlassen – würde sie den anderen nicht auf die Nase binden.

Und tatsächlich war Jenny mit einem Fuß schon fast auf der anderen Seite gewesen. Dort, wo alles so war, wie sie es kannte. Ausgerechnet da hatte die weiß gekleidete Frau hinter ihr jedoch aufgeschnaubt: „Typisch. Gute Strategie von dir aufzugeben, wenn's schwierig wird."

Jenny hatte sich ärgerlich zu ihr umgedreht, um ihr mal so richtig die Meinung zu sagen, aber den Mund wieder zugeklappt. Ganz so verkehrt lag die Unbekannte nicht. Aber es waren ihre nächsten Worte gewesen, die Jenny dazu gebracht hatten hierzubleiben: „Keiner von euch", hatte die seltsame Erscheinung mit einem süffisanten Lächeln gesagt, „sieht, wie nah die Wächter sind!"

Mehr hatte Jenny nicht gebraucht. Angenommen, das stimmte. Und niemand wusste es, nicht mal die Sternenfee, nur sie, Jenny, dann konnte sie doch jetzt nicht gehen, oder? Das war ihre Chance, den anderen zu zeigen, dass es eben doch nicht ohne Jenny ging! Dass sie ein wichtiger Teil des Teams war.

„Eine weiße Braut", wiederholte Tarik Jennys Worte und sah hoffnungsvoll auf. „Das Orakel?!"

Jenny zuckte mit den Schultern. „Keine Ahnung, sie war auf jeden Fall orakelmäßig drauf. Sie meinte, dass die Wächter voll nah sind."

Nun umringten sie alle. „Was genau hat sie gesagt?", wollte Charlie atemlos wissen und Dimitri fragte: „Irgendeine genaue Richtungsanweisung?"

Jenny hob die Schultern. „Nö. Nicht weit, meinte sie nur." Fragend blickte sie in die Runde. „Also lasst uns weiter?"

Alle schulterten ihr Gepäck und liefen los. Jenny lächelte

Charlie vorsichtig an, die an ihrer Seite blieb. „Hast wohl doch nicht so ’nen schlechten Job gemacht, Sternenfee.“

Charlie sah sie offen an. Dann legte sie eine Hand auf Jennys Arm. „Sorry wegen vorhin“, sagte sie und klang ehrlich bedauernd. „War nicht so gemeint.“

Jenny konnte ein kleines Grinsen nicht unterdrücken. Womöglich war die Sternenfee doch nicht so verkehrt? Immerhin entschuldigte sie sich bei ihr, das war mehr, als Jenny sonst gewöhnt war. Gut gelaunt verpasste sie Charlie einen kleinen Stoß mit der Schulter und wies mit dem Kinn nach vorne. „Dann auf, nicht dass die Jungs die Wächter vor uns finden!“

Charlie lachte sie an. Nebeneinander beeilten sie sich, Arman, Tarik und Dimitri einzuholen. Jenny musste noch immer lächeln. Vielleicht waren sie also doch kein so schlechtes Team?! Mal sehen, was sie gemeinsam entdecken würden.

Mit fragendem Gesichtsausdruck stellte Nils das bestellte Essen auf den niedrigen Sofatisch. Patrizia schnupperte, ihr Magen knurrte. Der Hamburger roch himmlisch.

Lieselotte jedoch, wegen der sie das Essen überhaupt bestellt hatten, rührte sich nicht. Sie schlief wohlig schnarchend, egal was Patrizia tat. Weder half ein sanftes Ruckeln an ihrer Schulter, noch dass Nils ihr das Essen unter die Nase hielt. Lieselottes Nase zuckte, ihre Augen blieben aber geschlossen.

Seufzend ließ sich Patrizia zu ihren Füßen auf dem Boden nieder und steckte sich ein paar Pommes in den Mund. „Etwas muss sie wissen“, seufzte sie, „vorhin hat sie von der Sternenfee gefaselt.“

Nils betrachtete den Burger in seiner Hand und zuckte bedrückt mit den Schultern.

„Wir finden Charlie“, flüsterte Pat ihm beruhigend zu. „Ihr und Tarik geht's bestimmt gut.“ Als Nils noch immer vor sich hinstarrte, beugte sie sich näher zu ihm. „Warum habt ihr euch eigentlich getrennt?“

„Namra“, Nils verdrehte die Augen. „Es ging immer nur um Namra. Zuerst wollte sie ihre Oma finden, dann den Eingang. Irgendwann gab es nichts anderes mehr.“ Kopfschüttelnd sah er Patrizia an. „Was ich wollte, war ihr so ziemlich egal.“

Patrizia biss nachdenklich ein Stück des Brötchens ab und sah zu, wie der Ketchup auf der anderen Seite herabtropfte.

„Klar war das 'ne geile Zeit da“, lenkte Nils ein, dann sah er sie ernst an. „Aber wolltest du da wieder hin?“

Patrizia schüttelte amüsiert den Kopf. „Tarik ist genauso! Der will sogar seine Doktorarbeit über Namra schreiben.“

Nils schob seinen Hamburger von sich. „Vielleicht“, überlegte er, „sind die deswegen da und wir nicht?“

Patrizia nahm einen weiteren Bissen und überlegte. Ja, vielleicht hatte Nils recht, das könnte es sein. Andererseits waren sie beide nun hier und versuchten herauszufinden, was mit Charlie und Tarik geschehen war. Das sagte doch auch etwas über sie aus, oder?

Vielleicht also brauchte es zwei, die überzeugt genug waren, um nach Namra zurückzukehren. Und zwei, die hier die Stellung hielten?

Hinter ihr gähnte Lieselotte, dann setzte sie sich plötzlich auf und blinzelte. Patrizia öffnete den Styroporkarton mit dem dritten Burgermenü und hielt es der alten Dame unter die Nase. „Tante Lieselotte, du bist wach! Schau mal, wir haben etwas zu essen besorgt!“

Anstatt zuzulangen, betrachtete Lieselotte Patrizia und Nils verwirrt, rückte das Diadem auf ihren Haaren zurecht, schnappte sich dann eine Handvoll Pommes und stand auf.

Völlig perplex sahen Patrizia und Nils zu, wie sie die Pommes nun in den Blumentöpfen des Aufenthaltsraumes verteilte, als seien es Düngestäbchen.

„Mmmhhhh", machte Patrizia im Versuch, Lieselotte davon abzuhalten, „das sind Pommes. Die kann man essen!"

Doch Lieselotte pflanzte ein paar weitere Kartoffelstäbchen, bedachte Patrizia mit einem genervten Blick und drehte sich zum nächsten Blumentopf.

„Ihr kleinen Herzchen", zwitscherte sie lächelnd den rosafarbenen Blumen zu, „bekommt jetzt was Feines!" Und schon marschierte sie zur nächsten Pflanze.

Nils schüttelte den Kopf und Patrizia ahnte, was er sagen wollte: Im Hier und Jetzt war die alte Dame sicherlich nicht! Patrizia allerdings wollte noch nicht aufgeben. Sie wischte sich den Mund ab, ließ das Essen Essen sein und folgte Lieselotte. Kaum hatte diese sämtliche Pommes verteilt, legte ihr Patrizia vorsichtig eine Hand an den Ellenbogen und führte sie zurück zum gemütlich aussehenden Sessel.

„Tante Lieselotte", säuselte sie währenddessen, „du hast uns vorhin so schöne Sachen erzählt von, wie hieß es noch mal ... Namra?"

Die alte Dame kniff die Augen zusammen und betrachtete Patrizia und Nils argwöhnisch. Dann ließ sie sich in ihren Sessel sinken und deutete mit dem Zeigefinger auf Nils, der den Rest seines Burgers verspeiste. „Das machen Sie aber schön wieder weg, junger Mann!", verlangte sie und betrachtete die Styroporbox. „Meine Freundin, die Sternenfee, duldet nämlich keine Schlamperei."

Nils hob entschuldigend die Hände und schloss den Fastfoodkarton. Patrizia setzte sich zu Lieselotte auf die Sessellehne. „Die Sternenfee war sehr ordentlich, nicht wahr?“, fragte sie unschuldig.

„Wer?“ Lieselotte sah Patrizia fragend an.

„Das bringt doch nichts, lass uns gehen!“ Nils packte bereits zusammen und Patrizia musste gestehen, sie waren keinen Schritt weiter gekommen.

Da strich sich die alte Dame plötzlich die Haare aus dem Gesicht und lächelte zu Patrizia auf. „Ich war früher Künstlerin“, vertraute sie ihr in Erinnerung lächelnd an und faltete eine rote Serviette in wenigen Sekunden zu einer Origami-Blüte, die sie Patrizia entgegenhielt. „Ich habe auch getanzt.“ Dann verdüsterte sich ihr Gesichtsausdruck. „Aber Rosalie hat das nicht interessiert. Die hat immer nur in ihr Buch geschrieben.“

Patrizia warf Nils einen Blick zu, er nickte. „Charlies Buch“, flüsterte er leise. Vielleicht erhielten sie also doch noch ein paar Informationen? Vorausgesetzt, Lieselotte würde nicht wieder einschlafen und sie stellten die richtigen Fragen.

„Oh, ja?“, tat Patrizia also begeistert. „Hat Rosalie, also die Sternenfee, noch irgendwas gehabt außer dem Buch?“ Hilfe suchend blickte sie zu Nils. „Vielleicht ein Bild ... oder etwas anderes?“

„Nein!“ Lieselottes Stimme wurde laut. „Nein, nein, nein!“ Sie schüttelte hektisch den Kopf und hielt mit beiden Händen das Diadem auf ihren Haaren fest. „Nichts sonst, kein Bild ... und auch keinen Schmuck!“

Patrizia beugte sich vor und nahm das Diadem auf der Frisur der alten Dame in Augenschein. „Oh, nein?“, fragte sie und zwinkerte Nils zu. „Und was ist das hier?“

Lieselotte schüttelte noch immer den Kopf und hielt beide Hände ebenso ertappt wie schützend über ihre Frisur ...

Charlie lief hinter Arman durch den Wald. Hinter sich konnte sie Jenny seufzen hören – *nicht mehr weit* hatte sie vorhin gesagt und sicher nicht damit gerechnet, dass sie noch immer unterwegs sein würden, ohne das Pferd oder die Wächter gefunden zu haben. Doch das konnte Charlie Jenny kaum übel nehmen. Aussagen aus dem Mund des Orakels waren nie deutlich. Als sie sich umdrehte, um Jenny und Tarik aufzumuntern, ließ er gerade hoch konzentriert seine Wasserflasche zu Jenny schweben. Charlie holte zu Arman und Dimitri auf. Zumindest ein Gutes hatte ihre Reise – Dimitri, Tarik und Jenny konnten mit ihren neuen Fähigkeiten experimentieren. Wer wusste schon, wann sie diese nötig wären!

Abrupt blieb Arman stehen und blickte konzentriert durch die Bäume vor ihnen. Charlie gesellte sich zu ihm und atmete auf. Nur wenige Meter vor ihnen stand ein Häuschen. Das Dach lag tief auf den Mauern, zufällig würde es niemand finden. Sie spähten durch das Laub, bis Jenny, Dimitri und Tarik aufholten.

„Sind wir da?" Tarik kniff unsicher die Augen zusammen. Auch Jenny klang alles andere als überzeugt. „Ich dachte, die Wächter wohnen in 'nem Schloss oder so", murmelte sie enttäuscht.

Charlie zuckte mit den Schultern. Die Hütte war tatsächlich nicht sonderlich groß, die Wände aus Holz gefertigt, das Dach aus Wellblech und über dem Eingang hing eine Lichterkette. Das sah wirklich nicht nach den Wächtern aus.

Vorsichtig lief Charlie voran. Arman folgte ihr, dann kamen

die anderen nach. Langsam näherten sie sich dem Gebäude und blieben überrascht stehen: Vor ihnen graste der geheimnisvolle Schimmel! Kurz hob er den Kopf und wieherte leise.

Charlie lief glücklich zu ihm und strich ihm über das samtene Fell. „Wolltest du uns hierher führen?", fragte sie leise und lehnte den Kopf gegen seinen warmen Hals mit dem Sternensymbol.

„Krass", freute sich Jenny, „das Pferd gibt's wirklich!" Charlie musste lachen. Na, dann sollten sie sich hier einmal genauer umsehen. Womöglich fanden sie einen Hinweis auf die Wächter – oder aber, mit etwas Glück – die Wächter selbst?

KAPITEL 17

Nachdem Charlie sich von dem Pferd verabschiedet hatte, begab sie sich zur Eingangstür des kleinen Hauses. Arman nickte ihr zu und stellte sich direkt hinter sie, als wolle er sie beschützen, falls sie in eine Falle gerieten. Charlie holte tief Luft, öffnete die Tür und trat, gefolgt von den anderen, ein.

Überrascht blieb sie stehen. Was auch immer sie vermutet hatte, es war sicherlich nicht das Bild, das sich ihr hier bot: An grob gehauenen, langen Holztischen saßen Gäste, aßen, tranken und spielten im flackernden Kerzenschein Karten. Niemand unterbrach das Gespräch beim Auftritt der Neuankömmlinge. Nur der Wirt der Gaststube, denn um nichts anderes handelte es sich, drehte sich ihnen mit breitem Lächeln zu. Er öffnete begrüßend die Arme und lief ihnen entgegen. Unter dem gemusterten Sakko trug er ein noch wilder gemustertes Hemd, die dunklen Haare waren zu einem Knoten auf seinem Hinterkopf gebunden und sein Bart zitterte, als er freundlich zu grinsen begann. „Immer herein mit euch!"

Und schon räumte er einen Tisch für sie frei. Überrumpelt ließen Charlie, Arman, Tarik, Dimitri und Jenny sich nieder. Jenny starrte ihren breit lächelnden Gastgeber an und fragte vorsichtig: „Ähm, sind Sie einer der Wächter?"

Er lachte verschmitzt. „Nicht, dass ich wüsste."

„Aber das weiße Pferd draußen?", hakte Charlie nach und schon winkte er eilig ab. „Das ... ist mir zugelaufen!"

Dann deutete er eifrig auf eine unleserlich beschriebene Tafel in der Ecke des Raumes. „Heute haben wir was ganz Feines im Angebot“, wechselte er das Thema. „Klickschnecken-Mus.“

Damit klatschte er ihnen einige Karten auf den Tisch und entfernte sich. Charlie sah ihm argwöhnisch nach, Tarik jedoch griff nach der Speisekarte. Er hatte Hunger. Fliegende Spinne im Netz und Hanckenhaferschleim klang zwar nicht allzu verlockend, Grobawurzel mit Polzeln, getrocknete Rupeln und gestampfte Zwisseldisteln dagegen nicht so verkehrt!

Also bestellten sie und wurden positiv überrascht. Zwar sahen die Eintöpfe nach nicht viel aus, aber sie schmeckten gar nicht so übel.

Charlie beugte sich zwischen zwei Bissen zu Arman neben ihr. „Kennst du hier irgendjemanden?“

„Nicht persönlich.“ Er deutete mit dem Löffel auf eine lachende Gruppe vor ihnen. „Das da sind einige der Hubbeldies, und die sind schon ewig verfeindet mit …“, nun wies er auf einen ebenfalls gut besuchten Tisch daneben, „den Schwubbeldies.“ Dann blickte er sich weiter um und zuckte lächelnd mit den Schultern. „Ansonsten sind das hier ganz normale Leute aus Namra.“

„Interessante Definition für ‚normal‘“, murmelte Dimitri zwischen zwei Bissen und Charlie gab ihm insgeheim recht. Sie beugte sich zu Arman. „Wir müssen es irgendwie hinkriegen, uns umzuschauen.“

Jenny sah auf. „Ey, Dimi-Boy“, fand sie, „du kannst dich doch unsichtbar machen und Spion spielen.“ Doch ganz überzeugt schien Dimitri nicht. Charlie ließ ihren Blick durch das Wirtshaus schweifen und stutzte. Zu ihrer Überraschung entdeckte sie ein bekanntes Gesicht. Sie hob die Hand und rief: „Adrian, hey!“

Erfreut kam der kleine Zauberer zu ihnen herüber und umarmte Charlie und Arman. „Wie kommt ihr denn hierher?“, wollte er dann wissen. Charlie und Arman dagegen betrachteten ihn grinsend von oben bis unten. Adrians Hautfarbe war königsblau, seine Füße ungefähr drei Mal so groß wie normal. Charlie verkniff sich eine Bemerkung, doch Arman hielt Adrian auf Armeslänge und grinste schief. „Wie siehst du denn aus?!“

Adrian fuhr sich unsicher durch die Locken. „Kleiner Zauberunfall“, gestand er dann leise, „als ich bei Tami war.“

Arman horchte auf. „Du warst bei meiner Familie?“

Adrians fröhliches Lächeln verschwand, er nickte. „Der Schattenzauber hat den Hof komplett befallen“, erzählte er. „Aber Lore, Rona und Tami haben es rechtzeitig geschafft, in die Hügelländer zu flüchten.“

Erleichterung machte sich breit, als Adrian berichtete, dass Lore, Tami und Rona ihn ein Stück mitgenommen hatten. Er erzählte ihnen, dass Armans Vater und Brüder noch immer sicher in den Sommerbergen waren und Adrians Bruder Garwin wie Rona versuchte, etwas gegen Milenas Zauber auszurichten. Leider bisher umsonst.

Der einzige andere Zauberer, den Adrian kannte, war sein Onkel Rudofus, bei dem Adrian wohnte, der Wirt der Waldschenke.

Charlie warf diesem einen zweifelnden Blick zu. Er sah nicht aus, als könnte er etwas gegen den Schattenzauber ausrichten. Eher, als kenne er sich mehr mit Speisen, Getränken und vor allem der Gaststube aus, die er mithilfe von Adrian zu bewirtschaften schien.

Arman und Charlie sahen dem kleinen Zauberer lächelnd hinterher, als dieser wieder hinter die Theke eilte, um weitere Schüsseln mit Klickschnecken-Mus zu befüllen. Dann standen sie zeitgleich auf, als hätten sie sich verabredet.

Arman grinste. „Du willst nach dem Pferd gucken, richtig?" Und als Charlie nickte, beschloss er: „Ich komme mit."

Jenny verbiss sich einen Kommentar. Klar, dass Arman Charlie nach draußen folgte, zwischen den beiden lief irgendwas. Irgendwas, das über das normal Verrückte hier in Namra hinausging! Jenny drehte sich zu Tarik und Dimitri, hatten die das auch mitgeschnitten?

Doch die beiden – typisch Jungs – waren mit etwas ganz anderem beschäftigt: Tarik mit essen und Dimi schob seine Geige vorsichtig in seinen Rucksack zurück. Jenny runzelte die Stirn und beugte sich neugierig vor. „Deine Geige war doch komplett schrott?!"

Schnell schloss er die Lasche darüber. „Hab sie ... repariert", stotterte er, ohne Jenny anzusehen. „Aber lass bitte die Finger davon, sie ist sehr empfindlich."

Jenny hob kichernd die Hände. „Du checkst aber schon, dass das Ding nicht deine Freundin ist, oder?" Dimitri drehte sich weg. Sie hatte wohl einen wunden Punkt getroffen.

Jenny blinzelte Tarik zu, der enthusiastisch die Reste des Eintopfes aus der Schüssel kratzte. Oh Mann, der eine war verknallt in seine Geige, der andere schaltete das Hirn aus, wenn's was zu Futtern gab. Super Gesellschaft, wirklich! Sie sah sich um. Der Wirt machte seine Runde und gab an jedem Tisch mit einem anderen Zauberspruch an, den er angeblich konnte. Sein Neffe, der kleine blaue Adrian, sah ihm dabei gequält zu und trat von einem zu großen Fuß auf den anderen.

Als Rudofus schließlich bei ihrem Tisch angekommen war, betrachtete er überrascht die leeren Stühle, auf denen vor Kurzem noch Charlie und Arman gesessen hatten. Bevor er nachhaken und fragen konnte, wohin die beiden verschwunden waren, beeilte sich Jenny, ihn abzulenken. Sie deutete auf Tarik. „Der kann auch zaubern!“

Tariks Kopf schnellte hoch, er verdrehte genervt die Augen, doch zu spät. Rudofus ließ ein meckerndes Lachen hören. „Wenn der ein Zauberer ist, bin ich die Feenkönigin von Namra“, höhnte er laut genug, dass alle Umsitzenden es hörten. Allgemeines Gelächter folgte.

Jenny warf Tarik einen aufmunternden Blick zu. Dann fixierte sie den von sich überzeugten Wirt. „Na dann“, ließ sie ihn genüsslich wissen, „pack schon mal die Flügel aus!“

Rudofus’ Augenbrauen wanderten überrascht in Richtung Haaransatz. Auch das Lachen der Gäste verstummte.

Tarik seufzte, doch Jenny verstand nicht, was mit ihm los war, er konnte Dinge schweben lassen, oder? Kameradschaftlich schlug sie ihm auf die Schultern. „Zeig denen, was du draufhast!“

Rudofus schien Tariks Unwohlsein zu bemerken, amüsiert drehte er sich um und schnappte sich zwei Glashumpen. Sofort wurde es mucksmäuschenstill.

„Also gut“, hob der Wirt grinsend die Stimme, „wer glaubt, dass der Junge zaubern kann, tut seinen Wetteinsatz hier rein.“ Er stellte einen der Glasbehälter vor Tarik auf den Tisch. „Alle anderen versenken ihren Einsatz hier hinein!“ Und damit stellte er das zweite Gefäß auf einen anderen Tisch. „Der Sieger“, rief er mit lauter Stimme gegen das anschwellende Gemurmel an, „bekommt eine Runde Krückenmost aufs Haus!“

Zuversichtlich grinsend nickte er seinen Gästen zu, die nun aufstanden und begannen, Münzen und Scheine in die beiden Gläser zu werfen. Jenny stützte empört die Hände in die Hüften. Der Glashumpen vor Tarik war nicht einmal ein Viertel voll, während der andere beinahe überquoll!

Zuversichtlich drehte sie sich zu Tarik um und zwinkerte ihm zu. Die Leute hier schienen ihm nicht viel zuzutrauen. Aber jeder wusste schließlich, dass Außenseiter den besseren Gewinn einfuhren!

„In Ordnung." Rudofus stützte die Hände vor Tarik auf den Tisch und beugte sich zu ihm. „Du bist dran!"

Tarik stöhnte auf, dann hob er die Hände und konzentrierte sich. Zunächst geschah nichts, und der Wirt lehnte sich siegessicher zurück. Dann begann die Tasse vor Tarik zu wackeln und zu klappern und stieg langsam, aber sicher in die Höhe.

Überraschtes Raunen war zu hören. Jenny unterdrückte ein Lächeln. Vorsichtig ließ Tarik die Tasse wieder zurück auf den Tisch sinken.

„D-d-das g-g-gibt's doch nicht", stammelt Rudofus und starrte Tarik an. „Du bist aus der Menschenwelt! Wie kann das sein?"

Tarik zuckte lässig mit den Schultern. „Keinen Plan", gestand er.

„Du, Tarik?" Nun kam auch Adrian näher. „Kannst du mich dann auch von dem Farbzauber erlösen und von ..." er hob einen seiner übergroßen Füße in die Höhe, „denen?"

„Sorry", entschuldigte sich Tarik, „aber so weit bin ich noch nicht."

Rudofus lief um den Tisch herum und legte beide Hände auf Tariks Schultern. „Nicht doch", meinte er grinsend, „mit ein bisschen Hilfe von einem Fachmann wie mir kannst du Zauberlehrling sicher den Erlösungszauber für Adrian ausführen. Der junge Mann hier hat sich an bestimmte Regeln seines Onkels nicht gehalten. Und zur Strafe kann er nun leider seine eigenen Zauber nicht mehr rückgängig machen. Aber ich, der große Meister, will ein Auge zudrücken, wenn du ihn erlöst."

Jenny rümpfte die Nase, *großer Meister*? Dieser Rudofus war echt überheblich! Nun beugte er sich zu Tarik und flüsterte ihm etwas ins Ohr. Dann richtete er sich wieder auf. „Na los, mach schon!"

Adrian stellte sich voller Vorfreude vor Tarik und nickte ihm strahlend zu. Der Kleine hatte ganz offenbar genug davon, blau und mit Riesenfüßen gestraft zu sein.

Seufzend griff Tarik sich mit einer Hand an die Nase und schleuderte mit ein paar gemurmelten Worten die Hand in Richtung Adrian. Adrian sah an sich herunter – nichts hatte sich verändert.

Tarik runzelte die Stirn. „Habe ich etwas falsch gemacht?"

Rudofus schlug ihm lachend auf die Schulter. „Im Gegenteil!"

Das war der Moment, in dem Adrian zu niesen begann und gar nicht mehr damit aufhören konnte. Sein Onkel begann lauthals zu lachen und alle Gäste fielen ein. Jenny seufzte. Rudofus hatte Tarik hereingelegt. Auch der schien das jetzt zu begreifen.

Zerknirscht beugte er sich vor. „Tut mir leid, Adrian!"

Dieser schüttelte den Kopf und blitzte dann seinen Onkel an. „Nicht – Hatschi! – lustig – Hatschi! – Gar – Hatschi – nicht – Hatschi!", beschwerte er sich. Doch das brachte alle Anwesenden außer Jenny und Tarik nur noch mehr zum Lachen.

Dass Dimitri sich während des ganzen Trubels zu Charlies Tasche beugte und sich mit seiner Geige und Rosalies Aufzeichnungen heimlich nach draußen verdrückte, bemerkte niemand.

Jenny stand auf und baute sich vor Rudofus auf. „Ich wette", forderte sie ihn heraus, „du hast gar keine Ahnung, wie der Erlösungszauber geht!"

Charlie und Arman umrundeten das Gasthaus. Auf einer Seite graste der Schimmel – Rosalies Pferd, wie Arman laut vermutete, weshalb sonst sollte es ihr Zeichen auf dem Hals tragen?! Arman schüttelte wehmütig den Kopf und lief weiter. „Ich hab so viel von ihr nicht gewusst!"

Charlie folgte ihm. „Sie fehlt dir noch sehr", stellte sie fest und schluckte, als er nun betrübt nickte, als gestünde er es sich selbst erst gerade in diesem Moment ein.

„Manchmal", entgegnete er leise, „ist es schwer abzuschließen, wenn man sich nicht richtig verabschieden konnte."

Charlie dachte an Nils und sah Arman in die Augen. „Ich weiß, was du meinst."

Gelächter und Gejohle aus dem Wirtshaus unterbrach ihren Blickwechsel. Amüsiert drehten sie sich um. Offenbar waren die Gäste abgelenkt. Umso besser. Sich umsehend liefen sie weiter. Charlie hatte keine Ahnung, wonach sie eigentlich suchten, nur ein Gefühl, dass hier etwas Wichtiges versteckt war. Warum sonst hätte das Pferd sie hierher geführt?

Als sie um die nächste Ecke bogen, deutete Arman auf einen aus Holzplanken gezimmerten Verschlag mit schräg in den Angeln hängender Tür. Charlie nickte aufmunternd und ließ ihm den Vortritt. Hintereinander traten sie ein.

Nur wenig Licht drang durch die Ritzen der Bretter. Kreuz und quer verteilt standen Holzkisten, Kartons und alte Möbel. Arman griff in eine der Kisten und musste auflachen, als er eine aus Stoffteilen genähte Puppe hervorzog. „Das war Garwins Heiligtum, als wir klein waren", sagte er überrascht und hielt sie ins spärliche Licht. „Er hat sie überallhin mitgenommen."

Charlie musste lächeln. Der Gedanke, dass Arman und Garwin früher Lieblingsspielzeug hatten, war irgendwie entzückend! Dass sich eines davon ausgerechnet hier wiederfand, war dagegen schon etwas seltsam. Aber bei der Suche nach den Wächtern half das leider nicht. Sie sahen sich weiter um. Viel Platz, um sich zu bewegen, gab es nicht. Der Verschlag schien nichts weiter als eine Abstellkammer zu sein für Dinge, die nicht länger gebraucht wurden, längst vergangene Erinnerungen.

Arman drehte sich schulterzuckend zu Charlie um und sah sie an. Charlie stockte, er stand so nahe, dass sie seinen Atem auf ihrer Wange spüren konnte, wenn einer von ihnen nun einen Schritt nach vorne machte ...

Draußen wieherte ein Pferd. Dann rief eine Stimme nach ihnen und Dimitri. Jennys Stimme. Charlie und Arman zögerten einen Moment, dann rissen sie sich los. Arman stieß die Tür für Charlie auf, sie trat nervös hinaus. Was war das eben gewesen? Ihr Herz klopfte noch immer heftiger als gedacht.

Jenny stand nur wenige Meter entfernt und sah verwundert auf Rosalies Buch in ihrer Hand. Als sie Charlie und Arman bemerkte, blickte sie sie mit schrägem Grinsen an. „Oha, habe ich euch gestört?"

Arman räusperte sich dicht hinter Charlie. Sein „Wir haben uns nur umgesehen" klang ... irgendwie nicht ganz glaubhaft.

Charlie merkte, wie ihre Ohren zu glühen begannen. Daher tat sie das Erstbeste, was ihr zur Ablenkung einfiel. Sie wies auf Rosalies Aufzeichnungen in Jennys Hand. „Was machst du denn damit?"

„Das lag da hinten. Auf dem Boden."

„Okay", Charlie fühlte sich noch immer etwas überfordert von dem, was da eben passiert war. Oder auch nicht passiert war. Hätte Jenny nicht nach ihnen gerufen, hätten Arman und sie sich wirklich ... geküsst? Oder hatte das alles nur in ihrer Fantasie stattgefunden? Sie warf Arman einen vorsichtigen Blick zu. Auch er sah aus, als wäre er noch nicht ganz im Hier und Jetzt. Jenny schien ihre Reaktion misszuverstehen.

„Ja, genau", sagte sie verletzt. „Jenny hat wieder geklaut!" Ärgerlich drückte sie Charlie Rosalies Buch in die Hand und setzte noch einen drauf: „Ich wollt's einem Kobold verticken. Die Preise auf Namras Schwarzmarkt sollen richtig abgehen."

Charlie riss sich zusammen und schüttelte den Kopf. „Sorry, ich weiß, dass du es nicht klauen wolltest."

Einen Moment starrte Jenny sie an, dann wurde ihr abweisender Gesichtsausdruck weicher. „Besser isses", fand sie, aber Charlie sah genau, dass sie sich taffer gab, als sie war.

Erleichtert drehte Jenny sich um und marschierte auf den Eingang des Wirtshauses zu. „Habt ihr 'ne Ahnung, wo Dimitri ist?", warf sie dabei über die Schulter. Charlie schüttelte den Kopf. Das letzte Mal hatte sie ihn im Gastraum gesehen. Da hatte er seine Geige vorsichtig unter seinen Stuhl gelegt.

Aus der Wirtsstube dröhnte Lachen und Klatschen. Als sie zu dritt eintraten, erfreute Rudofus seine Gäste gerade damit, Kerzen durch eine einzige Handbewegung zum Brennen zu bringen.

Das Plätschern hinter ihr nahm Charlie nur mit halbem Ohr wahr.

Dimitri, der bisher unsichtbar ganz dicht an der Wand der Hütte gestanden hatte, tauchte langsam wieder auf. Verkniffen starrte er den dreien und Rosalies Aufzeichnungen, die er vorhin aus Versehen hatte fallen lassen, nach. Frustriert, dass er das Buch verloren hatte, lief er mit seiner magischen Geige in den Wald.

Gerade als Charlie, Arman und Jenny sich zu Tarik setzten, befahl Rudofus: „So, und jetzt du! Und denk daran, es kommt allein auf deine Konzentration an."

Charlie begriff, dass sich Tarik offenbar zu einem Zauberwettstreit hatte hinreißen lassen. Doch so sehr er sich zu konzentrieren versuchte, die Kerzen blieben aus. Nach und nach wendeten sich die Wirtshausgäste ab, selbst Rudofus, den Adrian bittend am Ärmel zupfte.

„Onkel?", bat er mit großen Augen. „Könntest du mich vielleicht zurückverwandeln? Ich verspreche auch hoch und heilig, dass ich nie wieder ohne deine Erlaubnis zaubern werde".

Rudofus schüttelte lachend den Kopf. „Deine Versprechungen kenne ich", winkte er ab. „Du bekommst deine Zauberkräfte nicht zurück, und aus."

Charlie und Arman folgten dem niedergeschlagenen Adrian mitleidig zur Bar. Zerknirscht begann der kleine Zauberer damit, Krüge und Schüsseln zu füllen.

Charlie beugte sich zu ihm. „Kann man deinem Onkel trauen?", fragte sie leise und erklärte: „Wir dachten, dass wir hier die Wächter finden."

Adrian blickte erstaunt auf. „Die Wächter? Hier?"

Arman nickte. „Das weiße Pferd draußen hat uns hierher geführt. Und Rudofus hat seltsam darauf reagiert, als wir ihn gefragt haben."

Adrian seufzte. „Meine Familie ist schon etwas ... anders", gab er zu. „Rudofus kann manchmal echt doof sein. Aber er ist nicht gefährlich. Wenn ihr wollt, kann ich ihn noch mal fragen. Oder die anderen? Vielleicht wissen die etwas über ..."

Adrian brach seufzend ab, als nun im hinteren Bereich ein Streit ausbrach. Die Gäste von zwei Tischen waren aufgesprungen und standen sich wütend gegenüber. Überrascht sah Charlie Arman hinterher, der sich gewandt zwischen die beiden Streitparteien drängte. Beruhigend sprach er in einer namrischen Sprache auf sie ein.

Charlie verstand nicht, was er sagte, doch er schien Erfolg zu haben. Die Gesichter der gegnerischen Gruppen, eben noch vor Wut verzerrt, wurden nachdenklich. Dann brachte Arman sowohl die Hubbeldies als auch die Schwubbeldies mit wenigen Worten zum Nicken und schließlich zum Lächeln.

Adrian stellte sich neben sie. „Die streiten schon seit tausend Jahren", seufzte er. „Ich glaube, die wissen selbst nicht mehr, wieso."

Arman hatte einen Arm um einen Hubbeldi gelegt, den anderen um einen Schwubbeldi und redete auf sie ein. Erst zögernd, dann mit Nachdruck reichten sich die beiden die Hände. Charlie sah Arman stolz an. Wenn jemand es schaffte, seit Jahrhunderten verfeindete Hitzköpfe zu versöhnen, dann er. Arman war eben etwas ganz Besonderes!

Da landete ein Ellenbogen in ihrer Seite. Jenny. „Was geht eigentlich zwischen euch?", wollte sie schmunzelnd wissen und blickte zu Arman.

„Nichts“, wehrte Charlie ab, aber ein kleines Lächeln ließ sich nicht unterdrücken. „Wir sind nur Freunde.“

Jenny schnaubte amüsiert auf. „Nee, ist klar!“ Sie sah aus, als wollte sie sich an die Stirn tippen.

Charlie schüttelte den Kopf. „Wirklich. Außerdem habe ich einen Freund zu Hause.“ Sie zögerte einen Moment. „Ich weiß zwar nicht ... ob wir noch ... ach, es ist einfach ein bisschen kompliziert.“

Charlie schluckte, als Jenny sie nun ganz ohne ihr typisches Jenny-Grinsen fixierte. „Hey“, schlug sie ernsthaft vor, „wenn du reden willst – Jennifer kann schweigen wie ein Grab!“ Wie zum Beweis verschloss sie ihre Lippen mit einer symbolischen Geste und warf den imaginären Schlüssel weg.

Charlie warf einen nachdenklichen Blick zu Arman, der nun entspannt zwischen den Gästen jener beiden Tische lehnte, die vor wenigen Sekunden noch drauf und dran gewesen waren, sich an die Kehle zu gehen. Nun lachten sie gemeinsam mit Arman über etwas, das er sagte.

Da erschütterte plötzlich eine Explosion die Gaststube. Rauch breitete sich aus, Gäste schrien erschrocken auf. Tische und Stühle fielen um, während alle nach draußen flüchteten ...

Tariks Ohren klingelten. Im Gastraum herrschte Chaos: Kreuz und quer lagen Bänke, Tische, Schüsseln und Besteck. Alle Anwesenden versuchten, aus dem verrauchten Gastraum ins Freie zu flüchten.

Nur Tarik konnte sich nicht bewegen. Erstarrt saß er auf seinem Stuhl.

„Alter, was war das?“, hörte er Jenny wie durch Watte. Er sah, wie Arman und Charlie sich gegenseitig stützten und zum Ausgang liefen, sah Jennys fragende Augen, als sie vor ihm zum

Stehen kam und eine Hand nach ihm ausstreckte. Doch Tarik war unfähig, auch nur einen Muskel zu bewegen. Panisch starrte er auf seine Hand.

War er das gewesen? Ja, oder? Wie in Zeitlupe sah er die Menschen um ihn herum bewegen. Tariks Augen begannen zu tränen, er schloss sie erschöpft. Zu sehr erinnerte ihn all das an damals in Syrien. An Bomben und Brand, schreiende und flüchtende Menschen. An seine Familie und seine Eltern, kurz bevor diese entschieden hatten, ihn mit seinem Onkel nach Deutschland zu schicken – in Sicherheit.

Tarik begann unkontrolliert zu zittern. Er hatte doch nur versucht, die Kerzen anzuzünden. Und dann das! Wenn das Teil seiner Fähigkeiten war, dann wollte er sie nicht. Er wollte nicht, was andere in Panik versetzen, erschrecken oder verletzen konnten. Nichts davon! Er wollte ... nein, er konnte für so etwas nicht die Verantwortung übernehmen.

Als Jenny näher trat, sprang er auf, bevor sie ihn berühren konnte und flüchtete hinaus. Hier ließ er sich auf einen Baumstumpf sinken und den Kopf in seine Hände fallen.

„Adrian, warst du das?", hörte er Rudofus' ärgerliche Stimme und legte die Hände über die Ohren. Doch es half nichts. Er hörte den Einschlag der Bomben, als wäre es gestern gewesen. Roch den staubigen Geruch des Sofas, hinter dem er Schutz gesucht hatte. Ein Sofa! Verrückt, als könnte ein Sofa vor Bomben schützen, aber er war noch ein Kind gewesen. Seine Mutter hatte ihn gefunden und sich schützend über ihn gebeugt.

Mit Tränen in den Augen holte Tarik tief Luft. Das hatte er nicht gewollt. Was gäbe er dafür, es rückgängig machen zu können. Er wünschte sich, keine namrischen Zauberkräfte zu haben. Wünschte sich, einfach nur er selbst zu sein. Weit weg von hier, bei seinen Eltern.

„Hast du was abbekommen?" Jenny kniete sich neben ihn. Tarik drehte sich weg. „Lass mich!"

Und sie begriff, war ja klar. Niemand las so gut zwischen den Zeilen wie Jenny. Sie legte ihm eine Hand aufs Knie. „Warst du das?"

Tarik schluckte, schüttelte den Kopf, nickte. „Ich wollte doch nur die Kerzen anzünden", brach es aus ihm heraus. „Dann plötzlich dieser Knall ... überall Funken. Rauch. Ich wollte das nicht!" Starr sah er sie an. „Ich will keine Kraft, mit der ich Menschen verletzen kann."

„Hey, das war doch keine Absicht", flüsterte sie und stupste ihn freundschaftlich an. „Und um ehrlich zu sein: Wenn Milena wieder auftaucht, ist so 'ne Superkraft vielleicht nicht das Schlechteste?!"

Tarik schluckte gegen die Tränen an. Vielleicht könnte er in ein paar Tagen darüber schmunzeln, aber jetzt?

Jenny schien ihn zu begreifen. „Sorry", murmelte sie ernsthaft und hielt ihm eine Hand hin, um ihn hochzuziehen. „Willst du mit reinkommen oder lieber hierbleiben?"

Einen Moment zögerte er, dann griff er nach ihrer Hand.

Die meisten der Gäste waren nach der Explosion so schnell wie möglich verschwunden. Charlie sah sich mit großen Augen im Wirtshaus um. Kein Wunder, dass Tarik durchgedreht war, es sah aus, als wäre eine Bombe explodiert. Tische und Stühle lagen unordentlich herum, ein Regal war umgefallen, Scherben, Getränke und Essen waren über dem Boden verteilt.

Jenny, Tarik, Arman, Adrian und sie bemühten sich, das

schlimmste Chaos zu beseitigen. Selbst Dimitri, der erst nach der Explosion wieder aufgetaucht war, lehnte seinen Geigenkasten an die Wand und half, Stühle aufzustellen und Scherben zusammenzukehren.

Charlie und Arman stemmten das Regal an der hinteren Wand in die Höhe, als Rudofus sich hektisch einmischte: „Das alte Ding könnt ihr ruhig vernachlässigen!" Zu spät. Sie hatten es bereits aufgerichtet. Dahinter klaffte ein Loch in der Wand. Dort schien ein weiteres, geheimes Zimmer zu sein.

Überrascht drehte Charlie sich zu Arman, auch er hatte es bemerkt und streckte den Kopf vor. Als sich ihre Augen an das Dämmerlicht gewöhnt hatten, erstarrte Charlie überrascht. Das war doch ... tatsächlich: Dort an der gegenüberliegenden Wand des zugemauerten, geheimen Zimmers prangte in voller Größe ein Symbol: exakt der gleiche Stern, der auch an dem Hals des Schimmels zu sehen war. Der gleiche, der in das Leder von Rosalies Buch geprägt war. Das hier war das Symbol der Sternenfee! Versteckt durch eine offenbar neu eingezogene Wand in einem Gasthaus mitten im Wald des Alten Tals!

Langsam drehte sich Charlie zu Adrians Onkel. Ihre Augen sprühten Funken. „Sag uns die Wahrheit", herrschte sie Rudofus an. „Wer bist du?"

KAPITEL 18

Rudofus blickte hilflos und stumm zwischen den Jugendlichen hin und her. Nur Adrian sah er nicht an. Charlie konnte seinen Gesichtsausdruck nicht ganz deuten, eines aber wusste sie genau: Der Wirt verheimlichte ihnen etwas.

„Das dort", Charlie deutete durch das Loch in der Wand auf den Stern im geheimen Zimmer, „ist das Zeichen meiner Großmutter. Der Stern."

„Ach ja? Echt? Also, als ich das Haus übernommen habe, da war alles komplett leer", stotterte Rudofus und zuckte wenig überzeugend mit den Schultern.

Charlie hatte es satt, bitte schön, dann sollte er weiter so tun, als wüsste er von nichts. Sie würden auch so herausfinden, was hier los war! Energisch schnappte sie sich einen Schürhaken vom Kamin und begann, das Loch zu vergrößern. Arman trat neben sie und stieß mit einem dicken Ast gegen den bröckelnden Mörtel. Immer mehr Teile fielen zu Boden, Steine brachen heraus.

„Onkel Rudofus", verlangte Adrian genervt, „sag endlich, was los ist!"

Doch auch die Einmischung seines Neffen brachte nichts. „Ich sehe diesen Stern zum ersten Mal", behauptete er.

Charlie schüttelte den Kopf und verdoppelte ihre Anstrengung, schon hatten sie etwa anderthalb mal anderthalb Meter aus der Wand gestemmt. Das Loch war groß genug, um auf die andere Seite zu gelangen. Charlie sah Arman fragend an. Sollte sie oder wollte er zuerst?

„Stopp!“ Rudofus räusperte sich zögerlich. „Ihr könnt da nicht einfach rein.“ Geschlagen ließ er sich an einen der Tische sinken und gestand widerstrebend: „Das Haus gehört mir nicht.“ Bevor sich Charlie von ihrer Überraschung erholt hatte, begann er sich bereits zu verteidigen: „Aber hätte ich es verrotten lassen sollen? Ich meine, im Grunde habe ich eine gute Tat getan.“

Charlie stemmte die Hände in die Hüften. „Und wem“, fragte sie langsam und deutlich, „gehört das Haus?“

„Rosalie, der Sternenfee.“

„Was?“ Arman brauste auf. Voller Wucht schlug er gegen die bröckelnde Mauer.

„Jeder wusste doch, dass die Sternenfee Namra verlassen hatte“, versuchte Rudofus, seinen Standpunkt zu erklären. „Ich hab’s mir nur ... geborgt. Wenn sie zurückgekommen wäre, dann hätte ich ...“ Hilflos brach er ab und fuhr sich über die Haare. Selbst er musste wissen, dass das die dümmste Ausrede war, die er sich hätte ausdenken können!

Adrian schüttelte enttäuscht den Kopf. Charlie schnaubte auf. „Und wieso“, fasste sie aufgebracht nach, „ist der Raum dann zugemauert?“

Rudofus verzog das Gesicht. „Damit nicht jeder ständig fragt“, murmelte er kleinlaut. „Da ist eh nur Plunder drin.“

Während Adrian verdrossen das Wirtshaus verließ, nickte Arman Charlie zu. Ohne zu zögern hielt sie sich an dem Rand der Öffnung fest und stieg hindurch, Arman folgte ihr. Jenny und Tarik blieben im Schankraum stehen, beobachteten die beiden jedoch aufmerksam.

Charlie drehte sich langsam einmal um sich selbst. Durch das einzige Fenster neben dem mit weißer Kreide angebrachten Stern fiel nur spärliches Licht. Der Efeu hatte es fast ganz überwuchert. Links davon stand ein einfaches Holzbett, rechts davon eine Kommode. Und daneben hing an einem alten Messinghaken ein weißes Spitzenkleid. Arman nahm es so vorsichtig in die Hand, als befürchtete er, es könnte unter seinen Fingern zerfallen. Dann drückte er es an sich, atmete tief ein und schloss wehmütig die Augen.

Für einen Moment stand Charlie still und sah ihn bewegungslos an. Sein Schmerz war deutlich und so sehr Charlie mit ihm fühlte, da war noch etwas anderes: ein feiner Stich ...

„Okay", hörte sie Tarik leise murmeln, während er Jenny von der Öffnung in der Wand wegdrängte. „Wir sollten aufräumen."

Dankbar nickte Charlie ihm zu. Ihre Entdeckung musste Arman aus dem Gleichgewicht geworfen haben. Vermutlich war es ganz gut, wenn er sich in aller Ruhe wieder fangen konnte.

„Wieso, ist doch krass spannend das alles", widersprach Jenny, die Tariks Wink mit dem Zaunpfahl erst verstand, als Tarik nach ihrem und Dimitris Arm griff und sie mit sich zog.

Rudofus wedelte noch einmal wichtig mit dem Zeigefinger, bevor auch er sich abdrehte. „Aber nichts klauen!", warnte er. Na, auf den schlitzohrigen Zauberer war Verlass, immer noch etwas Dummes oben draufzusetzen! Charlie schüttelte den Kopf. Dann begann sie sich umzusehen. In einer Kiste auf der Kommode waren etliche Bücher verstaut. Gefesselt blätterte sie das erste auf. Hinter ihr hörte sie Arman durch das Zimmer laufen, doch sie drehte sich nicht um. Sie wollte ihm Zeit geben, das alles zu verdauen.

Tarik wies unterdessen Jenny und Dimitri an, die letzten Stühle und Hocker aufzustellen, dann trat er zu Rudofus. Der Wirt fegte mit solchem Nachdruck den Boden, dass er den Staub eher verteilte als zusammenkehrte.

„Sorry wegen dem Loch", entschuldigte sich Tarik. „Ich hab mit der Kerze geübt und dabei ..."

„Anfänger", grummelte Rudofus patzig, drückte Tarik seinen Besen in die Hand und ließ ihn stehen. Niedergeschlagen machte sich Tarik ans Werk. Er hatte das nicht gewollt. Es war um eine blöde Kerze gegangen, doch man musste sich nur umsehen, um zu begreifen, wie gefährlich Zauberkraft sein konnte!

„Jetzt guck doch nicht so!" Jenny stieß ihm freundschaftlich mit dem Ellenbogen in die Seite, während sie benutztes und ganz gebliebenes Geschirr zusammentrug. „Hättest du nicht das Loch in die Wand gecrasht, hätten wir das Zimmer nie gefunden."

Ihre Argumentation zog bei ihm nicht. „Und das nächste Mal fliegt das ganze Haus in die Luft?!"

„Pah." In gewohnter Jennyart winkte sie lässig ab. „Ein bisschen üben und das läuft!" Dann stellte sie das Geschirr auf die Bar und sah sich suchend im Raum um. Tarik folgte ihrem Blick, wonach hielt sie Ausschau?

Da schnappte sie sich ein Glas Wasser und schüttete dessen Inhalt in hohem Bogen in Richtung des Durchstiegs zu Rosalies Schlafzimmer. „Alter, was wird das?", verlangte sie mit finsteren Blick zu wissen, als Dimitri sichtbar wurde. Mit einem Bein stand er im andern Raum.

„Ähm, war ich etwa wieder unsichtbar? Hab ich gar nicht gemerkt." Er beeilte sich, zurück in den Schankraum zu klettern.

„Na los“, ermunterte Tarik die beiden, „lasst uns weiter aufräumen.“ Dimitri warf einen letzten Blick auf die durchbrochene Wand und wischte dann ein paar Krümel vom nächstbesten Tisch.

Charlie hatte sich mit einem ledergebundenen Buch auf Rosalies Bett sinken lassen. Auf dem Umschlag des dünnen Büchleins war eine Art Wappen aufgedruckt, das aussah wie ein Vogel Greif oder ein ähnliches mystisches Tier mit Löwen- oder Katzenkörper und großen Schwingen. Die Bettfedern quietschten, als sich Arman mit einem Bündel Briefe neben sie setzte.

Wahllos ließ er die Finger darübergleiten und zog schließlich eine abgegriffene alte Fotografie von Rosalie hervor. Sie trug dasselbe Kleid, das nun wieder an der Wand hing. Ihre langen blonden Haare, auf denen ein feines Diadem saß, fielen ihr bis weit über die Schultern, um ihren Mund spielte ein winziges Lächeln und ihre Augen strahlten. Im Hintergrund waren Blumen und Pflanzen zu sehen, weiter entfernt ein Wald.

Charlie sah zu, wie Arman mit den Fingerkuppen vorsichtig über das Bild fuhr.

„Sie hat Namra geliebt.“ Er lächelte in Erinnerung versunken. „Die Vielfalt der Pflanzen – darüber konnte man stundenlang mit ihr reden.“

Charlie nickte und warf einen Blick auf die Tuschezeichnung einiger Wildkräuter, die sie in einem anderen Band gefunden hatte. Ein Kirchturm war im Hintergrund zu sehen.

Arman seufzte leise und blätterte weiter durch den Stapel Briefe. Charlie ließ sich sanft nach rechts sinken, bis sich ihre Schultern berührten. Vorsichtig zog er eine weitere Fotografie hervor und hielt sie behutsam an einer Ecke. Charlie schluckte trocken. Rosalie saß mit strahlendem Lächeln neben Arman. Er trug ein Hemd, Hosenträger und eine braune Jacke – fast wirkte es, als sei zwischen der Aufnahme und jetzt keinerlei Zeit verstrichen. Arman drehte das Bild um und sog scharf die Luft ein.

„Siehst du das?“ Seine Stimme klang brüchig. „Liebe ist Licht“, las er die Inschrift vor. Charlie blinzelte überfordert gegen die aufsteigenden Tränen an. Liebe ist Licht. Wie poetisch, wie schön und wie ... passend.

Mick lehnte mit dem Rücken an der Steinwand und beobachtete das hypnotische Flirren der Staubpartikel in der Luft. Die Sonne schickte diffuse Strahlen in seinen Kerker. In wenigen Minuten wäre sie schon wieder weitergewandert und der enge Raum bestünde einmal mehr nur aus Düsternis. Er fühlte sich hilflos. Weder Argumente noch Bitten, weder Flehen noch die Erinnerung an ihre gemeinsame Zeit hatten bei Milena irgendetwas ausgelöst. Es schien fast, als hätte der Schatten in ihr auch sämtliche Gefühle unter sich begraben.

Als das zarte Flattern eines Schmetterlings zu hören war, fuhr sein Kopf hoch. Micks Herz hämmerte, während er zusah, wie der lila Falter durch das enge Gitter an seinem Fenster flog und eine langsame Runde drehte. Er seufzte erleichtert und lächelte. Feenja!

Nur einen Wimpernschlag später und der kleine Schmetterling hatte sich in eine wunderschöne Frau verwandelt. Mick konnte nicht anders, er starrte Feenja an. Ihr fliederfarben changierendes Spitzenkleid umwehte sie, das dunkle Haar war zu einem zarten Gebilde hochgesteckt und die floralen Linien, die sich von ihrer rechten Schläfe bis zu ihrem Schlüsselbein zogen, hatten noch nie so schön ausgesehen wie in diesem Moment. Es hatte noch nie in seinem ganzen Leben so gutgetan, sie zu sehen. Er zog sie in seine Arme.

„Ich habe dich überall gesucht", flüsterte sie dicht an seinem Ohr, „aber am wenigsten hier." Sie lehnte sich zurück und ließ den Blick besorgt über sein Gesicht wandern. „Geht es dir gut?"

Am liebsten hätte er „Ja, jetzt wieder", geantwortet, doch sie hatten nicht viel Zeit. Milena kam und ging, wie es ihr gefiel, jeden Moment konnte sie hier auftauchen. „Du musst hier schnell wieder weg", raunte er ihr zu.

Sie schüttelte entschlossen den Kopf. „Ich lasse dich nicht allein."

„Mir tut Milena nichts!"

„Außer dich einsperren." Sie sah sich mit gerunzelter Stirn in dem engen Verlies um.

„Ja." Eindringlich beugte er sich zu ihr. „Sie ist verantwortlich für den Schattenzauber. Wie schlimm ist es?"

„Es gibt fast kein Tal, das nicht befallen ist."

Als Schritte zu hören waren, löste Mick ihre Umarmung eilig. „Schnell. Gib Arman Bescheid und warne die Kinder."

Schon wurde die Tür aufgerissen. Schützend trat Mick vor Feenja, der es gerade noch gelang, sich zurück in einen Schmetterling zu verwandeln. Regungslos saß dieser hinter Mick an der Wand.

Milena ließ misstrauisch die Augen durch die Zelle wandern. „Mit wem redest du?"

„Mit niemandem. Was meinst du?" Er musste sie irgendwie dazu bringen, das Verlies zu verlassen, damit Feenja unbemerkt davonfliegen konnte. Kurz entschlossen griff er nach dem Tonkrug neben dem Bett und hielt ihn Milena hin. „Kann ich noch ein wenig Wasser haben?“

Sie nahm den Krug durch die schwarzen Gitterstäbe entgegen, ohne ihn aus den Augen zu lassen. Irgendetwas argwöhnte sie. Solange ihr der glitzernde Schmetterling jedoch nicht auffiel, war alles gut.

Milena zögerte. „Warum wolltest du eigentlich nie Hüter werden?“

Ausgerechnet jetzt wollte sie darüber reden? Mick schüttelte ernsthaft den Kopf. „Ich hatte nie den Wunsch.“ Er hatte sich stets lieber persönlich mit den Bewohnern Namras und der Welt außerhalb beschäftigt.

Milena machte ein abfälliges Geräusch, das wie eine Mischung aus Lachen und Schnauben klang. „Du bist lieber den einfachen Weg gegangen“, warf sie ihm vor. „Wie immer.“ Grimmig hob sie das Kinn. „Du weißt doch gar nicht, was es bedeutet, Namra zu beschützen. Dir war die Menschenwelt immer viel wichtiger.“

Mick unterdrückte den aufkeimenden Ärger. Einmal mehr bewies Milena, wie engstirnig sie war. Der einfache Weg? Langsam atmete er ein. Jetzt nur keinen Streit entfachen. Es gab Wichtigeres. „Du hast recht“, entgegnete er ruhig.

Als hätte sie damit gerechnet, drehte sie sich um und lief zur Tür. Dann blieb sie noch einmal stehen, runzelte die Stirn und scannte den Raum. Mick hielt den Atem an und ließ ihn erst wieder entweichen, als er hörte, wie sich Milenas Schritte auf dem Gang der Türen entfernten.

Erleichtert drehte er sich zur Wand. „Schnell“, flüsterte er hektisch und zeigte auf das hohe Fenster. Feenja flatterte mit kräftigen Flügelschlägen nach oben, schlüpfte durch das Gitter und verschwand. Zitternd ließ sich Mick auf die Pritsche sinken. Vielleicht konnten sie Milena gemeinsam aufhalten?!

Charlie warf Arman immer wieder vorsichtige Blicke zu, während sie weitere Bücher, Karten und Pergamente durchforsteten. „Es war richtig so", hatte sie ihn vorhin getröstet. Schließlich hatte Arman Rosalie und seine Familie schützen wollen. Und dann hatte Garwin ihn verflucht. Nicht gerade die besten Voraussetzungen für ein Happy End.

Um ihn von seiner Pferdegestalt zu erlösen hatte erst Charlie letztes Jahr auf dem Lilientalhof auftauchen müssen. Sie, Dajana, Patrizia, Tarik und Nils, an den sie schon eine Weile nicht mehr gedacht hatte.

Arman hatte bei ihren Worten zwar genickt, aber Charlie ahnte, dass er sich trotzdem Vorwürfe machte, Rosalie nicht in die Menschenwelt gefolgt zu sein. Die Frage war nur, wie sehr beschäftigte ihn das „Was wäre wenn"?

Nachdenklich starrte sie auf die Pergamentrolle vor sich. Wie sehr beschäftigte sie selbst diese Frage eigentlich? Was wäre, wenn Namra für Nils nicht eine abgeschlossene Episode seines Lebens gewesen wäre, sondern ein Teil von ihm, wie es für Charlie galt? Oder war diese Frage nur ein Hirngespinst? Machten solche Wunschgedanken nicht vor allem blind dafür, was tatsächlich um einen herum war? Lenkten einen ab von anderen Möglichkeiten und von Dingen, die einen womöglich viel glücklicher machen konnten als alles, dem man hinterhertrauerte?

Das Papier unter ihren Händen knisterte, Charlie hatte gar nicht bemerkt, dass sie es aufgefaltet hatte. Es war eine Karte!

Sie beugte sich darüber und bekam große Augen. „Arman, guck mal!“ Das mussten auch die anderen sehen!

Nur wenig später standen Tarik, Jenny, Dimitri, Arman und sie um einen der Tische in der Wirtsstube. Vor ihnen lag ausgebreitet die Karte.

„Das hier“, Charlie deutete auf eine Stelle, „ist das Alte Tal. Hier sind die Moorlöcher, das ist Rosalies Haus.“

„Und hier“, übernahm Tarik begeistert, „haben wir die Steine gefunden.“ Er beugte sich tiefer über das Pergament und entzifferte die Schriftzeichen neben dem Halbkreis. „Tribunal der Wächter!“ Begeistert richtete er sich auf. „Das ist wirklich ihr Treffpunkt.“

Jenny klatschte erfreut in die Hände, doch es war Dimitri, der noch ein weiteres Detail entdeckte. Auf jedem der eingezeichneten Steine war auch ein Symbol zu sehen. Das einer Raubkatze, einer Welle und etwas, das aussah wie eine Flamme.

„Meinst du“, wandte sich Jenny atemlos an Charlie, „die Wächter wohnen da?“

„Ja, kann sein. Schaut mal hier, bei Rosalies Haus. Da ist auch der Stern eingezeichnet. Vielleicht“, dachte Charlie laut, „war deshalb nichts auf dem vierten Stein beim Tribunal der Wächter. Die Sternenfee ist doch weggegangen.“

„Klaro“, stimmte Jenny gewichtig zu, „deshalb wurde ihr *tag* auch ausgelöscht.“

Bei Arman fiel der Groschen zuerst. „Aber dann ... war Rosalie eine Wächterin. Sonst hätte sie nicht gewusst, wo die sich treffen.“

Charlie griff entschlossen nach ihrer Tasche. „Wir müssen zu den anderen Wächtern. So schnell wie möglich.“ Sie begann zu packen und sah auf, als sich jemand vom Eingang her räusperte: Adrian und Rudofus. Offenbar hatten sie ihr Gespräch mitbekommen.

„Ähm", brachte Rudofus zögernd heraus, „braucht ihr Hilfe oder so? Ich hab zwar wahnsinnig viel zu tun mit der Taverne, den Gästen und so …"

Adrian stieß ihm einen Ellbogen in die Seite und schüttelte grimmig den Kopf. Charlie verbiss sich ein Grinsen, als der Wirt nun einen unwohlen Blick auf Arman warf. „Ich wollte es nur vorgeschlagen haben", murmelte er, „von wegen Hilfe und so. Aber ich seh schon, ihr kommt allein klar."

„Hm, gut erfasst", antwortete Arman. „Wir können jede Hilfe gebrauchen." Seine Augen glitzerten verdächtig, wie Charlie hatte er offenbar durchschaut, was Rudofus da trieb: Er bot ihnen Hilfe an, hatte aber eigentlich gehofft, sie würden ablehnen. Der Mutigste schien der Zauberer nicht zu sein. Aber nun galt wohl: mitgefangen, mitgehangen.

Adrian grinste seinen Onkel breit an. Dieser trat seufzend zu der Karte und beugte sich darüber. „Mal sehen, wo müssen wir hin?" Er deutete auf eine Stelle kurz hinter Rosalies Haus. „Also, hier können wir nicht entlang. Da sind die Marmorfelsen."

Arman wies schulterzuckend auf die andere Seite. „Dann eben durch die Weidenwälder."

Rudofus kräuselte die Nase. „Bleibt zu hoffen, dass wir keinem Goro-Troll begegnen."

Unwohl sah Tarik auf. „Sind die gefährlich?"

„Nee, aber die tratschen alles aus. Also wenn ihr mich fragt, würde ich hier lang gehen, am Fliederhain vorbei und *dann* durch die Weidenwälder." Zufrieden mit seiner Idee stützte er beide Hände auf den Tisch. Nur Charlie bemerkte den bunten Schmetterling, der durch die geöffnete Tür hereinkam und sich wenig später verwandelte.

„Feenja!", rief sie überrascht aus und alle drehten sich zu der Fee um. Diese ließ keine wertvolle Zeit verstreichen.

„Ihr müsst mir helfen", bat sie. „Mick ist gefangen, Milena hält ihn in einem Verlies versteckt."

Arman lief zu ihr. „Wo? In ihrer Burg?"

„Ja, aber ich soll euch vor Milena warnen. Sie ist sehr gefährlich!"

Charlie nickte. „Wir hatten schon das Vergnügen." Sie sah genau, wie Feenja um Haltung rang, ihre Hände waren fest ineinander verschlungen. Micks Freundin machte sich große Sorgen um ihn.

Da blieb nur eins, sie mussten sich aufteilen. Das Beste wäre, wenn Arman und sie zur Burg ritten, um Mick zu befreien, und Tarik, Jenny und Dimitri mit Rudofus die Wächter ausfindig machten.

Gesagt, getan. Alle griffen nach ihren Taschen. Nur Dimitris lag noch immer auf einem Stuhl. Charlie drehte sich suchend um, war er etwa schon wieder unsichtbar geworden? Von draußen erklang eine Geigenmelodie.

Jenny sprach aus, was Charlie dachte: „Ich glaub's nicht! Übt der jetzt etwa?"

Kopfschüttelnd sahen sich alle an. Nun ja, alle außer Rudofus, der die schöne Feenja seit ihrem Auftauchen keine Sekunde aus den Augen gelassen hatte. Charlie seufzte. Einer von ihnen musste ihr Musikgenie holen gehen!

Was jedoch weder Charlie noch die anderen ahnten, war, was Dimitri wirklich tat. Das Lied seiner Geige war weit mehr als eine Melodie. Wer die Sprache der Töne verstand, dem erzählte das magische Lied alles, was sich hier in den letzten Minuten zugetragen hatte und was die Gruppe vorhatte. In Namra gab es vor allem eine Person, die genau verstand, was Dimitri ihr mitteilte: Milena.

KAPITEL 19

„Dein Wasser." Milena reichte Mick den Krug durch die Gitterstäbe. Sein „Danke" hörte sie schon nicht mehr. Sie lauschte. Mick blinzelte überrascht, war das etwa eine Geigenmelodie? Hier? Wie konnte das sein?

Milenas Mund verzog sich zu einem siegessicheren Lächeln, das Mick das Blut in den Adern gefrieren ließ. Die Musik musste irgendein Zeichen sein. Wozu, darüber konnte er nur Vermutungen anstellen. Doch keine davon war gut.

„Es ist so weit!", sagte Milena da auch schon und drehte sich weg. Micks Gedanken rasten. Konnte es sein, dass sie die Wächter gefunden hatte? Würde sie diese wirklich zwingen, sie zur Hüterin zu machen? Und was dann? In dem Moment, als Milena beschlossen hatte, sich mit dem Schattenzauber einzulassen, war sie eine fast unauflösliche Verbindung mit diesem eingegangen. Erinnerte sie sich noch daran, weshalb sie Hüterin werden wollte, was sie alles erreichen, wie viel Gutes sie hatte tun wollen?

Wäre sie erst einmal ernannt, würde sie nichts mehr davon abhalten, auch in Zukunft mit Angst und Schrecken zu regieren. Die wichtigste Aufgabe einer Hüterin – das Gleichgewicht zwischen Licht und Schatten zu wahren – hatte sie bereits zerstört! Macht war wie eine Droge, nur die wenigsten, die davon gekostet hatten, schafften es auch, sich aus ihren Fängen zu befreien.

„Milena, warte", bat er verzweifelt. „Geh nicht!"

Lächelnd drehte sie sich zu ihm um. „Sei unbesorgt, bald bist du frei."

Frei? Wozu? Um dabei zuzusehen, wie das Land in Dunkelheit versank?

„Nein, bleib hier, bitte!" Tief holte er Luft. „Es ist falsch.", Seine Stimme wurde von Wort zu Wort fester. „Das weißt du. Dein Ehrgeiz hat dich zerfressen!" Mit zusammengekniffenen Augen starrte sie ihn an. Das war nicht das, was sie hören wollte, das wusste er. Doch es war seine letzte Chance. „Du siehst nicht mal mehr, was du tust."

Kalt schüttelte sie den Kopf. „Ich weiß genau, was ich tue."

Davon war Mick nicht überzeugt. Sie wirkte nicht, als hätte sie auch nur die blasseste Ahnung davon, was sie Namra und sich selbst gerade antat. Mick begann zu zittern. Hatte die Dunkelheit sich in ihr schon so weit ausgebreitet? Wie viel von der Milena, mit der er aufgewachsen war, war noch übrig?

„Und was ist beim nächsten Mal, wenn du etwas nicht bekommst?", wollte er wissen. „Wirst du den Schattenzauber wieder einsetzen? Menschen einsperren oder Schlimmeres?"

Schulterzuckend wendete sie sich ab. Und Mick tat das Einzige, was er noch nicht versucht hatte. Das Einzige, was sie jetzt noch zur Besinnung bringen konnte. Oder aber ihn das Leben kosten würde.

Mit voller Absicht griff er an die schwarzen Gitterstäbe. Alles in ihm schrie loszulassen. Schmerz jagte seine Arme hinauf und setzte sich wie ein dumpfer, hämmernder Nebel hinter seine Augen. Langsam kroch der Schatten auf seine Handrücken. Es fühlte sich an, als stünden sie in Flammen. Doch er ließ nicht los.

„Das ist es, was du tust", keuchte er. „Du zerstörst!"

Mit Tränen in den Augen sah er sie an. Erschrocken kam sie nähergeeilt und streckte eine Hand nach ihm aus.

„Gib mir deine Hand!" Milenas Stimme war laut und verzerrt. Mick sackte erschöpft zu Boden und schüttelte den Kopf.

„Nimm den Fluch zurück", flüsterte er, „überall! Lass das Orakel einen neuen Hüter ernennen. Oder", nun legte er mit letzter Kraft den Kopf in den Nacken, um zu ihr aufzusehen, „lass mich mit Namra untergehen."

Mit aufgerissenen Augen erwiderte sie seinen Blick. War das eben Reue gewesen, die er darin zu sehen geglaubt hatte? Milena blinzelte langsam, einmal, dann noch einmal. Dann straffte sie die Schultern. „Wie du willst."

Mit hämmerndem Herzen sah er ihr nach. Die Tür fiel ins Schloss. Ihre Schritte entfernten sich. Und Mick schrie seine ganze Wut und Frustration, seinen Schmerz und seine Verzweiflung heraus. Er hatte sein Leben aufs Spiel gesetzt und verloren. Langsam und unaufhaltsam krochen die Schatten seine Arme hinauf in Richtung Herz …

Kaum waren Charlie, Arman und die anderen aus der Taverne getreten, galoppierte Andromeda herbei und blieb sanft schnaubend vor Arman stehen. Arman streichelte ihre Nüstern und griff nach den Zügeln. „Ich sag's doch", er zwinkerte Charlie zu, „namrische Pferde sind da, wenn man sie braucht."

Charlie lächelte zurück. Auch Rosalies Schimmel tauchte an ihrer Seite auf, als wisse er, dass er gebraucht wurde.

Rudofus machte unter dem amüsierten Blick von Feenja einige Kniebeugen und warf sich in die Brust. „Auf geht's!"

Mit beiden Händen klopfte er seine Version einer Survival-

Weste ab und zog sich das sportliche Stirnband zurecht. Charlie rollte mit den Augen. Adrians Onkel hatte sich mit allem ausstaffiert, was ein echter Überlebenskünstler und Kämpfer benötigte. Charlie war sich nicht sicher, ob Rudofus auch nur bei der Hälfte der in all seinen Taschen verstauten Utensilien wusste, wie diese zu handhaben waren. Doch Angeber oder nicht, eines musste man ihm lassen: Nach dem ersten Herumeiern war er nun fest entschlossen, Tarik, Jenny und Dimitri zu den Wächtersteinen zu begleiten.

„Du weißt, was zu tun ist?", fragte er seinen Neffen gewichtig. Adrian nickte. „Das Klickschnecken-Mus nicht anbrennen lassen und … deinen Selbstgebrannten aus dem Keller weggießen."

„Was? Ha, ha, sehr witzig!" Gespielt drohend packte er Adrian am Nacken, beutelte ihn kurz und zog ihn dann in eine innige Umarmung.

„Wenn ihr die Burg betretet", warnte Feenja Charlie und Arman, „dürft ihr niemals den Weg nach rechts einschlagen. Immer nur nach links. Milena hat sehr starke Abwehrzauber."

Charlie nickte. Nichts anderes hatte sie von Milena erwartet. Trotzdem wurde es ihr unter Feenjas ernstem Blick mulmig. Schnell stieg sie also auf ihr Sternenpferd. Sie mussten los. Und egal wie viele Tricks Milena auf Lager hatte, sie waren zu zweit. Sie müssten … sie würden das hinkriegen und Mick befreien!

„Sagt den Wächtern, sie müssen unbedingt einen neuen Hüter ernennen", erinnerte sie Tarik. „Und wenn was passiert, treffen wir uns wieder hier."

Tarik tat unbesorgt. „Was soll schon passieren? Wir finden die Jungs und alles wird gut."

„Oder die Mädchen“, hakte Jenny ein und Charlie lächelte ihnen zum Abschied zu. Sie schnalzte mit der Zunge und ritt neben Arman davon.

Tarik sah den beiden nach, sah, wie sie das Tempo anzogen und sich währenddessen anlächelten. Fast als verschwänden ihre Sorgen beim Blick in die Augen des anderen. Er vertraute ihnen. Sie würden Mick retten. Nun war es an ihm, Jenny, Dimi und Rudofus, die Wächter zu finden und den Schattenzauber zu stoppen. So sorglos und überzeugt er sich vorhin auch gegeben hatte, ganz wohl fühlte er sich dabei nicht. Lieber wäre es ihm gewesen, Arman und Charlie an seiner Seite zu haben! Nichtsdestotrotz, Tarik war fest entschlossen.

Er warf einen Blick auf die Karte und führte seine kleine Gruppe in den Wald hinein. Was hatte Rudofus gesagt, zuerst durch den Fliederhain, dann zu den Weiden!

Doch zunächst wurde der Wald dichter, der schmale Weg führte eine steile Anhöhe hinauf und zwang sie, hintereinander zu laufen. Immer wieder drehte sich Tarik nach den anderen um. Dimitri spähte ununterbrochen nervös ins Dickicht. Jenny hielt super Schritt. Nur Rudofus geriet schon ins Keuchen, als sie nicht einmal die Hälfte des Hügels hinter sich hatten.

Tarik hielt an, um auf den Zauberer zu warten. Jenny lehnte sich neben ihn gegen einen Baumstamm. „Wollen wir den nicht hier lassen?“

Tarik schmunzelte. „Er denkt, er passt auf uns auf.“

„Hm!“, machte sie nicht sehr überzeugt und beobachtete, wie Rudofus schwitzend einen Fuß vor den anderen setzte.

„Du meine Güte, ganz schön heiß heute, nicht wahr?“, ächzte er und nahm einen großen Schluck aus seiner Wasserflasche.

„Krass heiß." Jennys Stimme triefte vor Ironie.

Tarik wartete, bis Rudofus wieder zu Atem gekommen war. „Können wir weiter?"

„Sehr gerne", antwortete eine Stimme, die Tarik gehofft hatte, nicht so bald wieder zu hören: Milena. Mit einem unguten Lächeln im Gesicht stand sie nur wenige Meter vor ihnen und sah sie auffordernd an. „Die Wächter warten sicher schon."

Tarik erstarrte. Was machte sie hier? Und wie zur Hölle hatte sie sie gefunden?

Außer Atem und immer wieder in Lachsalven ausbrechend, rannten Nils und Patrizia durch die Parkanlage des Altersheims in Richtung Straße. Selbst dort sprintete Patrizia noch weiter. Nils blieb amüsiert stehen. „Warum rennst du denn so?"

„Nicht, dass sie uns noch hinterher kommt! Oder 'ne Pflegerin", erklärte sie und hielt sich noch immer giggelnd die Seite. „Das war echt ein cooler Move!" Vorsichtig sah sie zum Heim zurück, doch niemand schien ihren schnellen Abgang bemerkt zu haben.

Sie öffnete die rechte Faust und ließ das Diadem, das bis vor Kurzem noch Lieselottes Kopf geziert hatte, baumeln.

Nils nickte. Das Schmuckstück gegen eine Handvoll Pommes oder in Lieselottes Sichtweise Düngestäbchen zu tauschen, so etwas konnte auch wirklich nur Patrizia einfallen! Jetzt blieb nur zu hoffen, dass es auch wirklich wichtig war. „Bist du sicher, dass das von Rosalie ist?"

Patrizia winkte ab. „Klar, sonst hätte Lieselotte sich doch nicht so benommen, oder?" Sie betrachtete das Diadem kritisch und hielt es Nils entgegen. Der konnte darin nicht wirklich etwas Außergewöhnliches erkennen. Nun ja, mit etwas Fantasie konnte das zart gedengelte Amulett womöglich als Stern durchgehen. Also vielleicht hatte Patrizia recht und es hatte tatsächlich Charlies Großmutter gehört. „Und jetzt?", wollte er wissen.

Patrizia zögerte einen Moment, dann drapierte sie das Schmuckstück mit schiefem Grinsen auf ihr Haar. Ein paar Sekunden bewegten sich nur ihre Augen. Sie sah Nils an, schielte nach oben, fixierte dann wieder ihn und runzelte die Stirn.

Nils prustete los. Im ersten Moment hatte er sich tatsächlich gefragt, ob nun irgendetwas Verrücktes, Namrisches passierte, aber natürlich war dem nicht so. Patrizia fiel in sein Lachen ein und zog sich den Schmuck vom Haar.

Nils seufzte auf. „Wir müssen Charlie finden oder irgendwie nach Namra kommen."

Sie nickte und drückte ihm das Diadem in die Hand. „Nimm du das. Wir machen morgen weiter, o.k? Ich meld mich!" Rückwärts entfernte sie sich und winkte ihm noch einmal zu, bevor sie auf ihr Rad stieg und davonfuhr.

Nils hob eine Hand. „Bis dann!" Er blickte ihr nach.

Ihre Frage von vorhin hallte in seinem Kopf. „Weshalb habt ihr euch eigentlich getrennt?" Und plötzlich war ihm gar nicht mehr zum Scherzen zumute. Ja, weshalb eigentlich. Natürlich, Charlies Hang, ständig von Namra zu reden, hatte irgendwann genervt. Für ihn war das Kapitel abgeschlossen. In den letzten Tagen allerdings hatte er sich bei der Frage ertappt, ob er nicht zu heftig reagiert hatte. Gut, sie hatte seinen ersten Tag in der neuen Lehre vergessen. Ja, sie verbrachte viel Zeit damit, über Namra zu lesen, darüber nachzudenken. Nur: Als Paar musste man doch auch nicht zwangsläufig dieselben Hobbys haben, oder? Bei anderen ging das doch auch gut.

Charlie fehlte ihm. Und der Gedanke, dass sie nun ohne ihn im Namra war und er nichts tun konnte, um ihr zu helfen, der gefiel ihm ganz und gar nicht! Fest schloss er die Finger um Rosalies Schmuckstück. Das Metall fühlte sich warm an und es wurde immer wärmer. Nils blinzelte. Die Sonne blendete ihn. Oder war das gar nicht die Sonne? Die Geräusche um ihn herum verstummten, das Licht wurde heller und strahlender, so hell, dass er die Augen schließen musste.

Hätte Lieselotte nun aus dem Fenster gesehen, hätte sie beobachten können, wie der Junge, der vorhin noch bei ihr gesessen und ihr das Diadem der Sternenfee abgeschwatzt hatte, plötzlich auf offener Straße verschwand. In einem Moment war er da und schon im nächsten verschwunden.

KAPITEL 20

Tarik beeilte sich, die Karte aus Rosalies Raum in seiner hinteren Hosentasche verschwinden zu lassen, ohne dass Milena es bemerkte. Die Karte war zu wichtig, sie sollte Milena nicht in die Hände fallen. Und falls es ihnen gelingen würde, ihr zu entkommen, bräuchten sie die, um die Wächter zu finden!

Drohend und ohne Eile schritt Milena auf die vier zu.

„Mann, lass uns in Ruhe“, versuchte Jenny, ihr die Stirn zu bieten. „Wir haben keine Ahnung, wo diese Wächter sind.“

Milena beachtete sie nicht. „Her mit der Karte“, befahl sie und baute sich vor Tarik auf. Sowohl Dimitris als auch Jennys Gesichtsausdruck verrieten Panik. Tarik schluckte trocken, was sollte er tun?

Da stellte sich Rudofus vor ihn. „Hast du nicht gehört?!“, fuhr er Milena an. „Wir haben keine Karte!“

Tarik blieb der Mund offen stehen. Eines musste man dem angeberischen Zauberer lassen, er war mutig – todesmutig. Milena fixierte ihn wie eine Kakerlake, die sie jeden Moment zertreten könnte.

„Du legst dich besser nicht mit mir an!“, warnte sie ihn.

Tarik sah, wie Rudofus' Knie zu schlottern begannen, trotzdem wich er keinen Zentimeter zurück. Stattdessen blickte er sich suchend um und schien auf dem Boden vor ihm gefunden zu haben, wonach er Ausschau hielt. Denn plötzlich richtete er sich zu seiner ganzen Größe von … vielleicht einem Meter sechzig auf. Mit einer seiner Hände vollführte er eine kaum wahrnehmbare Geste und murmelte etwas. Dann drehte er sich zu Tarik, Dimitri und Jenny um. „Los!", brüllte er, „lauft!!"

Tarik drehte sich um und stürmte den Hügel hinab. Neben sich hörte er Jennys hektischen Atem. Und auch Dimitri schien sich endlich losgerissen zu haben, er kam ihnen nachgejagt.

Ein Blick zurück zeigte Tarik, dass sich eine Efeuranke fest um Milenas Füße gewickelt hatte, sodass sie stürzte, als sie ihre Verfolgung aufnehmen wollte.

Stolz lächelnd stand Rudofus vor ihr. Seine Worte „Leg du dich besser nicht mit mir an!", waren das Letzte, was Tarik von ihm hörte, dann raste er um eine Felsformation.

Rudofus hatte Tarik, Jenny und Dimitri die Flucht ermöglicht, doch er wusste, gegen Milena hatte er kaum eine Chance, egal wie gefährlich er tat. Schon richtete sie ihre Hände auf ihn. Die schwarz pulsierenden Adern waren kein schöner Anblick.

Rudofus schauderte. Er wollte gar nicht erst ausprobieren, was sie damit alles anrichten konnte. Mit einem kleinen Schrei als Ablenkungsmanöver sprang er ninjagleich in die Höhe und fuchtelte mit den Händen vor ihr herum.

Milena runzelte die Stirn. Rudofus wusste, dass er sich damit höchstens einen Aufschub von einigen Sekunden verschafft hatte. Die Pelzhandschuhe, die er an Milenas Hände gezaubert hatte, waren das Erste, was ihm als Schutz gegen ihren Schattenzauber eingefallen war. Leider allerdings auch das Einzige! Und noch einmal würde sie sich kaum von einer Efeuschlinge aufhalten lassen ...

Erbost schleuderte sie die Fäustlinge zu Boden. „Ist das alles, was du kannst?"

Rudofus wich zurück. Darauf erwartete sie nicht wirklich eine ernst gemeinte Antwort, oder? Vielleicht hätte er sich doch etwas mehr um Verteidigungszauber kümmern sollen, anstatt sich zu sehr auf … den Genuss zu konzentrieren? Ein wunderbar sämiger Krötenmost würde ihm nun kaum helfen.

Wütend trat sie auf ihn zu, ihre Arme schossen vor und ehe er sich versah, wurde Rudofus nach hinten katapultiert. Seine Halt suchenden Schritte gingen ins Leere. Er sah Erde, Bäume, Himmel, wieder Erde, als er den Abhang hinunterkullerte und an dessen Sohle langsam ausrollte. Vor seinen Augen drehte sich alles.

Hoch über ihm stand Milena und schüttelte den Kopf. Dann eilte sie den Kindern hinterher in den Wald. Rudofus war sich nicht ganz sicher, ob er erleichtert darüber sein sollte, dass sie ihn offenbar für eine Witzfigur hielt, die keinen zweiten Schlag wert war, oder beleidigt.

Charlie war Arman in der letzten halben Stunde gefolgt, er schien genau zu wissen, wohin sie mussten. Nun lenkte er Andromeda über eine Brücke, unter der ein stiller Wassergraben lag, in den Innenhof einer Burg. Charlie sah sich unwohl um. Auf einer Seite umringten hohe Mauern die Burg, auf der anderen ein Festungswall mit nur einem Durchgang. Wenn diesen jemand versperrte, säßen sie in der Falle.

Eilig stieg sie von ihrem Pferd und band es neben Armans. Dann folgte sie ihm in die Burg. Kaum hatten sie die dunklen Mauern betreten, umfing sie klamme Kälte. Und es wurde nicht besser. Arman führte sie eine steile Steintreppe hinab. Einige Biegungen später und selbst das Tageslicht war verschwunden. Nur die Fackeln an den Wänden erhellten die

Gänge gerade genug, um sich zurechtzufinden. Charlie hatte das Gefühl, tief unter der Erde zu sein.

Arman öffnete eine dicke Holztür, sah sich um und winkte ihr, ihm zu folgen. Nach rechts und links erstreckten sich lange dunkle Flure, nur unzureichend von Fackeln beleuchtet. Arman lief nach links und Charlie hielt sich dicht neben ihm. Die Wände waren rissig und rau, ihre eigenen Schatten huschten riesig und verzerrt darüber. Bei der ersten Gabelung bogen sie ab – links – und kurz danach wieder.

„Gehen wir nicht im Kreis, wenn wir immer nach links laufen?“, flüsterte Charlie.

„Wir müssen Feenja vertrauen“, murmelte Arman zurück. Leise schlichen sie weiter, als plötzlich ein Klopfen zu hören war, ein seltsames Zischen kam näher und über die Wand hinter der nächsten Abbiegung zitterte der überlebensgroße Schatten desjenigen, der ihnen entgegenkam!

Wie auf Kommando drehten sie sich um und flohen den Gang zurück. In Charlies Ohren rauschte das Blut, plötzlich konnte sie Armans Schritte nicht mehr hören. Panisch blieb sie stehen und sah sich um. War sie richtig abgebogen? Galt der Ratschlag „immer nur links“ auch, wenn man umdrehte und zurücklief?

Schritte näherten sich und gerade noch rechtzeitig drückte sich Charlie hinter einen Mauervorsprung. Jemand hustete, etwas klapperte, dann entfernten sich die schlurfenden Schritte und Charlie atmete unterdrückt auf. Sie musste Arman wiederfinden!

Eilig bog sie nach links ab und dann noch einmal. Dann blieb sie stehen. Sie war in einer Sackgasse gelandet, von der drei Türen abführten. Die rechte war vermauert. Die anderen zwei versperrt. Unsicher drehte sich Charlie wieder in die Richtung, aus der sie gekommen war. Nun war sie sich sicher: Sie musste vorhin in der Eile falsch abgebogen sein. Feenjas Warnung hallte in ihrem Kopf. Warum hatte sie die Fee nicht gefragt, was sie tun musste, wenn sie doch einmal die falsche Abzweigung genommen hatte? Oder gab es dann kein Zurück mehr? Würde sie für immer hier herumirren?

Mit zunehmender Angst lief sie durch leere Gänge und rief leise nach Arman. In welche Richtung sie nun abbog, war ihr egal. Hauptsache, sie fand ihn wieder!

Sie alle hatten sich in Namra schon vielen Ängsten stellen müssen. Und einiges darüber gelernt. Doch hatte die Angst einen erst einmal fest im Griff, wurde der Auslöser dafür in der eigenen Vorstellung immer größer. Die Frage war nur: Was, wenn die eigentliche Gefahr in Wirklichkeit ganz woanders lauerte? War nicht eigentlich das, womit man nicht rechnete, das viel Gefährlichere?

Erneut kam Charlie in einen runden Raum, von dem nur Türen abgingen. Schon wollte sie sich wieder umdrehen, da hörte sie undeutlich eine leise Stimme nach ihr rufen.

„Charlie?“, kam es wie von sehr weit her. „Wo bist du?“

Das war nicht Arman, aber etwas an dem Tonfall klang bekannt. Zögernd lief sie ein paar Schritte weiter. Unter einer der geschlossenen Türen fiel bläuliches Licht hervor. Die Stimme wurde lauter, klarer: „Charlie? Kannst du mich hören? Ich suche dich!“

Charlie blieb wie angewurzelt stehen. Das war Nils! Aber … was machte er hier? Oder war das alles nur ein Trick, eine Täuschung?

„Charlie!“, rief er da wieder. „Bitte sag, dass du da bist.“

Und plötzlich war sie sicher. Warum und wie auch immer, Nils musste sich hinter der Tür vor ihr befinden. Wie ferngesteuert streckte sich ihre Hand nach der Klinke aus und drückte sie herab. Die Tür schwang auf, das Licht in dem Raum dahinter war gespenstisch, nebelig und blau. Als sie eintrat, fiel die Tür hinter ihr mit einem dumpfen Ton ins Schloss ... Charlie zuckte zusammen.

Da kam ihr langsam eine dunkle Figur entgegen. Charlie blieb stehen. Den Hoody kannte sie, die blonden Haare auch. „Nils?"

Dicht vor ihr blieb er stehen. „Charlie? Was ist passiert, wo sind wir?"

Endlich konnte sie sein Gesicht sehen.

„Du bist in Namra."

Nach und nach schien Nils ihre Worte zu begreifen. Dann schloss er sie mit erleichtertem Lächeln in die Arme, hielt sie fest an sich gepresst. „Ich hab mir solche Sorgen gemacht."

Charlie atmete tief ein, ja, das war der Geruch, den sie kannte. Einen Moment schloss sie die Augen und ließ sich gegen ihn sinken. Dann trat sie einen Schritt zurück.

Nils ließ sie nur widerstrebend los und legte eine Hand an ihre Wange. „Bist du okay?"

Charlie nickte hin- und hergerissen – so schön es war, ihn zu sehen, aber irgendetwas war anders ...

Sie nahm Nils' Hand von ihrem Gesicht und hielt sie fest, dann berichtete sie ihm alles, was bisher geschehen war. Baff und ohne sie zu unterbrechen, lauschte er, schüttelte zwischendurch nur ab und an den Kopf.

„Ich muss Mick helfen", beendete sie ihren Bericht, „und die Wächter finden."

Nils legte beide Hände auf ihre Schultern und sah ihr tief in die Augen. „Okay. Ich helfe dir."

Charlie war überrascht. „Wirklich? Ich meine, willst du das?"

„Ich weiß, wie wichtig das für dich ist ..." Seine Worte klangen ehrlich und vermutlich meinte er sie sogar, er wollte für sie da sein und trotzdem ...

„Und ... dass ich Schluss gemacht habe", seufzte Nils nun und beugte sich näher zu ihr, „das war total bescheuert von mir."

Charlie trat einen Schritt zurück. Das war genau, was sie sich noch vor einigen Tagen gewünscht hatte. Dass er seine enttäuschenden Worte zurücknahm, für sie da war, ihr half, in Namra. Doch jetzt fühlte es sich nicht mehr richtig an. Und plötzlich sah sie ganz klar. Es machte keinen Sinn. Er würde niemals so verwurzelt in Namra sein wie sie. Er würde niemals das Gefühl haben, hierher zu gehören – so wie sie. Namra würde immer zwischen ihnen stehen. Immer. Auch wenn die Einsicht schmerzte, Nils und sie gehörten nicht zusammen. Perplex ob ihrer Gefühle sah sie ihm in die Augen, fing seine Hand ab, als er erneut nach ihr greifen wollte, und ließ sie los. Vielleicht hatte sie all das erst hören müssen, um zu erkennen, was wirklich für sie zählte, was sie fühlte und was nicht?

„Nein", widersprach sie ihm, „du hattest recht. Das mit uns, das funktioniert nicht."

Nils schluckte getroffen. Und Charlie fühlte sich immer sicherer. „Wir haben uns die ganze Zeit gestritten", erinnerte sie ihn. „Und ich war nicht fair zu dir." Nun fand sie die richtigen Worte, alles war plötzlich klar. „Ich habe dich die ganze Zeit genervt mit Rosalie und Namra. Aber dir sind andere Dinge wichtig. Und das ist auch okay."

„Es ist ja nicht so, dass Namra mich gar nicht interessiert …“, widersprach er zögernd.

Charlie lächelte ihn sanft an. „Ich weiß, aber du sollst dich nicht für mich verbiegen. Und ich kann das auch nicht.“ Wenn sie mit jemandem zusammen war, dann sollte es sich auch richtig anfühlen, sie wollte nicht einen Teil von ihr verstecken müssen. Im Gegenteil. Sie wollte jemanden, der all die unterschiedlichen Charlies kannte. Sie mochte, wertschätzte und im besten Falle immer an ihrer Seite war.

Nils nickte verletzt. Es schien ihm schwerzufallen, aber Charlie wusste, es war richtig so. „Es tut mir leid!“, verabschiedete sie sich.

„Mir auch“, murmelte er schon im Gehen, Charlie sah ihm hinterher. Sie wusste genau, wie er sich gerade fühlte.

Nils vergrub seine Hände in den Hosentaschen, dann blieb er plötzlich stehen, kam noch mal zurück und drückte ihr etwas in die Hand. Die Steine funkelten selbst in dem dämmrigen Licht. War das ein … Diadem?

„Das ist von Rosalie.“ Seine Augen wichen ihr aus. „Wir haben es bei ihrer Zimmernachbarin im Altersheim gefunden. Ich dachte, du willst es haben?“

War das der Grund, weshalb er hier war? Bewegt nahm Charlie das Schmuckstück entgegen. Warm fühlte es sich an und gleichzeitig, als vibriere es voller Leben.

Mit einem letzten Blick drehte sich Nils um, es fühlte sich nach einem Abschied für immer an. Und so traurig es war, war es doch richtig. Ruhig sah Charlie ihn davonlaufen, dann verschluckte ihn der Nebel und als er sich lichtete, war Nils verschwunden.

Charlie atmete durch. Sie musste Arman finden und Mick!

„Charlie?“, Arman eilte weiter. Sie musste vorhin, als sie geflohen waren, falsch abgebogen sein. Hoffentlich ging es ihr gut! Er eilte einen von Türen gesäumten Gang entlang, als er ein Stöhnen hörte. Angstvoll stieß er eine Tür auf. Was er dahinter vorfand, ließ ihm den Atem stocken. Mehr liegend als sitzend lehnte Mick an einer schmalen Pritsche.

Als er Arman erkannte, streckte er warnend die Hände aus. „Nicht!“, rief er schwach. Arman hielt inne und betrachtete die Gitterstäbe nur Zentimeter vor ihm. Sie waren mit einer schwarzen pulsierenden Masse überzogen: Schattenzauber! Und nun begriff Arman, was mit Mick geschehen war. Die Schatten überdeckten schon fast seine ganzen Arme. Er musste Charlie finden und zwar schnell. So ungern er Mick hier zurückließ, alleine konnte er nichts ausrichten.

„Halte durch, Mick“, rief er seinem Freund eilig zu. „Charlie kann dir helfen. Ich bin gleich bei dir. Mit ihr, versprochen!“

Matt nickte Mick ihm zu und ließ dann den Kopf nach hinten sinken.

Arman stürzte zurück auf den langen Gang und sah sich hektisch um. So viele Abbiegungen, so viele Flure und Türen, wie sollte er Charlie hier finden? Vor allem, wenn sie irgendwo falsch abgebogen war! An der nächsten Gabelung blieb er einen Moment nachdenklich stehen.

Armans Herz zog sich schmerzhaft zusammen. Er musste zu Charlie. Für Mick. Und für sich. Falls sie wirklich irgendwo eine rechte Abzweigung genommen hatte, blieb ihm nur eins übrig: auch rechts abzubiegen. Tief holte er Luft, nahm den rechten Gang und lief weiter, immer wieder verzweifelt nach ihr rufend. Dass er sich damit in Gefahr begab, war ein Risiko, das er nur zu gerne einging!

Vorsichtig eilte er den nächsten Gang entlang. Auch hier flackerten Fackeln, es war feucht und kühl. Wo war sie?

„Charlie?“ Armans Stimme klang atemlos. Er hoffte, sie würde ihn hören.

Doch plötzlich verstummten sämtliche Geräusche, als würde die Luft aus dem Gang gezogen, selbst seine eigenen Schritte konnte er kaum mehr hören. Jemand hauchte seinen Namen, leise, lockend und geheimnisvoll. Arman blieb stehen. Da! Da schon wieder. So sehnsuchtsvoll und ... vertraut! Unter einer der Türen des Ganges fiel Licht hindurch, hell und klar. Arman lief zögernd darauf zu, traute seinen Ohren nicht. „Rosalie?“

Wie zur Antwort wurde das Licht heller. Arman schluckte schwer. Wie viele Jahre hatte er sich danach gesehnt, seinen Namen noch einmal aus ihrem Mund zu hören? Er schob den schweren Riegel zurück und zog die Tür auf. Erkennen konnte er nichts. Der Raum war in Nebel gehüllt, eine schemenhafte Figur stand am anderen Ende. Doch das Leuchten, das von ihr ausging, das leise klingelnde Geräusch wie flüssiger Sternenglanz konnte nur eines bedeuten. Tief holte er Luft und trat über die Schwelle ...

Langsam gewöhnten sich seine Augen an den Nebel. Unsicher trat er vor, auf die Gestalt zu, die am anderen Ende auf ihn zu warten schien. „Rosalie?“ Seine Stimme klang eingerostet. Sie lief auf ihn zu, das Licht hinter ihr umfloss sie, noch immer konnte Arman ihr Gesicht nicht sehen. Doch ihre Stimme würde er überall wiedererkennen. „Du hast mir so gefehlt!“

Sie kam näher. Das weiße Kleid, ihre blonden Haare, ihre Augen so voller Freude ...

Arman stockte der Atem. „Wie kann das sein? Du lebst nicht mehr.“

Sie streckte die Arme nach ihm aus, lächelte ihn an wie früher, wie … damals … wie in all den Träumen, die er von ihr gehabt hatte, nachdem sie ohne ihn in die Menschenwelt gegangen war. Nachdem er sie hatte ziehen lassen.

„Aber ich bin hier." Zärtlich sah sie ihn an. Und als er ihre Hände in seine nahm, fühlte sie sich echt an. So echt, dass es wehtat.

Rosalie ließ ihn nicht aus den Augen. „Wir sind in deiner Erinnerung. Hier können wir endlich zusammen sein. Für immer."

Und damit zog sie ihn an sich. Arman schloss die Augen. Er fühlte ihre seidigen Haare unter den Fingerspitzen, ihr Diadem, das sie nie abgelegt hatte, sie schmiegte sich dicht an ihn und für einen Moment war es ihm egal, dass sie nicht echt war, nicht echt sein konnte. Hatte er sich nicht genau das so oft herbeigesehnt? Sie noch einmal in den Armen zu halten? Ihr zu sagen, wie leid ihm alles tat, dass er sie nicht hatte verlassen wollen, aber müssen?

Rosalie hob ihm ihr Gesicht entgegen, als erwarte sie einen Kuss. „Ich habe dich nie vergessen", flüsterte sie.

„Ich dich auch nicht, Rosalie." Ihr Lächeln schnürte ihm die Kehle zu. „Es tut mir so leid, dass ich damals nicht nachgekommen bin, aber ich konnte meine Familie nicht im Stich lassen."

Sie legte ihre Wange an seine Schulter, „Ich weiß …" Nur ein Flüstern. Arman schloss die Augen. Hier waren sie beide, endlich, in ihrem eigenen kleinen Kokon und er konnte ihr all das sagen, was er die Jahre in seinem Herzen mit sich herumgetragen hatte. Es fühlte sich gut an. Er lächelte.

„Arman?" Sein Kopf schnellte hoch. Das war Charlies Stimme! Charlie rief nach ihm! Rosalie schloss die Finger um seine

Hand. „Bleib bei mir“, bat sie. Draußen hörte er Charlies unsichere Schritte. Sie brauchte ihn. Er drehte den Kopf zur Tür.

„Es ist doch schön, oder?“ Rosalies Augen waren hoffnungsvoll. Arman schluckte, dann nickte er. „Ja. Es ist wunderschön, dich wiederzusehen.“ Die Erleichterung auf Rosalies Gesicht brach ihm fast das Herz. Und doch ...

Er trat zurück. „Aber das hier ist alles nicht echt.“

Bittend sah sie ihn an. „Ist das wichtig?“

Er nickte. Erst einmal, langsam und entschuldigend. Dann ein zweites Mal, überzeugter. „Ich will nicht in meiner Erinnerung gefangen bleiben.“

Wie einfach es wäre, hier zu bleiben, bei ihr, so zu tun, als sei alles möglich! Doch dazu war viel zu viel geschehen. Namra brauchte ihn und Charlie ... Charlie wartete auf der anderen Seite der Tür. Auf ihn. Nicht auf eine Idee von ihm. Rosalie sah ihn getroffen an, ahnte, was nun kam. Wehmütig hielt er ihrem Blick stand.

„Leb wohl.“ Ihren flehenden Blick haltend, machte er einige Schritte rückwärts. Es fiel ihm nicht leicht, sich von ihr zu verabschieden. Doch dann hörte er Charlie erneut nach ihm rufen, ihre Stimme unsicher, und er wusste, ihre Augen waren voller Sorge, weit aufgerissen, dieses ganz besondere Blaugrau. Er drehte sich um und riss die Tür auf.

Charlie schlich vorsichtig voran. Als sie erneut Schritte hörte, drückte sie sich gegen die Mauer und atmete so leise wie möglich durch den Mund. Hatte Milena sie entdeckt?

Als Arman um die Ecke bog, musste sie vor Erleichterung fast lachen. Das Aufstrahlen seines Gesichts, als er sie erkannte, ließ ihr Herz schneller klopfen.

„Charlie, ich hab dich überall gesucht!“ Und dann hielten sie sich plötzlich in den Armen, das erste Mal. So nah … Charlie wollte ihn am liebsten gar nicht mehr loslassen.

„Ich hab mich irgendwie verirrt“, gestand sie und meinte so viel mehr als nur das Labyrinth. Auch sein Blick war ernst und fest, als würde sein „Ich mich auch“ ebenfalls mehr als nur diese drei Worte bedeuten.

Dann nahm er ihre Hand. „Bleib bei mir.“ Noch drei Worte, die so viel mehr aussagten … Charlie sah ihn an, bemerkte, wie er sich zusammenriss.

„Ich weiß, wo Mick ist.“ Er zog sie hinter sich her.

Keuchend krümmte sich Mick am Boden seiner Zelle. Der Schattenzauber war inzwischen bis zu seinem Gesicht vorgedrungen. Er hatte Mühe, die Augen offen zu halten. Abwechselnd war ihm kalt und viel zu heiß, es war, als würde das Schwarz alles Leben aus seinem Körper ziehen. Mühsam drehte er den Kopf, als die Verliestür aufging.

„Wir sind da!“ Arman ließ Charlie an sich vorbei, die entsetzt vor den Gitterstäben anhielt. Das war schlimmer als befürchtet. Micks Haut sah aus, als hätte ihn jemand geteert, seine Augen flehten sie an, für Worte fehlte ihm offenbar die Kraft.

„Ihm bleibt nicht mehr viel Zeit.“ Arman war beunruhigt.

Bang sah sich Charlie um. Als Erstes mussten sie zu ihm kommen, danach konnten sie weitersehen. Sie hoffte, dass ihr Sternenlicht dazu ausreichte, so lange war es fort gewesen. Aber jetzt brauchte sie es. Und was hatte Arman gesagt? Wenn sie es nötig hatte, wäre es da! Entschlossen streckte sie die Hände Richtung Gitterstäbe aus.

Arman trat näher zu ihr. „Bist du sicher?"

Nein, das war sie nicht. Aber sie hatten keine andere Wahl. Fest sah sie ihm in die Augen. „Bei Milena hat das Sternenlicht auch funktioniert", versuchte sie, ihnen beiden Mut zu machen.

Charlie straffte sich und legte die Finger um die schwarzen Stäbe. Ein Schaudern durchlief sie und ballte sich kalt in ihrem Herzen zusammen. Charlie konzentrierte sich und plötzlich floss eine strahlende Wärme durch ihren Körper, vertrieb die Kälte und Licht strahlte aus ihren Händen …

Es überzog das Schwarz, löste es auf und mit ihm verschwanden auch die Gitterstäbe. Charlie stürzte zu Mick und presste ihre Hände auf seinen Körper. Langsam, unendlich langsam zog sich das Schwarz aus seinem Körper zurück. Charlie hörte ein Stöhnen, dann noch eines – das war ihre eigene Stimme.

„Kannst du noch?" Arman beugte sich besorgt zu ihr und legte seine Hände auf ihre Schultern. Als wäre auch diese Berührung magisch, mobilisierte sie Charlies letzte Reserven. Angestrengt schloss sie die Augen und konzentrierte sich. Immer mehr Lichtenergie floss durch sie hindurch. Sie schnappte nach Luft. Gerade als sie nicht mehr sicher war, wie lange sie noch durchhalten würde, hustete Mick wie ein Ertrinkender, der plötzlich wieder Luft atmete.

Charlie sank erschöpft zurück. Das Schwarz, das Micks Körper überzogen hatte, war verschwunden. Schweißnass, aber dankbar lächelte er sie an. Sie hatte es wirklich geschafft! Geschafft, ge…

Sie spürte Armans Arme, als er sie auffing, seine Finger an ihrer Wange. Hörte seine Stimme von weit, weit her. „Charlie! Nein." Er schüttelte sie leicht, dabei war sie so müde, unglaublich müde … „Charlie, bleib wach!"

KAPITEL 21

Dimitri keuchte. Wie lange waren sie jetzt schon gerannt? So sehr er sich auch bemühte, den anderen beiden zu folgen, Tarik war ganz offensichtlich besser im Training als er. Und Jenny – nun, die hatte dank ihrer magischen Fähigkeit einen deutlichen Vorteil. Wie eine Katze sprintete sie Hügel hinauf und hinab, sprang über im Weg liegende Baumstämme und hielt währenddessen immer wieder an, um nach Milena zu lauschen. Anschließend gab sie Tarik und Dimitri ein ungeduldiges Zeichen, das so viel bedeutete wie: „Die Luft ist rein, aber könnt ihr mal einen Zahn zulegen?"

Als sie endlich auf einer Lichtung im Wald zum Stehen kam, hielt sich Dimitri die schmerzende Seite. Wenigstens lenkte ihn der körperliche Schmerz von seinem bohrenden schlechten Gewissen ab! Dass Milena sie gefunden hatte, war seine Schuld. Er hatte ihre Zaubergeige angenommen und war einen Deal mit ihr eingegangen, für den er sich nun im Stillen verfluchte. Aber seinem Vater zu gefallen, war so viele Jahre sein oberstes Ziel es gewesen, dass er es nicht hinterfragt hatte. Nun allerdings schlichen sich Zweifel daran ein. Was sagte es über ihn aus, dass er tatsächlich ein Instrument – magisch oder nicht – über seine Freunde gestellt hatte?

Ungeduldig hüpfte Jenny von einem Fuß auf den anderen und sah sich um. „Karte", verlangte sie von Tarik. „Wo müssen wir eigentlich hin?"

„Hauptsache weg von der Horrorbraut", brachte Tarik zwischen zwei tiefen Atemzügen heraus und übergab Jenny die Karte.

Dimitri hob die Schultern bis an die Ohren. „Die findet uns sowieso überall", murmelte er. Wenn sie taten, was Milena von ihnen verlangte, ließ sie sie vielleicht gehen? „Wollen wir nicht einfach aufgeben?"

Jenny lachte auf. „Bist du bescheuert?!"

Dimitri biss die Zähne zusammen. Wenn er Tarik und Jenny nicht dazu bringen konnte, freiwillig aufzugeben, würde er sich irgendwann entscheiden müssen. Schon der Gedanke daran ließ ihm die Knie zittern. Gegen Milena hatten sie keine Chance.

„Wir packen das, Bro!" Tarik legte ihm einen Arm um die Schulter und drückte kurz zu. Auch Jenny nickte überzeugt. Vorsichtig warf Dimitri einen Blick auf den Plan, dann nahm er ihn Jenny ab und studierte ihn sorgfältig. Vielleicht hatten die beiden recht. Wenn sie ihre Kräfte bündelten, hatten sie womöglich wirklich eine Chance, Milena zu entwischen. Und Tarik und Jenny bräuchten nicht zu erfahren, was er getan hatte?

„Wir müssen zum Fluss", erkannte er mit klopfendem Herzen. „Nördlich davon endet der Tannenwald und von da ist es nicht mehr weit."

Tarik sah sich um. „Und wo ist das verdammte Gewässer?"

„Psst!" Jenny legte einen Finger auf ihre Lippen und lauschte. Dann deutete sie in die Richtung, aus der sie gekommen waren. „Da! Ich höre Wasser."

Dimitri steckte die Karte ein und folgte ihr, ohne zu zögern. Schließlich war Jenny diejenige von ihnen, deren Sinne magisch geschärft waren!

Deshalb legte er auch sofort eine Vollbremsung hin, als Jenny plötzlich warnend eine Hand hob.

Vor ihnen verlief ein Graben, durch den vor Urzeiten mal ein Bach geflossen sein mochte. Auf der anderen Seite – nicht mehr als dreißig Schritte von ihnen entfernt, bewegte sich etwas durch die Büsche: Milena!

Dimitri schloss verzweifelt die Augen, da raschelte es vor ihm: Jenny ließ sich auf dem Hosenboden die Senke hinabrutschen.

Kaum waren er und Tarik ihr nachgekommen, zog sie die beiden auch schon unter die ausladenden Wurzeln eines Baumes. Flach presste sich Dimitri neben den anderen gegen die kühle Erde und drückte die Geige und seine Tasche an sich.

Solange Milena auf dieser Seite des Grabens blieb, konnte sie sie nur sehen, wenn sie sich weit über den Abgrund beugte. Blieb zu hoffen, dass es dazu keinen Grund gab!

Als sich ihre Schritte langsam entfernten, atmete Dimitri auf. Damit, was als Nächstes geschah, hatte er jedoch nicht gerechnet: Erst leise, dann immer vernehmlicher begann seine Geige, Töne von sich zu geben. Und das, obwohl niemand auf ihr spielte. Entsetzt legte Dimitri beide Hände auf die Saiten, doch die Melodie wurde nur noch lauter.

„Mach das Teil aus!“ Jenny sah Dimitri panisch an. Doch was sollte er tun? Er betätigte sie nicht, das war Milena! Und nun kam sie, angezogen von den Tönen, immer näher!

Dimitri schluckte. Nur noch wenige Meter und sie würde ihn, Tarik und Jenny entdecken. Das konnte er nicht zulassen. Egal, was sie mit ihm tun würde, Tarik und Jenny würde er da nicht mit hineinziehen!

Entschuldigend schüttelte er den Kopf, nahm sein Gepäck

und das verräterische Instrument und kletterte nach oben. „Milena“, rief er, „ich bin hier!“

Kaum hatte sie ihn entdeckt, verstummte auch die Melodie. Unter ihrem Blick machte sich Dimitri so klein wie möglich. Das Bedürfnis, sich unsichtbar zu machen und einfach zu verschwinden, war überwältigend. Doch er hatte einen Plan. Einen unsicheren, verrückten Plan, der nur funktionieren würde, wenn Tarik und Jenny den Aufschub nutzten, den er ihnen verschaffte. Einen Plan mit schweren Konsequenzen. Denn was auch immer hier oben gesagt wurde, Tarik und Jenny hörten mit …

„Gib mir die Karte“, befahl Milena. Statt dieser streckte Dimitri ihr die Geige entgegen. „Die Karte habe ich nicht“, log er und unterdrückte die Versuchung, mit einer Hand an seine hintere Hosentasche zu greifen, um zu überprüfen, dass sie sicher aufgehoben war. „Tarik und Jenny haben mich abgehängt!“

Mit nur wenigen Schritten war Milena bei ihm und sah verdammt Angst einflößend aus in ihrer Wut. „Wie dämlich bist du eigentlich?“, schrie sie ihn an. „Hast du unsere Abmachung vergessen?! Du bekommst die Geige …“

Dimitri schloss die Augen. Er nickte geschlagen und vollendete ihren Satz: „… wenn ich für dich herausfinde, wo die Wächter sind.“

Den entsetzten Blick von Tarik und Jenny konnte er fast vor sich sehen. Nun wussten sie Bescheid. Er hatte sie verraten und wofür? Dafür, den Traum seines Vaters zu erfüllen. Ein schöner Freund war er!

Langsam setzte er sich in Bewegung – weg von der Grube. „Ich glaube, sie sind hier lang.“ Er deutete in die entgegengesetzte Richtung des Flusses.

„Du glaubst?!“

„Es ging alles so schnell.“

Grimmig überholte sie ihn. „Völlig nutzlos bist du!“ Einige Schritte weiter drehte sie sich ungeduldig um. „Na, was ist, fang an zu suchen!“ Sie sah hinter Bäume und unter ausladende Farnblätter. Dimitris Kehle war wie ausgedörrt. Er hielt ihr erneut die magische Geige entgegen – inzwischen fühlte sie sich an wie ein Fremdkörper.

„Ich will das nicht mehr!“ Er sah sie vorsichtig an. So seltsam es war, er ahnte, was in ihr vorging. Also nahm er all seinen Mut zusammen. „Ich weiß, wie es ist, wenn man sich etwas wünscht“, erklärte er. „Aber ist es das alles wert?“ Exakt diese Frage hatte er sich in letzter Zeit selbst gestellt. Behutsam trat er näher. „Musst du denn unbedingt Hüterin werden?“

Einen Moment sah es aus, als drängen seine Worte zu ihr durch. Milena verharrte bewegungslos, als suche sie eine Antwort. Dann schüttelte sie den Kopf und damit offenbar sämtliche Zweifel ab. Mit einer wütenden Bewegung schlug sie ihm die Geige aus der Hand, die mit dumpfem Knacken auf dem Boden aufschlug.

„Halt den Mund!“, befahl sie mit blitzenden Augen, „und fang endlich an, die anderen zu suchen.“

Dimitri wurde es angst und bange, anstatt Tarik und Jenny zu schützen, hatte er Milena nur noch wütender gemacht. Und nach allem, was er von ihr bisher gesehen hatte, war es vor allem ihre Wut, die sie anstachelte. Hoffentlich hatten sich Jenny und Tarik inzwischen aus dem Staub gemacht. Sein schneller, besorgter Blick in Richtung des Grabens entging der aufmerksamen Milena nicht. „Glaubst du, du kannst mich für dumm verkaufen?“

Ungeduldig stieß sie ihn zur Seite, in nur wenigen Schritten war sie bei der Mulde. Dimitri ließ die Schultern hängen. Was würde sie mit Tarik und Jenny tun? Es war alles seine Schuld!

Milena beugte sich weit über den Abhang, dann fuhr sie mit verzerrtem Gesicht zu Dimitri herum, der sich nicht von der Stelle bewegt hatte. Überrascht flitzten ihre Augen über ihn hinweg. Suchend lief sie erst einige Meter nach rechts, dann wieder zurück. So nah stürmte sie an ihm vorbei, dass ihn ihr Mantel berührte, doch sie sah ihn nicht. Mit einem Wutschrei drehte sie sich im Kreis. „Wo bist du?"

Dimitri atmete vorsichtig durch den Mund. Jetzt nur kein Geräusch machen! Milena hob die magische Geige auf und zerschlug sie am nächsten Baumstamm in tausend Einzelteile, bevor sie weiter in den Wald eilte. Zittrig stieß Dimitri die Luft aus und betrachtete die Holzsplitter und die silbrigen Saiten traurig. Er wollte das Instrument nicht mehr. Es stand für alles, was er nicht war. Trotzdem tat der Anblick ihm weh.

Ein gequälter Schrei ließ ihn aufsehen. Milena war stehen geblieben und zuckte schmerzerfüllt zusammen. Sie rollte die Ärmel ihres Mantels auf. Die dunklen Adern auf ihren Armen pulsierten. „Nein!", rief sie erschüttert und begann zu rennen. Weg von ihm. Dimitri runzelte die Brauen. Irgendetwas stimmte nicht mit ihr. Eilig lief er in die entgegengesetzte Richtung.

Hoffentlich hatten wenigstens Arman und Charlie Erfolg gehabt! Solange Milena hier im Wald war, konnte sie die beiden nicht davon abhalten, Mick zu befreien. Und womöglich hatte Milenas *Nein* tatsächlich etwas damit zu tun, dass es ihnen gelungen war? Vielleicht war seine Aktion also wenigstens zu irgendwas gut gewesen?

Arman sah, wie Mick eine Hand hob, und blieb stehen. Er hoffte, Mick kannte den Weg durch das Labyrinth der Türen. Denn Charlie in seinen Armen war noch immer ohnmächtig. Mick zu retten, hatte offensichtlich mehr von ihr verlangt, als sie geahnt hatten.

Zärtlich strich er ihr eine der blonden Locken aus dem blassen Gesicht. Typisch Charlie. Wenn jemand ihre Hilfe brauchte, war sie da. Ganz und gar. Ohne Rücksicht auf Verluste, schon gar nicht die eigenen. Arman verlagerte vorsichtig ihr Gewicht.

Als Mick vorhin die Augen aufgeschlagen hatte, hätte Arman am liebsten laut *„Hurra"* gerufen und Charlie umarmt. Doch da war sie schon zusammengesunken. Blitzschnell hatte er die Arme um sie geschlungen und sie aufgefangen. Beim Blick in ihr blasses Gesicht hatte ihm das Herz bis zum Hals geschlagen und er war in Panik geraten. Charlie zu verlieren war das Schlimmste, was er sich vorstellen konnte.

Es war Mick zu verdanken gewesen, dass er nicht die Fassung verloren hatte. Mick hatte Charlies Puls gemessen und beruhigend genickt.

„Wir müssen hier raus", hatte er jedoch drängend erklärt und war in die Knie gegangen, als wollte er Charlie aufheben. Arman war schneller gewesen und hatte sie an sich gepresst. Sein Argument „Du bist noch viel zu schwach" hatte Mick akzeptiert, doch Arman hatte das wissende Blitzen in seinen Augen bemerkt. Und um ehrlich zu sein, war es ihm herzlich egal, was Mick vermutete. Die Hauptsache war, Charlie ging es gut, sie würde wieder aufwachen und er brachte sie in Sicherheit.

„Wie weit noch?", flüsterte er, als Mick ihn in den nächsten langen Gang führte.

„Wir haben es gleich geschafft. Vertrau mir." Mick spähte um die nächste Ecke und führte Arman in einen runden Raum, von dem gleich vier Wege abzweigten. Arman nickte. Es war gut, dass sich wenigstens einer von ihnen auskannte.

Das Erste, was Charlie hörte, als sie wieder zu sich kam, waren vorsichtige, leise Schritte. Dazu kam das Atmen dicht an ihrem Ohr. Unter ihrer Wange klopfte ein Herz, schneller als ihr eigenes. Charlie zwang sich, die Augen zu öffnen. Etwas entfernt stand Mick. Die Schultern unter dem schmutzigen Mantel verkrampft sah er aus, als spanne er alle seine Sinne an. Sie drehte vorsichtig den Kopf und blinzelte. Da war Arman. Arman, der sie in seinen Armen trug.

„Wo bin ich?" Charlies Kehle fühlte sich rau an. Was war passiert?

Arman zog sie enger an sich. „Pssst!", flüsterte er ihr ins Ohr. „Du hast Mick gerettet." Seine Stimme klang warm. „Und mir einen ziemlichen Schrecken eingejagt." Er folgte Mick weiter.

Charlie musste lächeln. Er trug sie so sicher auf seinen Armen, als wäre das das Natürlichste der Welt. Aber in Ausnahmesituationen waren Menschen schließlich zu Höchstleistungen fähig. Sie fühlte noch immer, wie sehr Micks Rettung an ihrer Kraft gezehrt hatte. Doch das Ergebnis war es wert gewesen.

Sie bewegte ihre Hände und Beine. „Ich kann laufen."

Arman zögerte einen Moment, dann ließ er sie vorsichtig zu Boden. Zur Sicherheit schlang er dabei einen Arm um sie.

Sie lief ein paar Schritte zum Beweis, dass es ihr gut ging. „Das Licht hat mich ganz schön viel Kraft gekostet", gestand sie. „Aber", sie strahlte ihn an, „es war wieder da, als ich es gebraucht habe."

Auf seinem Gesicht breitete sich ein Lächeln aus. „Hat dir das nicht jemand von Anfang an gesagt?“ Charlie nickte. Ja. Jemand. Jemand hatte recht gehabt. Und dieser Jemand sah sie nun so warm an. Sie blieb stehen. Armans Augen strahlten, Charlie konnte den Blick nicht von ihm wenden.

Mick unterbrach den magischen Moment. „Beeilung!“, drängte er und führte sie drei Stufen hinauf, bevor er abbog und erschrocken stehen blieb. Energische Schritte! Und sie kamen näher. Das konnte nur Milena sein. Eilig zog Mick Arman und Charlie in die entgegengesetzte Richtung um die nächste Ecke. Doch auch hier blieben sie nicht unentdeckt.

Mit erschrockenen Augen blickte ihnen ein alter Mann entgegen. In den Händen hielt er einen Besen. Fest umklammerte er den hölzernen Stil mit seinen haarigen Händen, als fragte er sich, ob er ihn als Waffe einsetzen müsste. Doch seine Augen blickten eher traurig als gewalttätig, dann schimmerte Erkennen in ihnen.

Mick trat vor. „Hobolo“, flüsterte er und sah den Alten flehend an. „Bitte hilf uns!“

Dieser hob den Kopf. Auch er hörte die näher kommenden Schritte. Sein Gesicht verzog sich unglücklich. Charlie hielt den Atem an. Sie hatte darüber gelesen, dass jene Hubbeldies, die hier in der Burg lebten, der Hüterin treu ergeben waren – also vermutlich auch Milena, oder?

Hobolos unsicherer Blick schweifte zu ihr, dann zu Arman und wieder zurück. Dann drehte er sich entschlossen um, öffnete die Tür hinter ihm und bedeutete ihnen mit einem Grunzen hindurchzugehen.

Das ließen Charlie, Arman und Mick sich nicht zweimal sagen, sie eilten durch den Durchgang und drückten sich in den

Schatten dahinter, als der Alte die Tür hinter ihnen wieder schloss.

Keinen Moment zu spät, denn nun hielten Milenas Schritte exakt vor der Tür. „Hast du jemanden gesehen? Ist hier jemand lang gekommen?“, verlangte sie ungeduldig zu wissen. Charlie biss sich auf die Lippen. Sie konnte das Grunzen des Alten nicht einschätzen. Verriet oder schützte er sie?

Da entfernten sich Milenas wütende Schritte. Durch die Tür war ein trauriges Seufzen zu hören, dann die Geräusche des Besens, langsam, als wäre der Alte bedrückt. Charlie wechselte einen Blick mit Arman und Mick, der ihnen nun zunickte und voranlief.

Die nächste Tür führte in den Innenhof der Burg. Charlie atmete auf. Sie hatten es fast geschafft. Mick drückte sich an den dicken Mauern entlang in Richtung des Stalles, um sein Pferd zu holen, während Charlie und Arman Andromeda und das Sternenpferd losbanden.

Als sie aufstiegen, warf Charlie einen Blick zurück. Hinter einem vergitterten kleinen Fenster glaubte sie, Milenas wutentbranntes Gesicht zu erblicken. Automatisch lehnte sie sich vorwärts. Ihr Pferd begann zum Tor zu traben, als Mick sie überholte.

„Wir müssen uns beeilen“, rief er und Charlie drückte ihre Waden in die Flanken des Sternenpferdes. Mick hatte recht. Sie mussten sich beeilen. Vor allem, wenn Milena inzwischen herausgefunden hatte, dass Mick nicht länger ihr Gefangener war!

KAPITEL 23

Adrian balancierte gleich zehn mit Krötenmost gefüllte Gläser durch die vollbesetzte Wirtsstube. Während er sie eilig austeilte, riefen weitere Gäste nach ihm, wollten bestellen, fragten, wo ihr Klickschnecken-Mus blieb, oder hielten ihm leere Gläser entgegen. Adrian seufzte tief, er hatte nun einmal nur zwei Hände und Rudofus war noch immer verschwunden. Er konnte nur hoffen, dass er Tarik, Jenny und Dimitri sicher zu den Wächtern geführt hatte!

Adrian stapelte das benutzte Geschirr in der Spüle, er hatte keine Zeit abzuwaschen und lief wieder in den Raum hinein, als die Eingangstür mit einem lauten Knall aufschlug und sich sein Onkel erschöpft, aber mit großer Geste auf den nächsten freien Stuhl fallen ließ.

Adrian ließ das Geschirr Geschirr sein, goss einen Krötenmost ein und brachte ihn Rudofus. „Was ist passiert? Wo sind die anderen?"

Sein Onkel kippte den Most in einem Zug und begann zu erzählen. Wie sie durch den Wald gerannt waren, wie Milena sie überrascht hatte – und vor allem, wie er, Rudofus, sich ihr heldenhaft entgegengestellt hatte.

„Wam!", rief er, „hab ich ihr einen Feuerzauber auf den Leib gejagt!" Inzwischen hatten sich alle Anwesenden um ihn geschart. „Ehe die Furie bis drei zählen konnte, hab ich den Erdboden beben lassen", berichtete er weiter. „Die wusste nicht mehr, wo oben und unten ist. Und dann noch ein Platzregen hinterher mit Sturm und mit Hagel und Milena war schachmatt!“

Adrian schüttelte ungläubig und genervt den Kopf. Wenn Rudofus tatsächlich so erfolgreich gewesen war, weshalb waren Tarik, Jenny und Dimitri nicht mit ihm zurückgekehrt? Mit seiner Hilfe müssten sie die Wächter doch längst gefunden haben, oder? Mit zusammengekniffenen Augen betrachtete er seinen Onkel, der sich nun von den Tavernenbesuchern feiern ließ. Sie alle stießen auf ihn an.

„Erdbeben?“, hakte Adrian nach. „Platzregen?“

„Allerdings!“ Rudofus nickte großspurig. „Du kannst von deinem Onkel noch was lernen!“ Dann grinste er schadenfroh. „Ach nee, hab ich ganz vergessen, du darfst ja nicht mehr zaubern.“

Adrian hatte genug gehört. „Und warum“, fragte er betont unschuldig, „hast du dann letzte Woche keinen Regen gezaubert? Da hast du doch rumgemeckert, dass deine Rosenkartoffeln eingehen, wegen der Dürre ...“

Nun stutzten auch einige der Gäste und blickten fragend zu Rudofus, der zu stammeln begann: „Also der Regenzauber, nun ja, der ist ...“

Adrian fiel ihm ins Wort: „... komplett erlogen, stimmt’s?“

Unter dem amüsierten Lachen der Gäste klappte Rudofus ertappt den Mund zu, er war enttarnt. Krumm nahm ihm seine Angeberei hier niemand, doch zerknirscht sah er Adrian an. Der zögerte nicht lange, er setzte sich zu Rudofus. Egal wie sehr sein Onkel seine eigenen Fähigkeiten und Taten beschönigte, er war immer noch derjenige, der Adrian bei sich aufgenommen hatte.

Nun sackten Rudofus' Schultern nach vorne. Wie ein Häuflein Elend hockte er neben Adrian. „Ich habe wirklich alles versucht, um sie aufzuhalten", murmelte er, „aber diese Milena ist wahnsinnig. Ich kann nur hoffen, dass der Vorsprung ausreicht, den ich Tarik, Jenny und Dimitri verschafft habe."

Adrian lehnte sich an Rudofus. Er wusste, sein Onkel hatte sein Bestes getan. Ob es allerdings reichte? Wo befanden sich Tarik, Jenny und Dimitri wohl in diesem Augenblick?

Jenny war fuchsteufelswild. „Dimitri ist ein Verräter!", wütete sie und lief weiter. „Und für den geh ich sicher nicht zurück!" Dass Tarik das überhaupt vorschlug!

„Aber", meinte er, „er hat uns vor Milena beschützt."

Jenny drehte sich aufgebracht zu ihm herum. „Und vorher hat er uns verraten", rief sie ihm in Erinnerung. „Deshalb war seine Geige auch plötzlich wieder ganz. Er ist uns voll fies in den Rücken gefallen."

„Ich glaub, er bereut es", murmelte Tarik und sah sie bittend an. „Lass uns zurück."

Jenny fasste es nicht. „Warum?"

„Weil jeder eine zweite Chance verdient hat."

Jenny blieb das Lachen im Hals stecken. Eine zweite Chance? Das war absoluter Blödsinn! In der Realität ging es anders zu!

„Schön wär's", spuckte sie ihm entgegen. „Ist aber nicht so. Wenn du Scheiße gebaut hast, war's das. Dann bist du abgestempelt. Da kannst du noch so viel labern, keiner traut dir was zu, alle haben ihre Meinung und tschüss!"

Wenn jemand darin Erfahrung hatte, dann sie. Nachdenklich sah Tarik sie an. „Redest du von dir oder Dimitri?"

Jenny erstarrte. Ein Seelenstriptease mitten im Wald, während diese verrückte Tante hinter ihnen her war, kam überhaupt nicht in die Tüte! Peinlich genug, dass Tarik sie so leicht durchschaut hatte! Also tat sie das, was auch zu Hause immer funktionierte – sie wechselte das Thema: „Lass uns jetzt einfach diese Wächter finden!" Auffordernd streckte sie ihm die Hand entgegen. „Karte!"

Tarik verzog unwohl das Gesicht. „Die hat Dimitri." Und damit drehte er sich um. Diesmal folgte Jenny ihm. Das war wirklich ein Grund, zurückzulaufen und den Verräter zu suchen, ohne Karte kamen sie schließlich keinen Schritt weiter. Aber wenn Tarik jetzt glaubte, damit wäre alles Friede Freude Eierkuchen, hätte er sich geschnitten!

Gar nicht weit von ihnen lief Dimitri durch den Wald. Verzweifelt kämpfte er gegen die Tränen und die Verzweiflung an, die ihn von innen her auffraß, als hätte Milena ihn mit Schatten gefüllt. Er hatte die Orientierung verloren, aber das war auch egal. Es gab keinen Ort, an den er wollte, keine Person, die er sehen wollte – oder die ihn sehen wollte. Was hatte er sich nur gedacht? Alles hatte er falsch gemacht, alles verloren.

Den Blick seines Vaters wollte er sich gar nicht ausmalen. Wann hatte er ihn in den letzten Jahren mit etwas anderem angesehen als mit Enttäuschung? Und die anderen?

Er war ein Versager. Als Musiker, als Sohn, als Freund. Selbst wenn er Tarik und Jenny finden würde, wie sollte er ihnen in die Augen sehen? Sie würden nichts mehr mit ihm zu tun haben wollen. Dabei hatte es sich in den letzten Tagen angefühlt, als könnten sie echte Freunde werden. Trotz ihrer Unterschiede. Oder vielleicht gerade deshalb.

All das hatte er kaputt gemacht. Er war alleine. Hoffnungslos schüttelte Dimitri den Kopf und verlor den Kampf gegen die Tränen. Weinend ließ er sich mit dem Rücken an einem Baum zu Boden sinken ...

Tarik lief voraus. Nun hielt er gleich doppelt Ausschau: Nach Milena, der er nicht noch einmal begegnen wollte, und nach Dimitri.

„Der ist weg", grummelte Jenny hinter ihm. „Besser so." Sie ließ ihn mit jedem Schritt merken, wie wenig sie von seiner Idee hielt, auch wenn sie das Argument der fehlenden Karte überzeugt hatte, umzudrehen. Tarik selbst war hin und hergerissen, er hatte keine Ahnung, was geschehen würde, wenn sie Dimi entdeckten.

So wenig er seinen Verrat guthieß, immerhin hatte er versucht, es wiedergutzumachen. Und Tarik wollte wissen, was eigentlich dahintersteckte. Irgendeinen Grund musste es für Dimitri gegeben haben, sich mit Milena einzulassen. Irgendetwas stimmte mit ihm und seiner Geige nicht. Wer brauchte schon ein magisches Musikinstrument zum Glücklichsein ... aber nun gut, Tarik selbst war hoffnungslos unmusikalisch. Er traf nicht mal beim Singen den Ton.

„Schalt mal deinen Magic-Blick ein", bat er Jenny. „ Siehst du ihn?"

Seufzend drehte sie sich im Kreis, deutete auf einige zertretene Blätter, geknickte Äste, trat einen Schritt zur Seite und konzentrierte sich auf das Dickicht dahinter. Tatsächlich, zwischen dem Grün der Bäume blitzte Dimitris blaues Hemd hervor. Inzwischen nicht mehr ganz so gebügelt wie am Anfang. Jenny deutete auf ihn.

Tarik grinste ihr zu. „Respekt!"

„Die Heulsuse, ey!", murmelte Jenny missmutig, während sie sich Dimitri näherten, der mit in die Hände gestütztem Kopf an einem Baum saß.

Als er Tarik und Jenny erkannte, fuhr er sich über das Gesicht, doch weder die Tränenspuren auf seinen Wangen noch der schuldbewusste Blick ließen sich dadurch wegwischen.

Tarik ließ sein Gepäck sinken und beugte sich unbeholfen zu ihm. „Hey, alles klar?" Eine bessere Eröffnung hatte er gerade nicht parat, aber er wollte Jenny zuvorkommen, die mit abweisend verschränkten Armen hinter ihm stehen geblieben war.

„War nicht so geil, dein Move ...", redete Tarik weiter. „Wieso hast du das gemacht?"

„Ich wollte das nicht!", brach es aus Dimitri heraus. Unsicher sah er zu den anderen beiden auf. „Sie hat mir die Geige gegeben ...", erklärte er hilflos. „Meine war doch kaputt."

„Wegen 'ner blöden Geige hast du uns verraten?", unterbrach Jenny ihn kopfschüttelnd. Tarik bemühte sich, die Wogen zu glätten. „Jetzt lass ihn doch mal!"

Dankbar sah Dimitri ihn an und redete stockend weiter: „Milena hat gesagt, ich kann mit der neuen Geige perfekt spielen. Jedes Stück. Ohne Üben."

Jenny sah ihn an, als hätte er Hörner. Ganz offensichtlich begriff sie nicht, was daran toll sein sollte.

„Ich ... will doch Profimusiker werden", rief Dimitri schließlich verzweifelt aus. „Wie mein Vater ... aber ... ich hab seit zwei Jahren keinen Wettbewerb mehr gewonnen." Er unterdrückte ein Schluchzen. „Immer ist einer besser als ich. Ich habe ihn immer enttäuscht."

Mitleidig ging Tarik neben ihm in die Knie. Selbst Jenny blinzelte betreten. Das mit der Enttäuschung – das kannte sie. Das konnte sie verstehen.

Dimitri schluckte hart. „Ich hab das nicht mehr ausgehalten." Seine Stimme brach. „Immer der Druck: Hast du genug geübt, hast du gewonnen, bist du der Beste ..." Nun schüttelte ihn das Schluchzen. „Aber ich bin halt nicht der Beste!" Er wischte sich zitternd über die Augen. „Ich schaff das nicht!" Traurig sah er vor sich hin, Tarik und Jenny nicht in die Augen. „Ich ... Ich wollte nur noch, dass das aufhört ..."

Jennys Kopf fuhr hoch. „Wie aufhört?", hakte sie nach. „Du wolltest dich doch nicht ... Oder doch?"

Dimitri biss sich auf die Lippen, dann schüttelte er langsam den Kopf, sein „Nein", kam so leise über seine Lippen, dass Jenny ihn nicht überzeugt anblickte. Langsam atmete sie durch und sah zu Tarik. „Also, klar will man seine Eltern nicht enttäuschen", meinte der, „aber du musst doch nicht der beste Geiger der Welt werden."

Dimitris Antwort kam gepresst. „Doch. Mein Vater erwartet das."

„Na, dann soll er das doch machen", winkte Jenny ab und Tarik warf ihr einen stolzen Blick zu. Sie schien nicht so nachtragend zu sein, wie sie tat. Dimitris Geschichte hatte sie ebenso gerührt wie ihn, das sah er genau. Solidarisch setzte sie sich auf Dimitris andere Seite. Dieser schüttelte traurig den Kopf.

„Ich hab alles vergeigt ...", seufzte er schwer und starrte blicklos vor sich hin. Nur wenig später musste Jenny lachen. „Vergeigt?"

Tarik versuchte, ernst zu bleiben, aber das war nicht einfach, während Jenny in ihr bestes Jenny-Gewieher ausbrach. Selbst

Dimitris Lippen zuckten. Warm schlug Tarik ihm auf die Schultern. „Nicht alles, okay?“, fand er. „Du hast Milena nicht unser Versteck gezeigt.“

Auffordernd wackelte Tarik mit den Augenbrauen in Jennys Richtung und sah sie fest an. Los jetzt, ein bisschen Zuspruch von ihrer Seite würde sicher Wunder wirken.

Sie gab sich einen Ruck. „Okay“, seufzte sie, „du bist auf Bewährung, Dimi! Aber“, sie hob warnend einen Finger, „ich behalt dich im Auge!“

Tarik nickte ihr zu, er konnte sehen, wie sich Dimis Schultern entspannten. Jenny stemmte sich in die Höhe und schnappte sich entschieden ihre Tasche.

„Dimi-Boy“, sagte sie, „gib mir die Karte!“

Beflissen zog Dimitri sie aus seiner Hosentasche und übergab sie an Jenny. Dann sah er sie abwartend an.

Auch Tarik überließ ihr die Führung. „Wohin?“

Jenny studierte die Karte und ihre Umgebung, dann wies sie nach links. „Da lang.“

Zu dritt liefen sie aus dem Wald hinaus auf eine Wiese. Das Gras reichte ihnen fast bis über die Köpfe und machte den Weg nicht gerade leichter. Und dann gabelte sich auch noch der Pfad.

„Vielleicht sollten wir uns aufteilen“, überlegte Tarik. „Umso schneller sind wir zurück. Hoffentlich.“

Dimitri nickte. „Namra braucht so schnell wie möglich einen Hüter. Um Milena zu stoppen.“

Zeitgleich streckten Tarik und Jenny die Arme aus, sagten: „Ich geh dann mal da lang!“, und grinsten sich an – sie hatten in gegenüberliegende Richtungen gezeigt. Also doch ein gutes Team.

Dimitri straffte sich, dann blieb für ihn also der Weg in der Mitte. Vorsichtig hielt er ihnen seine Faust entgegen, wie Jenny es immer tat. Überrascht lachte sie auf und stieß mit ihrer dagegen. Tarik tat es ihr nach.

Strahlend lief Dimitri los und drehte sich dann noch einmal um. Er sah Tarik und Jenny zwischen den Bäumen verschwinden. Der Wind raschelte in dem hohen Gras, die Sonne wärmte ihn. Er atmete tief ein und musste lächeln. Das eben hatte sich angefühlt, als sei er tatsächlich wieder ein Teil des Teams. Und dieses Gefühl wollte er gerne behalten: ein Teil von etwas zu sein. Und Freunde zu haben, die ihm vertrauten, ihm eine zweite Chance gaben, selbst nachdem er es einmal ordentlich versaut hatte! Gemeinsam würden sie es sicherlich schaffen, die Wächter finden, Namra retten, dem Guten zum Sieg verhelfen ...

Nur wenige Meter weiter begann sich die Umgebung zu verändern, die Bäume wurden weniger, Büsche dichter und als er an einem kleinen Abhang ankam, hielt er an. In der Mitte der kleinen Vertiefung lag ein Teich. Das Wasser spiegelte den Himmel, Seerosen schaukelten träge im leichten Wind. Ein Fisch kam an die Oberfläche, als wollte er den Menschen, der da auf ihn herabsah, genauer betrachten, und verschwand dann wieder.

Langsam stieg Dimitri zum Ufer hinab. Wie still es hier war, nur Froschquaken und das aufmunternde Zwitschern einiger Vögel war zu hören. Was sollte er hier suchen, was würde er finden?

Aufmerksam umrundete Dimitri das Gewässer. An einer sandigen Uferstelle kniete er sich hin und sah hinab ins Wasser. Sein Spiegelbild blickte ihm entgegen. Die Haare zerzaust, das

Hemd offen, er sah ganz anders aus als noch vor ein paar Tagen. Doch es gefiel ihm. Lächelnd beugte er sich tiefer, da zog etwas seine Aufmerksamkeit auf sich – nur wenige Zentimeter vor ihm lag ein Ring auf dem sandigen Grund.

Das Wasser hier war still und ganz klar, als wollte es sichergehen, dass Dimitri das Schmuckstück auch bemerkte. Zögernd krempelte er seinen Ärmel auf und steckte die Hand ins Wasser. Sein Spiegelbild zerfloss und nur wenig später hielt er sich den Ring vor die Augen. Er war aus drei Metallreifen geschmiedet, die sich wie eine Welle umeinanderschlangen. Eine Welle, wie er sie auf der Karte und den Wächtersteinen gesehen hatte! Das musste ein Zeichen sein. Langsam steckte Dimitri sich den Ring an den Finger, er passte wie angegossen.

Und da erklang plötzlich ein freudiges Schnauben. Cassiopeia schüttelte auf der anderen Seite des Teichs ungeduldig den Kopf, als wollte sie sagen: „Was machst du denn so lange, komm endlich!"

Erstaunt sprang Dimitri auf und lief zu ihr. Und als er bei ihr ankam, blinzelte er sie ungläubig an. Auf ihrem Hals erstrahlte exakt das gleiche Zeichen wie auf seinem Ring. Nun war er sich sicher, dass das alles kein Zufall war. Eilig stieg er auf sein Pferd. Cassiopeia würde sicher wissen, wohin es weiterging!

Tarik war in der Zwischenzeit an einem steinigen Plateau angekommen. An mehreren Stellen züngelten kleine Flammen aus dem Boden, Rauch stieg auf. Seine wissenschaftliche Neugierde war geweckt. Sich genau umblickend, lief er von einer Feuerstelle zur nächsten.

Eine davon flackerte besonders lebhaft, als wolle sie seine Aufmerksamkeit auf sich ziehen, und als er näher herantrat, entdeckte er auf dem flachen Stein in ihrer Mitte etwas Seltsames: Es sah fast aus wie ein Zeichen aus Metall und es hing an einer Kette.

Er griff nach einem abgebrochenen Ast und angelte das Schmuckstück aus den Flammen. Überrascht hielt er es in die Höhe. Das Symbol kannte er von den Steinen der Wächter! Ehrfürchtig legte er sich die Kette um den Hals und plötzlich veränderte sich etwas: Er wurde ruhig und sicher. Sie waren auf dem richtigen Weg!

Wie zum Beweis erklang hinter ihm ein Wiehern. Orion stand am Rand der Grube und scharrte ungeduldig mit den Hufen. So schnell er konnte, eilte Tarik den Abhang hinauf und strich dem Falben zärtlich über die Nüstern.

„Wo kommst du denn her? Hast du auf mich gewartet?" Wie zur Antwort beugte er den Hals und Tarik erstarrte: Unter der Mähne entdeckte er exakt das gleiche Feuer-Symbol, das er um den Hals trug …

„Hallo?", rief Jenny. „Ist irgendjemand hier? Ich komm in Frieden." Doch alles blieb still. Nur der Wind fuhr wie ein Flüstern durch die Weiden, ließ Blätter rascheln und Blüten durch die Luft segeln. Jenny fing eine davon auf und besah sie sich genauer. Beinahe durchscheinend war sie, weiß und rosa. Doch das wirklich Seltsame war, dass der Baum zeitgleich die filigranen Blüten trug wie auch rote Früchte, die aussahen wie Miniaturkirschen. Jenny trat näher und legte den Kopf in den Nacken.

Als hätte er nur auf sie gewartet, ließ der Baum nun noch mehr Blüten wie Schmetterlinge auf sie herabsegeln. Einige davon streiften ihr Gesicht und Jenny strahlte. Das war ja verrückt. Magisch verrückt.

„Und wo ist der Märchenprinz?", fragte sie mit einem frechen Grinsen, doch natürlich kam keine Antwort. Stattdessen glitzerte ihr etwas von einem der oberen Äste entgegen.

Jenny nahm einen Stein von der Erde und holte das schimmernde Etwas mit einem geschickten Wurf herab. Es handelte sich um einen messingfarbenen Armreif, in den das Symbol einer Raubkatze gestanzt war.

Einen Moment blickte Jenny sich suchend nach allen Seiten um. „Ich klau nicht, ja?!", rief sie laut. „Wenn das Teil hier irgendjemandem gehört, dann kann er sich jetzt melden."

Wieder blieb es still, also legte sie sich den Reif um den Oberarm. Er passte. Und sah super aus!

Doch damit nicht genug, kam nun auch noch Leonis wie aus dem Nichts auf sie zu. Erfreut schlang Jenny die Arme um den Hals der braunen Stute mit dem weißen Stern auf der Stirn.

„Ohhh, Süße! Wie geil! Boah, ich hab dich voll vermisst." Lachend schmiegte sie sich an Leonis und bemerkte dabei auch auf ihrem Pferd das Zeichen einer stilisierten Raubkatze.

„Wie stylisch!", kicherte sie. „Guck mal, Partnerlook!" Zum Beweis hielt sie ihren Arm in die Höhe, dann stieg sie auf. „Okay, gucken wir, ob hier sonst noch einer ist?" Doch Leonis hatte offenbar einen anderen Plan. Jenny konnte sich gerade noch festhalten, da lief das Tier mit ihr auch schon davon. Wohin? Nun, das schien es besser zu wissen als Jenny und Jenny vertraute ihm völlig!

Adrian trat seufzend aus der Wirtsstube. Zwar hatte er seinen Onkel beim Flunkern erwischt und dieser schien auch wirklich ein schlechtes Gewissen zu haben. Doch die blöden Arbeiten wie Geschirrspülen, Bodenwischen oder Holzholen schob er trotzdem weiterhin auf Adrian ab. Genervt stellte er den Korb ab und beäugte die an der Wand aufgestapelten Holzscheite. Jetzt könnte ihm ein bisschen Zauberkraft wirklich helfen, mal wieder hatte Rudofus die Scheite derart verzwickt aufeinandergetürmt, dass es unmöglich war, ein Stück zu entfernen, ohne die ganze Pyramide zum Einsturz zu bringen.

Aber leider bestand Rudofus noch immer auf seiner „Erziehungsmaßnahme“: Weder hatte Adrian seine Zauberfähigkeiten zurück, noch seine normale Hautfarbe oder Schuhgröße. In gewisser Weise verstand Adrian Rudofus sogar. Zauberei war eine Fähigkeit, die nicht dem eigenen Wunsch folgen sollte, sondern etwas Gutes hervorrufen. Und als Adrian für Tami gezaubert hatte, wollte er vor allem eines: seine Freundin beeindrucken. Echte Zauberer allerdings nutzten ihre Kräfte für Wichtigeres, hatte Rudofus erklärt. Und dabei geflissentlich übersehen, dass er selbst andauernd mit seinen Zaubereien angab – sogar mit jenen, die er nicht einmal wirklich beherrschte! Ganz fair war das alles also nicht! Und jetzt wäre ein bisschen Zauberei wirklich praktisch gewesen.

Etwas beleidigt vor sich hinmurmelnd, stellte sich Adrian auf die Zehenspitzen und angelte nach einem der obersten Scheite.

Als hinter ihm ein Ast knackte, drehte er sich um und spähte in das Dickicht. Vermutlich nur ein Eichhörnchen. Beherzt griff er nach einem herausstehenden Holzstück weiter unten und zog mit einem Ruck. Einen Moment sah es aus, als würde alles gut gehen, dann geriet der gesamte Aufbau ins Rutschen und fiel in sich zusammen.

Adrian bückte sich seufzend und verfrachtete etliche der

Holzscheite in den Korb. Sollte Rudofus sie später doch mit Zauberkraft wieder aufstapeln! Er hatte seine schließlich noch! Hinter ihm raschelte es erneut. Adrians Nackenhaare stellten sich auf. Doch bevor er sich aufrichten und umdrehen konnte, wurde es ihm plötzlich schwarz vor Augen. Er strampelte wild. Das Letzte, was er hörte, war das Fallen weiterer Holzstücke. Dann verlor er das Bewusstsein.

KAPITEL 24

Charlie hielt die Zügel locker in den Händen, das Sternenpferd folgte in weit ausgreifendem Galopp Mick, der voranritt. Links von ihr hielt Arman auf Andromeda genau ihr Tempo. Nebeneinander flogen sie über eine Lichtung, vor ihnen begannen erneut die Bäume. Mick führte sie auf den breiten Waldweg.

Der Gegenwind, ihr Pferd unter ihr, Arman neben ihr, Charlie konnte es gar nicht fassen, aber plötzlich fühlte sie sich frei, sicher und so, als ob sie endlich auf dem richtigen Weg wären. Die ganze Zeit hatte sie Nils vermisst. Und als er plötzlich vor ihr gestanden hatte, da war ihr klar gewesen: Es war vorbei. Endgültig. Schon seltsam. Dass man manchmal wochenlang über etwas nachdachte und ganz plötzlich wusste man, was richtig war und was man tun musste.

Sie drehte sich zu Arman, seine Haare wehten um sein Gesicht, auch er sah gelöst aus, völlig eins mit sich, seinem Pferd, der Umgebung, mit Namra. Aber auch völlig sicher im Hier und Jetzt – an ihrer Seite.

Er lächelte ihr zu und sie konnte nicht anders, sie strahlte zurück. Es gab Dinge, bei denen man von Anfang an wusste, was die richtige Entscheidung war, aber aus welchen Gründen auch immer nicht gleich auf das eigene Herz hörte. Wenn man es dann allerdings tat, merkte man erst, wie schwer der Rucksack war, den man die ganze Zeit mit sich herumgetragen hatte. Und plötzlich fühlte man sich tausendmal leichter.

Mick bog auf dem Weg zu Rudofus' Wirtshaus an der vor ihnen liegenden Weggabelung nach links. Charlie hoffte, den anderen war es gelungen, die Wächter zu finden, und sie würde sie gleich wiedersehen. Doch als sie ihr Sternenpferd ebenfalls nach links lenken wollte, hinter Mick und Arman her, hielt es ohne Vorwarnung an. Es hob den Kopf, als lausche es, dann wieherte es und galoppierte in die entgegengesetzte Richtung.

„Was? Wohin willst du? Nein!" Doch das Sternenpferd war nicht aufzuhalten. Charlie hörte Armans Stimme, die nach ihr rief, schnell leiser werden und hielt sich fest. Irgendetwas musste geschehen sein. Charlie hoffte, nichts Schlimmes!

Als ihr Pferd etliche Minuten später schließlich langsamer wurde und um einen Hügel im Wald trabte, erkannte Charlie die Umgebung wieder: Da vorne hatten sie die Wächtersteine gefunden. Und dort standen auch Dimitri, Tarik und Jenny. Erleichtert sprang Charlie ab.

„Hey, Sista!", rief Jenny ihr erfreut entgegen und schon sprudelte aus allen heraus, was sie in den letzten Stunden erlebt hatten: Zwar hatten Jenny, Tarik und Dimitri die Wächter nicht gefunden, dafür aber jeweils ein Schmuckstück mit den Wächtersymbolen, die ebenfalls auf den Steinen zu finden waren. Vorsichtig befreiten sie diese nun von Moos und Erde.

Dimitri betrachtete seinen Ring und stieg auf den dazugehörigen Stein. Sofort begann das Symbol darauf zu leuchten.

Eilig sprang er wieder hinab. Nachdenklich betrachtete Charlie ihre Freunde. Jeder von ihnen hatte etwas gefunden, das zu den Wächtern gehörte. Nur sie nicht.

Doch halt, das stimmte nicht. Nils hatte ihr etwas übergeben, als sie sich in dem nebligen Raum der Burg begegnet waren! Was hatte er gesagt? Es hatte Rosalie gehört. Ehrfürchtig zog sie das Diadem heraus und strich zärtlich über den sternförmigen Anhänger.

„Guck mal." Dimitri winkte Charlie zu und deutete auf den vierten Stein. In seiner Oberfläche war nun ebenfalls ein Symbol zu sehen. Das Symbol des Sterns.

Tarik schüttelte überfordert den Kopf. „Leute, was passiert hier?"

Charlie hatte eine Idee. Eine ganz und gar verrückte Idee, aber deshalb nicht weniger unmöglich. Wenn sie eines gelernt hatte, dann, dass in Namra alles möglich war.

„Vielleicht", elektrisiert sah sie die anderen an, „sind wir die Wächter!"

Tarik nickte langsam. „Da, wo ihr am wenigsten sucht", wiederholte er die Worte des Orakels fassungslos. „Also bei uns selber. Das meinte das Orakel! Los, wir müssen auf die Steine steigen. So wie Dimi eben."

Und tatsächlich, kaum waren er, Charlie und Dimitri auf ihre Steine gestiegen, leuchteten die Wächtersymbole auf. Wind kam auf, die Atmosphäre veränderte sich. Falls einer von ihnen bisher Zweifel daran gehabt hatte, dass sie vier einen wichtigen Teil für die Ernennung von Namras Hüter beitrugen – nun war das mehr als deutlich!

Aufgeregt sahen Charlie, Tarik und Dimitri sich an. Dann plötzlich verebbte der Wind wieder, als hätte es ihn nie gegeben. Jenny hatte ihnen den Rücken zugedreht, der vierte Stein war noch immer unbesetzt.

„Was ist los?", rief Tarik ihr verwundert zu und endlich drehte sie sich um. Von ihrem sonst so schnell aufblitzenden Lachen war nichts zu sehen. Jennys Gesicht war verschlossen und ängstlich.

„Was ist“, fragte sie, „wenn ich gar keinen Bock hab, so ein blöder Wächter zu werden?!“

Sie sah in die bestürzten Gesichter der anderen drei. Schon klar, dass die dachten, sie würde spinnen. Immerhin ging es darum, Namra zu retten. Und genau das war das Problem. Was, wenn sie es nicht konnte? Wenn sie versagte, irgendwas falsch machte? Was sollte sie mit so viel Verantwortung? Sie traute sich ja noch nicht mal, sich einen Praktikumsplatz zu besorgen, den sie wirklich wollte!

„Jenny“, bat Dimitri, „ohne dich können wir keinen Hüter ernennen!“ Und Tarik versuchte es mit Humor: „Du kannst dich doch jetzt nicht kurz vorm Finale auswechseln lassen.“

Jenny schüttelte den Kopf. „Mich hat überhaupt keiner gefragt, ob ich mitspielen will!“

Jetzt stieg Charlie von ihrem Stein und kam näher. Jenny verschränkte die Arme vor der Brust, dabei strichen ihre Finger über den Armreif. Ausgerechnet eine Raubkatze sollte ihr Symbol sein?! Die waren schnell, stark und mutig! So fühlte sie sich momentan überhaupt nicht.

„Mich hat auch niemand gefragt, ob ich die Sternenfee sein will“, sagte Charlie ruhig. „Aber manche Dinge kann man sich nicht aussuchen.“

Goldlöckchen begriff es einfach nicht. Jenny schnaubte auf. „Guck dich doch mal an! Hat ja wohl keiner dran gezweifelt, dass du die Sternenfee bist!“

Charlies Antwort überraschte Jenny. „Doch“, lächelte sie weich, „ich.“

Jenny ließ den Kopf hängen. Dann holte sie tief Luft. „Wächter … ich kann das überhaupt nicht“, gestand sie den drei anderen ihre Angst. „Ich schaff nicht mal die Hauptschule.“

„Das ist doch egal!“, rief Tarik und kam nun ebenfalls auf sie zu. „Ohne dich hätten wir es nicht so weit geschafft!“

„Hätte ich auf dich gehört, wären wir nicht in der Grube gelandet“, grinste Charlie schief.

„Und rausgekommen auch nicht“, ergänzte Tarik.

„Wenn du nicht wärst“, mischte sich nun auch Dimitri ein, „wäre ich niemals mitgekommen.“

Jenny zögerte. Die drei meinten das wirklich ernst, oder? „Sonst sind halt alle immer so ... Jenny, lass das mal“, murmelte sie leise. „Du kannst das nicht.“

Charlie winkte ab. „Doch! Du kannst das!“

Jenny stiegen die Tränen in die Augen. Wann hatte sie das letzte Mal so viel ... Gutes über sich gehört? Sie nickte Dimitri, Charlie und Tarik zu, dann gab sie sich einen Ruck.

„Okay, was soll's! Jenny-Naldo will wieder auf den Platz!“ Mit festen Schritten lief sie zu ihrem Stein.

„Yes!“, freute sich Tarik. „Das Team ist wieder komplett!“

Und schon stiegen auch er und Dimitri auf ihre Plätze. Nur Charlie blieb neben Jenny stehen, deutete nach unten und räusperte sich „Ähm, Jenny? Das ist meiner.“

Jenny blickte nach unten, tatsächlich, da war das Sternsymbol. Mit verlegenem Grinsen hüpfte sie zu dem Felsstück daneben „Oh, natürlich, du bist der Superstar.“

Kaum standen sie alle an der richtigen Stelle, hob auch der Wind wieder an, die Wächtersymbole begannen zu leuchten. Jenny sah die anderen fragend an. „Und jetzt?“

„Jetzt ... macht ihr mich zur Hüterin!“, befahl eine feste Stimme. Milena trat hinter einem Felsen hervor und lächelte kalt. „Oder ihr könnt eurem kleinen Freund hier Lebewohl sagen.“

Auf eine Armbewegung hin rauschte ein Netz aus einem

nahe stehenden Baum. Darin gefangen strampelte Adrian und sah mit ängstlichen Augen zu Charlie, Tarik, Dimitri und Jenny. Aufgeregt sprangen die Jugendlichen auf Adrian zu.

„Es tut mir leid", rief er verzweifelt. „Ich konnte nichts machen, sie war auf einmal da! Und nachdem Onkel Rudofus mir meine Zauberkräfte genommen hat, konnte ich mich nicht mal wehren." Unwohl beäugte er den Schattenzauber, der sich auf dem Boden unter dem Netz auszubreiten begann.

Charlie zögerte. Sie waren so nahe dran gewesen, und wozu? Damit Milena nun von ihnen bekam, was sie wollte? Damit wären sie für alles Unglück verantwortlich, das Milena als Hüterin anrichten würde!

Langsam schüttelte Charlie den Kopf. „Nein", erklärte sie fest. Sie konnten Milena nicht zur Hüterin machen.

„Stellt euch zurück auf eure Steine!" Mit hasserfülltem Blick zu Charlie ließ Milena den gefangenen Adrian noch weiter in Richtung Boden rauschen und stoppte das Netz nur wenige Zentimeter über dem gefährlich blubbernden Schwarz.

„Das ist es doch nicht wert." Dimitri blickte Charlie mit großen Augen an.

„Was??", raunzte Jenny ihn an. „Das ist so typisch du!"

Dimitri schnaubte auf. „Willst du Adrian opfern, oder was?"

Tarik schloss einen Moment die Augen. „Dimi hat recht! Wir müssen tun, was sie sagt."

Charlie biss die Zähne zusammen. Sie sah genau, dass Milena den Unfrieden in ihrer Gruppe genoss. Sie musste eine Entscheidung treffen. Und damit leben. Alles in ihr sträubte sich dagegen, Milena zur Hüterin zu machen. Sie wünschte, Arman wäre jetzt hier, an ihrer Seite.

Angespannt erreichte Arman neben Mick Rudofus' Wirtshaus. Es war ihnen nicht gelungen, das Sternenpferd einzuholen, und es gab nur eine Überlegung, die ihn ansatzweise beruhigte: Er hatte nirgendwo Milena gesehen. Das Pferd war also von sich aus losgerannt. Nur: Wohin? Was, wenn Charlie ihn brauchte? Er musste sie finden. Und der Erfolg versprechendste Weg dazu war, von den anderen drei zu hören, was sie erlebt hatten.

Er stieg von Andromedas Rücken und betrat mit Mick die leere Gaststube. Lautes Schnarchen wies ihnen den Weg zu Rudofus, der es sich auf dem Boden hinter dem Tresen mit einer Felldecke und Kissen gemütlich gemacht hatte. Wie konnte der jetzt schlafen?

Arman stupste ihn an. Rudofus fuhr hoch und blinzelte müde.

„Rudofus?" Arman war ungeduldig. „Das hier ist Mick, wo sind die anderen?"

„Bei den Wächtern, hoffe ich." Rudofus gähnte, setzte sich langsam auf und rief nach Adrian. Dann berichtete er Arman und Mick von seinem heldenhaften Zusammenstoß mit Milena.

Arman hörte konzentriert zu. Micks beklommenes Gesicht machte ihn nur noch unruhiger. Ächzend streckte sich Rudofus. „Ich würde mir an eurer Stelle nicht so viele Sorgen machen!" Langsam hangelte er sich am Tresen empor und hielt sich den Rücken. „Die haben ganz schön was drauf. Vor allen Dingen dieser nervige Nachwuchszauberer."

Mick horchte auf. „Nachwuchszauberer?"

„Tarik, Jenny und Dimi haben Kräfte", erklärte Arman ihm und berichtete von Dimitris Fähigkeit, sich unsichtbar zu machen, Tariks Schwebe-und Feuerzauber und Jennys Geschwindigkeit, dem Klettern und ihren geschärften Sinnen.

Mick begann nachdenklich in dem Gastraum hin- und herzulaufen. „Die Macht der Gedanken also …", murmelte er währenddessen, „die Fähigkeit, sich zu verbergen, Sinne einer Raubkatze." Dann blieb er stehen und drehte sich zu Arman um. „Das sind die Kräfte der Wächter. Wächter des Verborgenen, Wächter der Sinne, Wächter der Gedanken, Wächter der Seele."

Arman traf die Erkenntnis mit voller Wucht. Nur Rudofus war auf der völlig falschen Fährte. „Meinst du, die Kinder haben die Wächter abgemurkst und ihre Kräfte geklaut?"

Arman und Mick warfen ihm einen verärgerten Blick zu.

„Was? Nein!" Mick beugte sich vor. „Die Kinder haben die Kräfte der Wächter, weil sie die Wächter *sind*."

Arman sprang auf und lief auf die Tür zu. „Natürlich! Ich glaube, ich weiß, wo sie sind!" Nur wie sie dort so schnell wie möglich hingelangen sollten, war ihm noch nicht ganz klar.

KAPITEL 25

Charlie seufzte tief, warf dem in seinem Netz zappelnden Adrian einen beruhigenden Blick zu und nickte in Richtung Tarik, Jenny und Dimitri. Resigniert stiegen sie auf ihre Steine. Milena drehte eine Runde um sie und lächelte ungut, als die Symbole zwischen ihren Füßen nun hell aufzuleuchten begannen. Charlie ballte die Fäuste. Wenn sie nur irgendetwas tun könnte, sich wehren.

„Tarik", hörte sie Dimitri wispern. „Mach das, was du in der Taverne gemacht hast. Die Explosion!"

Tarik schluckte und verzog unwohl das Gesicht. Charlie ahnte, was in ihm vorging. Auch wenn sie sich hier in einer echten Notsituation befanden, konnte Tarik sich nicht sicher sein, was er mit seinen Kräften anrichten würde. Dass ihn die Explosion an seine Zeit in Syrien erinnerte, machte die Situation für ihn sicher unerträglich.

„Worauf wartet ihr?" Milena baute sich gebieterisch mittig in dem Halbkreis auf. „Ernennt mich!" Ihre Augen blitzten.

„Los, Tarik!", flüsterte Dimitri eindringlich.

Charlie sah seinen verunsicherten Blick. „Wir wissen gar nicht, was wir machen sollen", rief sie Milena laut zu, um Tarik Zeit zu verschaffen. Milena seufzte auf. Dann hob sie befehlend die Hände.

„Sprecht mir nach!" Auf ihrem Gesicht breitete sich ein euphorisches Lächeln aus. „Die Wächter von Namra, Wächter der Seele, der Gedanken, der Sinne und des Verborgenen …" Sie legte den Kopf in den Nacken. Der Wind frischte auf und fuhr durch die Bäume, fast klang er wie ein Flüstern.

„Die Wächter von Namra, Wächter der Seele, der Gedanken, der Sinne und des Verborgenen …", murmelten Charlie, Tarik, Jenny und Dimitri.

„… haben sich versammelt", rief Milena gegen den stärker wehenden Wind an, „um den Hüter von Namra, Schlichter im Streitfall und Hüter des Gleichgewichts zwischen Licht und Schatten zu ernennen!"

Alle vier sprachen die vorgegebenen Worte. Wolken zogen über den Himmel, das Licht verdunkelte sich. Fast schien es, als wollte auch Namras Natur sich dagegen wehren, Milena zur Hüterin zu machen.

„Schlichter im Streitfall", sagte Charlie gerade, da schossen Tariks Hände hervor, den Blick fest auf Milena gerichtet. Und plötzlich begann sie heftig zu niesen. Tarik hatte den harmloseren Zauber gewählt. Und er funktionierte! Charlie zögerte keine Sekunde, sie sprang von ihrem Stein.

„Super, der Nieszauber!", freute sich Dimitri. „Beeilt euch, ich mach mich unsichtbar und lenke sie ab." Während der unsichtbare Dimitri Milena mit Erde bewarf, kletterte Jenny in Windeseile den Baum hinauf und löste das Seil von Adrians Netz. Charlie und Tarik zogen es zur Seite und befreiten ihn.

„Hier lang!", entschied Charlie und führte ihre kleine Gruppe durch einen engen Felsspalt. Nur Adrian lief kopflos vor Angst in die entgegengesetzte Richtung. Noch immer niesend, aber rasend vor Wut und Hass, streckte Milena ihre Hände aus und schickte ihnen allen dichte Wolken des Schattenzaubers hinterher.

Charlie sprang vorwärts. Wild flohen sie vor Milena. Hoffentlich hatte Adrian es geschafft, vielleicht konnte er Hilfe holen. Die Frage war einzig: Wer konnte etwas gegen Milena ausrichten? Was half gegen Schatten außer ... Licht. Vielleicht konnte ihr Sternenlicht helfen? Schließlich hatte es bei Milena schon einmal funktioniert und ihre Verwandlung in Lena rückgängig gemacht.

„Keinen Schritt weiter!"

Charlie bremste abrupt. Genau vor ihr hatte sich Milena aufgebaut und sie sah nicht aus, als wollte sie die Wächter noch einmal entkommen lassen. Die dunklen Adern auf ihren Armen pulsierten. Zögernd trat Charlie vor. Sie musste etwas tun, sie musste es versuchen. Mutig hob sie eine Hand. „Ich bin die Sternenfee", rief sie. „Mein Licht ist stärker als dein Schatten."

Doch Milena schüttelte nur den Kopf. „Ich vernichte euch alle", drohte sie. Charlies Herz klopfte. Was, wenn sie falsch lag oder nicht schnell genug war? Sie konnte das Leben der anderen nicht aufs Spiel setzen.

„Wenn du das tust", rief sie Milena in Erinnerung, „wirst du niemals Hüterin." Doch Charlie hatte nicht mit Milenas Besessenheit gerechnet.

„Ernennt mich", sagte sie mit bösem Lächeln, „oder ich zerstöre das Tribunal. Wenn ich nicht Hüterin werden kann, dann soll niemand es werden!" Charlie schnappte nach Luft. Milena war wahnsinnig. Und zu allem bereit. Aus einer ihrer Handflächen strömte bereits ein schwarzer Strudel. Und er wurde immer größer.

Geschlagen drehte sich Charlie um und lief an den anderen vorbei zurück zu den Wächtersteinen. Dimitri, Jenny und Tarik sahen genauso aus, wie sie sich fühlte: wütend, hilflos und voller Angst.

„Was passiert, wenn das Tribunal zerstört wird?", flüsterte Jenny.

Ebenso leise gab Charlie zurück: „Ich glaube, dann können wir den Schattenzauber nicht mehr rückgängig machen."

Als spürten sie die Panik der Kinder, kamen da ihre Pferde herangaloppiert, allen voran das Sternenpferd. Sie bauten sich beschützend vor den Wächtersteinen auf. Ohne zu überlegen, hob Milena ihre Hände und schleuderte eine Schattenwolke auf sie. Das Sternenpferd stieg auf die Hinterbeine und blockte den Schatten ab.

„Das Pferd hat dieselben Skills wie Charlie", freute sich Jenny. Tarik allerdings war schon einen Schritt weiter: „Aber die anderen nicht, oder?"

Schon hob Milena erneut die Hände. „Schickt sie weg, oder ..."

Erschrocken stürzte Jenny vor und stellte sich schützend vor Leonis. „Süße, voll lieb von dir, uns zu beschützen", flüsterte sie ihr zu, „aber es bringt nichts." Auch Charlie und die anderen liefen zu ihren Pferden. Charlie streichelte ihrem Schimmel zärtlich den Hals. „Schon okay", wisperte sie. „Wir schaffen das!"

Das Sternenpferd schnaubte leise, dann drehte es sich mit einem letzten Blick auf Charlie um. So plötzlich, wie sie aufgetaucht waren, verschwanden die Tiere wieder im Wald. Charlie sah ihnen mit sinkendem Mut hinterher. Hoffentlich hatten sie irgendeine Möglichkeit gefunden, Milena aufzuhalten, wenn sie sich das nächste Mal wiedersahen! Irgendwas musste ihr einfallen. Schließlich war sie die Sternenfee!

Nur wenig entfernt ritten Arman, Mick und Rudofus, der sich entschlossen hatte mitzukommen, im Kreis. Sein breiter Schwarzwälder Fuchs Donnerwind war mehr Donner als Wind und nicht ganz so fix wie die anderen beiden. Trotzdem hatte Rudofus alles aus ihm herausgeholt. Schließlich machte er sich Sorgen um Adrian, der wie vom Erdboden verschluckt war.

Rudofus argwöhnte, dass der sich womöglich ebenfalls bei den Nachwuchswächtern befand, oder war ihm sogar noch etwas Schlimmeres geschehen?

Doch so sehr sie sich anstrengten, langsam fielen Donnerwind und er immer weiter hinter den anderen beiden zurück. Sein Pferd war erschöpft und Rudofus auch, da konnten Mick und Arman sich noch so oft umdrehen und zur Eile drängen! Nur: Wozu Eile, wenn sie nun schon das dritte Mal an der kleinen Baumgruppe hier vorbeikamen – sie ritten im Kreis!

Selbst Mick vermutete inzwischen, dass das Tribunal nur von den Wächtern gefunden werden konnte. Dabei war er sich ebenfalls sicher, dass sie so schnell wie möglich zu den Jugendlichen gelangen mussten. Offenbar machte er sich Sorgen darüber, was Milena den neuen Wächtern antun konnte. Mick schien ihr alles zuzutrauen.

Schnaubend blieb Donnerwind stehen und rupfte ein Maulvoll Gras aus. Auch Rudofus hätte eine kleine Pause und einen Snack vertragen können.

In dem Moment kam ihnen mit wehender Mähne ein Schimmel entgegen. Auf seinem Hals glühte das Sternensymbol!

„Das Sternenpferd!“ Erleichtert sah Arman ihm entgegen. Der Schimmel wieherte ihnen zu und drehte sich wieder in die

Richtung, aus der er gekommen war, als wollte er sie auffordern, ihm zu folgen.

Arman warf Rudofus einen zögernden Blick zu und dieser verstand. „Reitet ihr vor. Wir kommen nach! Donnerwind und ich sind zur Stelle, wenn's brennt."

Mit knappem Nicken galoppierten Mick und Arman los, die Gesichter fest entschlossen. Schon wurden sie von den dichten Laubbäumen verschluckt.

Mit hängenden Köpfen begaben sich Charlie, Tarik, Dimitri und Jenny erneut zu ihren Wächtersteinen, Milena dicht auf den Fersen.

„Los, los!", rief sie ungeduldig und erklomm den mittigen Felsen. Die Symbole von Tarik und Dimitri begannen zu leuchten. Charlie und Jenny dagegen setzten beide einen Fuß auf denselben Stein.

Charlie lächelte Jenny vielsagend an. „Deiner ist da drüben. Ich bin der Superstar, schon vergessen?"

Einen Moment starrte Jenny ihr verwundert in die Augen, dann nickte sie und trat auf den anderen.

„Also", bestimmte Milena und breitete ihre Arme aus. „Wir beginnen von vorne!" Hoch aufgerichtet und mit einem warnenden Blick blitzte sie Charlie, Tarik, Dimitri und Jenny an, dann stellte sie sich in Positur.

Der Wind zerrte an Charlies Locken, fuhr ihr ins Gesicht, rauschte durch Laub und Erde. Charlie räusperte sich und begann, die andern drei fielen ein. „Die Wächter von Namra, Wächter der Seele, der Gedanken, der Sinne und des Verborgenen, haben sich versammelt, ..."

KAPITEL 26

Milena schloss die Augen. Ihr Gesicht, ihr ganzer Körper brannte. Endlich. Endlich bekäme sie, was sie sich so lange gewünscht hatte. Worauf sie all die Jahre hingearbeitet hatte.

„... haben sich versammelt", hörte sie und atmete tief ein, „um den Hüter von Namra, Schlichter im Streitfall und Hüter des Gleichgewichts zwischen Licht und Schatten zu ernennen."

Nur noch wenige Sekunden und wenn sie von dem Stein herabsteigen würde, wäre sie die Hüterin. Niemand könnte ihr das jemals wieder nehmen, streitig machen oder verweigern! Namras Einwohner würden die Rechtmäßigkeit ihrer Position erkennen! Ihre Stimme hätte Gewicht, man würde ihr zuhören müssen und ihren Ratschlägen folgen. Und das Orakel konnte sich seinen dummen Blumenumhang von ihr aus an die Wand nageln! Sie, Milena hätte gewonnen.

„Sei unsere Hüterin, Milena!" Milenas Herz machte einen Sprung. Das Echo der letzten Worte hallte in ihrem Kopf wider und verscheuchte die verletzenden, gemeinen Worte all jener, die nicht an sie geglaubt hatten. Tief atmete sie ein, der Wind verebbte, sie ließ die Arme sinken und öffnete die Augen. Noch nie in ihrem ganzen Leben hatte sie sich so vollständig gefühlt! Dass die Kinder alles andere als begeistert aussahen, störte sie nicht.

„Es ist getan", lächelte sie siegesbewusst. „Ich bin Hüterin von Namra. Endlich!"

Als in dem Moment das Sternenpferd auf die Lichtung galoppiert kam, gefolgt von Arman, sah sie ihnen ruhig entgegen.

„Nein!!! Charlie, nicht!“, schrie Arman verzweifelt und sprang hektisch von seiner Stute. Hinter ihm tauchte Mick auf. Milena strahlte ihm entgegen. Sie hatte ihr Ziel erreicht. Sein wütender Blick konnte ihrer guten Stimmung nichts anhaben. Er wusste, was sie hierfür alles in Kauf genommen hatte. Auch wenn er ihren Weg nicht guthieß, irgendwann würde auch er begreifen, dass er nötig gewesen war.

Federnd sprang sie von dem Stein herab. „Ihr seid zu spät“, ließ sie die beiden wissen, unfähig, die Euphorie zu unterdrücken. „Die Gerechtigkeit hat gesiegt. Ich bin die Hüterin von Namra.“

Mick ballte die Hände, er sah geschlagen aus. Auch Arman betrachtete sie wütend. All das konnte Milena jetzt nichts mehr anhaben, würdevoll trat sie ihnen entgegen.

„Nein“, drang da eine ruhige Stimme zu ihr durch. „Bist du nicht.“

Milenas Kopf fuhr herum. Was hatte die Sternenfee gesagt? Hatte sie sich verhört? Während Tarik und Dimitri Charlie verwundert anblickten, begann Jenny breit zu lächeln und deutete nach unten. Milenas Augen wurden groß, als sie erkannte, was die beiden getan hatten.

„Wir“, Jenny zeigte zwischen sich und Charlie hin und her, „standen auf dem falschen Stein!“

Sie sprang zur Erde und grinste Milena schadenfroh an.

Milena erstarrte. Dass Charlie sich nun vor sie stellte und aus ihren Händen ein helles Leuchten strahlte, sah sie nur wie in Zeitlupe.

„Nein!“, hörte sie sich schreien. Ihre Stimme klang seltsam, wie die einer anderen. Und plötzlich stürzten all die gehässigen Bemerkungen der namrischen Bewohner wieder auf sie ein. „Sie besitzt nicht die Ausstrahlung ihrer Mutter“, dröhnte es in ihrem Kopf. „Nichts davon, was eine Hüterin ausmacht. Güte, Weisheit, Einfühlungsvermögen.“ Milena blinzelte heftig, die Ränder ihres Gesichtsfeldes wurden schwarz. Sie fühlte sich, als drücke sie jemand unter Wasser …

Ihr Sternenlicht verband Charlie mit Milena. Sie spürte ihre Verzweiflung, als sei es ihre eigene. Sie konnte selbst Milenas Erinnerungsfetzen hören und ihr Herz wurde schwer. Charlie verstand, was passiert war.

Anfangs trugen alle Menschen mehr Licht als Schatten in ihren Herzen. Im Laufe der Zeit konnte sich das jedoch verändern. Je nachdem, was man erlebte und erleben musste. Mit jeder Verletzung konnten sich die Schatten verdichten und das Gleichgewicht im Inneren verändern.

Mitleidig blickte Charlie Milena an. Das Schwarz in ihren Adern war unter dem Sternenlicht verschwunden. Die Verzweiflung allerdings stand so klar in Milenas Gesicht geschrieben, dass Charlie sie beinahe fassen konnte.

„Ich wollte das alles nicht“, flüsterte Milena gebrochen. „Ich wollte doch nur Hüterin werden.“ Sie ließ den Kopf hängen und begann zu weinen.

Ohne zu überlegen, umarmte Charlie Milena. Ein Teil von ihr konnte sie verstehen. Doch das machte Milenas Taten nicht ungeschehen. Immerhin konnte sie nun kein weiteres Unheil mehr anrichten.

„Sternenfee, du King!“, rief Jenny begeistert. Sie, Tarik, Dimitri und Arman umringten Charlie, als sie Milena losließ und erschöpft zurücktrat. Mick fing die zusammenbrechende Milena auf und bettete ihren Kopf auf seinen Knien. „Milena ist meine Schwester“, erklärte er leise auf den überraschten Blick der anderen hin.

Da stolperte Rudofus von der anderen Seite auf die Gruppe zu. In seinen Armen hielt er Adrian. Dessen Augen waren geschlossen, sein Kopf lehnte an Rudofus Brust und auf seinem Hals waren die Auswirkungen des Schattenzaubers zu sehen.

Über Rudofus' Wangen rannen Tränen. „Ich glaube, er ist …“ Unfähig, seinen Satz zu beenden, ging er in die Knie und ließ Adrians Körper sanft auf den Boden nieder.

Dicht gefolgt von Arman, Tarik, Jenny und Dimitri, rannte Charlie zu ihnen und legte eine Hand auf Adrians Herz. Ganz schwach konnte sie es schlagen fühlen. Doch so sehr sie sich auch konzentrierte, Micks Rettung und das Vertreiben der Schatten in Milena hatten ihr Sternenlicht erschöpft.

Rudofus schluchzte auf. „Warum musste ich ihm seine Kräfte nehmen. Ich wollte nur, dass er lernt, ein besserer Zauberer zu werden als ich.“ Zärtlich strich er Adrian über den Kopf. „Bitte wach wieder auf“, flehte er mit belegter Stimme. „Du darfst auch so viel zaubern, wie du willst.“

Entsetzt starrte Charlie auf den kleinen Zauberer, da mischte sich Mick ein. „Wenn das Gleichgewicht Namras wieder hergestellt wird“, sagte er zögernd, „könnte es sein, dass Milenas Taten rückgängig gemacht werden.“

Tariks Kopf fuhr herum. „Könnte?“

„Es ist unsere einzige Chance.“

Charlie schüttelte den Kopf. „Und wen sollen wir bitte ernennen?“

Jenny sprang auf. „Mick, der sieht doch schon aus wie so'n Hüter!"

Doch Mick schüttelte den Kopf. „Seit Jahrhunderten kommt der Hüter aus meiner Familie", erklärte er, „doch ich habe mich vor langer Zeit dagegen entschieden. Ich glaube, es ist Zeit für jemand Neues."

Charlie nickte, sie wusste plötzlich genau, was Mick meinte, wer der einzig richtige Hüter für Namra war. Langsam richtete sie sich auf. „Arman muss Hüter von Namra werden."

„Was? Aber ..." Arman schüttelte den Kopf. „Ich kann nicht Hüter werden."

Doch Charlie war überzeugt. „In Rosalies Buch steht", sie lächelte ihn an, „dass Namras Seele den Pferden gehört. Und niemand versteht die Pferde besser als du. Du sprichst alle Sprachen in Namra, kennst hier jeden Fleck und jeder respektiert dich sofort. Sogar die Hubbeldies und Schwubbeldies." Sanft legte sie ihm eine Hand auf den Arm. „Wer könnte die Bewohner von Namra besser zusammenhalten?"

Arman schluckte. „Charlie, du verstehst das nicht ..."

„Nein", widersprach sie, „*du* verstehst das nicht. Du bist mutig und klug und ohne dich hätte ich ..." Charlie unterbrach sich. Weshalb fühlte sich das hier plötzlich nach viel mehr an als nur der Frage, ob er Hüter wurde? Tief sah sie ihm in die Augen. „Ohne dich hätten *wir* das alles nicht geschafft. Es gibt keinen Besseren als dich."

Arman regte sich nicht. Er erwiderte ihren Blick, als gäbe es hier und jetzt nur sie für ihn. Micks Stimme unterbrach ihre Zweisamkeit: „Arman, sie hat recht."

Und auch Rudofus sah bittend auf. „Arman", flüsterte er und strich Adrian über die blasse Stirn, „er braucht dich!"

Arman seufzte tief. „In Ordnung“, flüsterte er dann leise. „Für Adrian.“

Mit großem Ernst und diesmal voller Überzeugung bestiegen Charlie, Tarik, Jenny und Dimitri erneut ihre Wächtersteine.

Charlie ließ Arman nicht aus den Augen, der sich auf den Hüterstein gestellt hatte und seine dunklen Augen nicht von ihr wandte. Sie war sicher, das Richtige zu tun.

„Die Wächter von Namra“, begann sie ehrfurchtsvoll und hörte die Stimmen der anderen drei klar und deutlich. „Wächter der Seele, der Gedanken, der Sinne …“ Das Leuchten der Symbole auf den Steinen wurde immer intensiver, wieder kam Wind auf, doch diesmal umwehte er sie alle schmeichelnd, als wollte er ihre Worte mit sich tragen. Die Wolken verzogen sich und die Sonne schien durch die Bäume.

„Sei unser Hüter, Arman“, schloss Charlie und fühlte ihre Sternenkraft zurückkehren.

Einen Moment waren nur die Vögel zu hören, dann zog sich der Schattenzauber, der sich unter Adrians Netz ausgebreitet hatte, nach und nach zurück. Eilig schlug Charlie Rosalies Buch auf und entdeckte auch auf der Karte von Namra, wie sich die schwarzen Flecken auflösten. Erleichtert lachte sie Arman an.

Als nun erst Adrians Finger zu zucken begannen, dann seine Beine und er sich hustend aufrichtete, gab es kein Halten mehr.

„Wir haben es geschafft!“, rief Charlie glücklich und Jenny fand: „Wir sind die Geilsten!“ Vor lauter Freude umarmte sie Dimitri. Rudofus schloss Adrian in seine Arme, Arman und Tarik klopften sich auf die Schulter.

„Was ist passiert?“, wollte Adrian wissen und Rudofus erklärte ernst: „Du bist ein Held, Großer. Ab jetzt darfst du so viel zaubern, wie du willst. Versprochen."

„Ein Stallbursche als Hüter", murmelte Milena da abfällig.

„Halt den Mund!", befahl Mick und Charlie sah nachdenklich zwischen ihr und Arman hin und her. Der Unterschied zwischen ihnen war riesig. Während Milena um jeden Preis hatte herrschen wollen, ging es Arman darum, Namra zu schützen. Er wollte das Beste für das Land und seine Bewohner. Der deutlichste Beweis dafür war, dass er nun beschloss, Milena in ihre Burg zurückkehren zu lassen. „Sie ist schon gestraft genug", sagte er.

Charlie sah ihn mit klopfendem Herzen an. Sie war so stolz auf ihn. Sie hatten es geschafft, sie hatten das Gleichgewicht Namras wiederhergestellt und den Schattenzauber vertrieben – gemeinsam. Das musste gefeiert werden!

KAPITEL 27

Der Lilientalhof war mit Girlanden, bunten Bändern und Papierlaternen geschmückt. Eine Kapelle spielte fröhliche namrische Lieder und die vielen Anwesenden waren sich einig: Mit Arman hatte Namra einen würdigen Hüter.

Lore hob ihren Becher. „Auf Namra und darauf, dass wir alle in Sicherheit sind!“ Alle jubelten und applaudierten, jemand ergänzte: „Auf den neuen Hüter“, und alle prosteten dem verlegenen Arman zu. Selbst die Hubbeldies und Schwubbeldies waren sich diesmal einig.

Charlie lehnte an der Wand des Pferdestalls und sah sich um. Mick eröffnete mit Feenja den Tanz, Adrian folgte mit Tami. Sie hüpften mehr, als dass sie tanzten, und Charlie bekam sofort Lust mitzumachen. Trotz aller Freude fühlte sie jedoch auch Wehmut. Sie hatten Namra gerettet und das bedeutete, dass sie bald wieder nach Hause ... durfte ... musste.

Nicht weit von ihr legte Lore eine Hand auf Armans Arm. „Du weißt, dass wir großes Vertrauen in dich haben“, sagte sie. „Das heißt aber nicht, dass du nicht trotzdem zu deiner Mutter kommen kannst, wenn du Probleme hast.“ Dann zwinkerte sie ihm zu. „Oder Hunger.“ Arman lachte ausgelassen und Charlie wandte den Blick ab. Rudofus marschierte mit vier Gläsern durch die Menge und überreichte drei davon mit einer kleinen Verbeugung Arman, Lore und Rona. Tarik häufte sich am Buffet einen Teller voll und strich währenddessen immer wieder über seinen Wächterschmuck, den er über seinem kanariengelben Poloshirt trug.

Als Jenny auf den Hof trat, musste Charlie grinsen. Jenny hatte sich in Schale geworfen. Ihr quietschoranges Shirt strahlte heller als die Sonne, als sie sich vor der Band aufbaute.

„Bass aufdrehen!“, befahl sie gut gelaunt und warf Tarik und Dimitri einen Blick zu, als sei sie sich nicht sicher, wen von beiden sie zuerst auf die Tanzfläche zerren sollte. Dann winkte sie Dimitri zu sich. Dieser ließ sich nicht lange bitten und begann erst zögerlich, dann immer ausgelassener mit ihr zu tanzen.

Charlie beneidete Jenny um ihren Mut und ihren Freigeist. Davon könnte sie selbst manchmal etwas mehr gebrauchen. Sie sah, wie Mick und Feenja jetzt nahe beieinander am Rand der Tanzfläche standen und sich unterhielten, Tami und Adrian, die sich lachend rund um den Brunnen verfolgten. Sie sah in Lores und Ronas glückliche Gesichter. Die beiden hatten beschlossen, noch einmal zu feiern, wenn Richard und Armans Brüder endlich nach Hause zurückgekehrt wären. Das alles war so schön, und doch gab es ihr einen Stich. Sie alle hatten bekommen, was sie wollten. Und Charlie?

Arman stand nicht mehr als zwei Meter von ihr entfernt, die Hände in den Hosentaschen und mit einem Lächeln auf dem Gesicht. Wäre Charlie mehr wie Jenny, würde sie ihn nun auf die Tanzfläche ziehen. Oder sich zumindest neben ihn stellen, ein Gespräch beginnen. Aber Charlie war eben ... Charlie. Zu viele Gedanken, Gefühle und Fragen wirbelten in ihr. Als ein leises Wiehern an ihr Ohr drang, drehte sie sich um und verließ die fröhliche Gemeinschaft.

Auf der Wiese unter dem Hof stand das Sternenpferd und sah ihr still entgegen. Offenbar war es gekommen, um sich zu verabschieden. Charlie trat vorsichtig näher und streichelte sein weiches Fell. Im Schein des Mondes glänzte es magisch. Sie lehnte eine Wange an den warmen Pferdekörper.

„Danke", flüsterte sie. „Danke, dass du mir den Weg gezeigt hast." Lächelnd drückte sie ihm einen Kuss auf die Nase. „Auch wenn du es manchmal echt spannend gemacht hast."

Das Pferd wieherte, dann drehte es sich um und verschwand im Wald. Charlie seufzte. Irgendwann könnte es auch ruhig ein bisschen länger bleiben. Andererseits: Sie selbst würde schon morgen nicht mehr hier sein.

Das fröhliche Lachen hinter ihr und die Musik bildeten plötzlich einen krassen Gegensatz zu ihrer Stimmung. Wenn sie an morgen dachte, war ihr gar nicht mehr zum Feiern zumute.

„Hier bist du!" Arman kam über die Wiese auf sie zu und blieb dicht vor ihr stehen. In Charlie arbeitete es. Wenn sie ihm noch etwas sagen wollte, ihn noch etwas fragen, dann war jetzt die beste Gelegenheit. Die letzte. Sie holte tief Luft. Gleichzeitig setzte er zum Sprechen an: „Charlie ..."

Charlie grinste. „Okay, du zuerst!"

Nachdenklich sah er sie an, suchte nach den richtigen Worten. Charlie nickte. Auch sie wusste nicht so recht, wie sie ausdrücken sollte, was sie ihm sagen wollte. Nur dass da noch so viel unausgesprochen war.

Er biss sich auf die Lippen und legte den Kopf schief. Dann machte er einen Schritt auf sie zu. Und als hätte diese kleine Bewegung einen Bann gebrochen, schlang Charlie die Arme um seinen Hals.

Sie küssten sich. Vorsichtig und etwas unsicher erst. Dann noch einmal. Und diesmal verstummten in Charlies Kopf alle

Fragen. Doch auf einmal zog Arman ruckartig den Kopf zurück. Als er einen Schritt von ihr wegtrat, vermisste Charlie ihn sofort.

„Nein“, murmelte er zerrissen. „Es geht einfach nicht.“

Vor den Kopf geschlagen starrte Charlie ihn an.

„Ich gehöre in meine Welt“, erklärte er verzweifelt. „Und du in deine. Ich kann nicht noch einmal durch ein Tor getrennt sein!“ Er ließ den Kopf hängen. „Es tut mir leid“, seine Stimme war nur noch ein Flüstern.

Charlie wusste nicht, was genau sie fühlte. Nur, dass da ein Riss mitten durch sie hindurchging und sie keine Ahnung hatte, ob sich der je wieder schließen würde.

Sie zwang sich zu einem Nicken und räusperte sich. „Du hast recht. Ich gehe besser zurück.“ Damit ließ sie ihn stehen. Jeder Meter weg von ihm fühlte sich falsch an. Doch was sollte sie tun? Sie hatte keine Lösung. Und egal wie weh es tat, ihn dort stehen zu lassen, noch mehr würde es schmerzen, bei ihm zu sein und zu wissen, sie beide hatten keine Zukunft!

Auf dem Weg zur Party fühlte sich Charlie alleine und nirgendwo zugehörig. Tarik tanzte mit Rona. Jenny und Dimitri gönnten sich eine Pause.

„Soll ich die Band fragen, ob du mitspielen kannst?“, schlug Jenny vor und Dimitri schüttelte den Kopf.

„Nein. Ich habe gerade bemerkt, dass ich schon ewig nicht mehr ans Geigenspielen gedacht habe. Das ist mir noch nie passiert.“ Mit breitem Lächeln strahlte er sie an.

„Ist das gut oder schlecht?“

„Weiß nicht ...“

Charlie wandte sich ab, als die beiden sich anlächelten – ihre Gesichter ganz nah. Sie blickte sich um und versuchte, nicht an den Kuss mit Arman zu denken. Zu wissen, das war der erste – und letzte, tat weh.

Aber es stimmte. Nun war es an ihm, Lore, Rona, Tami und den Einwohnern von Namra, nach dem Schattenzauber neu anzufangen. Charlie selbst musste zurück in ihre Welt. Wie schon das letzte Mal würde sie darauf hoffen, dass Namra sie erneut brauchte und zu sich rief. Irgendwie gehörte sie hier mehr hin als nach dort draußen.

Mick stemmte die schwere Burgtür auf und blieb vor der breiten Treppe stehen. Schon von hier konnte er das Knistern des Feuers in Milenas Lieblingszimmer hören. Schon von hier bemerkte er den leeren Platz an der Wand, wo bisher das Porträt seiner Mutter gehangen hatte. Wie blind starrte Milena in die Flammen des Kamins.

Als sie seine Schritte hörte, sah sie auf. „Bist du gekommen, um mich rauszuwerfen?"

Mick hatte Mitleid mit ihr. Und doch konnte er nicht so tun, als wäre nichts geschehen. Dafür hatte sie viel zu viel Schaden angerichtet. Er trat neben sie und sah sie sanft an. „Ich hatte gehofft, dass wir noch mal reden können."

„Reden?", fragte sie, ohne eine Miene zu verziehen. „Worüber willst du denn reden? Falls du willst, dass ich mich entschuldige, kannst du gleich wieder gehen." Trotzig sah sie ihn an. „Ich bereue nichts."

Mick atmete enttäuscht aus, ein wenig mehr hatte er sich schon erhofft gehabt. „Offensichtlich war ich naiv."

Milena schnaubte auf. „*Du* solltest bereuen", fuhr sie ihn an. „Du und Mutter. Ihr habt mich zu dem gemacht, was ich jetzt bin."

Mick schluckte verletzt. „Es tut mir weh, dass du es so siehst."

Milena zeigte keine Reaktion. Emotionslos starrte sie ins Feuer, in dem die letzten Reste des Gemäldes ihrer Mutter zu Asche verbrannten. Dann hob sie plötzlich den Kopf. Milena hatte die leisen Schritte des Orakels früher als Mick gehört.

„Und was willst du hier?", verlangte sie zu wissen. Als wäre es nicht schon genug, dass ihr Bruder hier war, um ihr vor Augen zu führen, was sie alles falsch gemacht hatte! Musste jetzt auch noch das Orakel auftauchen, um Salz in ihre Wunden zu streuen?

„Weißt du", seufzte das Orakel und zuckte mit den Schultern, „das Problem an klugen Menschen ist ihre Arroganz." Sanft strich sie über den vertrockneten Blumenumhang. „Die Arroganz macht die Klugen blind. Und die Blindheit macht sie oft dümmer als die Dummen."

Milena blinzelte überrascht. Was sollte das denn jetzt heißen? War sie damit gemeint? Ärgerlich schüttelte sie den Kopf. „Spar dir deine Rätsel."

Offenbar entschloss sich das Orakel tatsächlich, etwas deutlicher zu werden. „Hättest du Blumen gepflanzt, statt Schatten zu säen, wärst du Hüterin geworden", führte sie aus, drehte sich um und ging.

Milena erstarrte. Hatte sie das eben richtig verstanden? Mit aufgerissenen Augen drehte sie sich zu ihrem Bruder. „Was soll das heißen?"

Mick holte tief Atem. „Dass das alles eine Prüfung war", erklärte er ruhig.

Milena stützte sich mit den Händen auf dem Tisch ab, ihre Stimme brach. „Das heißt … das heißt, ich wäre Hüterin geworden, wenn ich nicht …"

„Ja, wärst du." Und mit diesen Worten drehte er sich um und ging ebenfalls, ließ sie zurück. Milena schluckte trocken. Eine Prüfung? Nur eine Prüfung war das alles gewesen? Und sie hatte alles falsch gemacht und damit alles verloren ...

KAPITEL 28

Am nächsten Morgen trat Charlie übernächtigt hinaus auf den Hof. Die anderen plauderten fröhlich, freuten sich darauf, bald wieder zurück in ihrem wirklichen Leben zu sein. Lore, Rona, Tami, Arman, ja selbst Mick hatten sich eingefunden, um sie zu verabschieden.

Charlie hätte Jenny beinahe geküsst, als diese nun in die Runde fragte: „Können wir jetzt einfach gehen? Wir sind doch die Wächter!"

Doch Mick winkte ab. „Namra ruft euch, wenn ihr gebraucht werdet." Charlie seufzte. Ja, so etwas hatte sie sich schon gedacht.

„Ich hoffe jedenfalls", fand Tami, „es passiert bald wieder was. Damit ihr schnell zurückkommt. Nichts Schlimmes natürlich."

Die anderen lachten und Charlie fiel mit ein. Sie warf Arman einen vorsichtigen Seitenblick zu, der ebenfalls etwas nervös und nicht gerade glücklich wirkte. Charlie gab sich einen Ruck und umarmte Lore, Mick, Tami und Rona. Vor Arman zögerte sie.

„Ich bringe euch noch zum Tor", entschied er kurzerhand und lief voran.

„Auf geht's!" Tarik konnte es gar nicht erwarten, er überholte Arman. Der Weg schien viel kürzer zu sein als das letzte Mal, und nur wenig später fand sich Charlie mit Jenny, Tarik und Dimitri in einer Gruppenumarmung vor dem Tor.

Tarik löste sich daraus als Erster und griff nach dem Knauf. Er konnte es offenbar kaum erwarten zurückzukehren. Endlich würde er seine Eltern wieder treffen. Die Erleichterung stand ihm ins Gesicht geschrieben, als die Tür sich widerstandslos öffnen ließ. Tarik zog das Eisentor weiter auf, dann setzte er seine beschlagene Brille ab.

„Keine Tränen, Freunde!" Er unterdrückte ein kleines Schluchzen. „Gehört sich nicht für einen Wächter." Dann nickte er ihnen zu. „Danke für alles, Leute. Ihr seid die Besten."

Tarik winkte noch einmal, dann trat er durch das Tor ... und fand sich im Hörsaal der Universität wieder. Aufatmend sah er sich um, dann wischte er mit schrägem Grinsen seine Formeln vom Whiteboard. Vermutlich sollte er seine These über Namra noch einmal gründlicher überdenken! Als sich die Tür öffnete, traute er seinen Augen kaum: Herein eilten seine Eltern, nur kurz darauf gefolgt von Patrizia, die ihr Wiedersehen erfreut mit der Kamera ihres Handys festhielt. Tarik umarmte seine Eltern fest und schloss glücklich die Augen. Wie lange hatte er auf diesen Moment gewartet!

Charlie winkte Dimitri zu, der als Nächster zum Tor trat. Grinsend sah er noch einmal zurück. „Ich bin ...", begann er zögernd und Jenny führte den Satz für ihn frech zu Ende: „Froh, dass du wegen uns kein Freak mehr bist?"

„Nein." Dimitri umarmte Jenny spontan. „Ich bin froh, euch kennengelernt zu haben. Und dass ich auf diese Reise mitgekommen bin."

Und vor allem war er froh, dass er nun wesentlich besser wusste, was er wollte. Und was nicht.

Langsam trat er rückwärts durch das Tor, ohne Jenny aus

den Augen zu lassen. Dann stand er plötzlich in seinem Zimmer. Durch das Fenster sah er seinen Vater in die Einfahrt treten und das Auto aufsperren. Er hatte sich schick gemacht, trug einen Anzug und ein frisch gebügeltes Hemd. „Dimi!", rief er ungeduldig nach ihm. „Beeilung!"

Dimitri sah mit einem kleinen Lächeln an sich herunter, dann legte er den Geigenkasten auf sein Bett und lief nach draußen.

„Wo ist deine Geige?", wollte sein Vater verwundert wissen. „Los. Wenn du zu spät bist, wirst du disqualifiziert."

Bevor er sich hinter das Steuer setzen konnte, hielt Dimitri ihn auf. „Ich will nicht mehr spielen."

Sein Vater fuhr herum. „Bitte?"

Dimitri hob entschuldigend die Hände. „Ich meine es ernst. Ich will nicht mehr Geige spielen."

Geschockt sah ihn sein Vater an. „Und was *willst* du machen?"

Dimitri musste an Jenny denken und begann zu lächeln. „Keine Ahnung", antwortete er und es fühlte sich fantastisch an.

Jenny stand am Tor. „So, ihr Süßen", grinste sie Arman und Charlie lässig an. „J-Nifah ist dann mal weg. Ich weiß, ihr werdet mich vermissen." Dann seufzte sie theatralisch. „Ich euch auch", gestand sie, „ein bisschen."

Charlie zog sie in eine feste Umarmung. „Lass dir von niemandem einreden, dass du nichts kannst", erklärte sie fest. Jenny nickte. „Alles klar, Superstar!" Jenny schulterte ihre Tasche und warf Charlie und Arman noch einen vieldeutigen Blick zu. „Übrigens: Falls ihr es noch nicht gerallt habt. Er", sie deutete auf Arman, „steht auf dich.“ Jetzt schnellte ihr Zeigefinger in Richtung Charlie. „Und umgekehrt!“

So, das war ein ordentlicher Abgang! Jenny marschierte mit breitem Grinsen durch das Tor … direkt auf den Platz zwischen den Hochhäusern. Yes, sie war zurück!

„Köln Portz!“, rief sie laut und streckte die Arme zur Seite, als wollte sie all die hier stehenden Betonklötze an ihr Herz drücken. „Was hab ich dich vermisst!“

Ein schmaler Junge sah auf – Emre? Tatsächlich! Erschrocken erkannte er Jenny und versuchte, sich zu verdrücken. Einer Eingebung folgend rannte sie auf ihn zu. „Hey, du, Emre?!“

Als sie ihn einholte, hielt er ihr geschlagen sein Smartphone entgegen. „Hier“, seufzte er. „Aber dann lass mich in Ruhe, okay?“

„Lass stecken“, erklärte Jenny mit schlechtem Gewissen. „Und das Geld, das ich dir abgezockt habe, bekommst du auch wieder, versprochen. Also, bald.“ Breit lächelte sie ihn an. „Weißt du, ich hab voll das krasse Erlebnis hinter mir. Das glaubt mir keiner. Aber egal.“ Ernsthaft sah sie ihn an. „Weißt du, ich will mich ändern. Ich hab mir überlegt, Chirurgin zu werden.“

Jetzt wurden seine Augen groß. Jenny nickte, den Blick kannte sie, aber wie hatte Goldlöckchen gesagt: Lass dir nicht einreden, dass du was nicht kannst! Also holte sie tief Luft und erklärte: „Ich weiß, ist nicht so leicht, wenn man nie zur Schule geht und so, aber … Ich hab mir überlegt, vielleicht kannst du mir unter die Arme greifen. Also, so Nachhilfe, dies und das.“ Bittend lächelte sie ihn an. „Was meinst du?“

Charlie traute sich nicht, sich zu bewegen. Alle waren gegangen, einer nach dem anderen. Nun musste sie. Manchmal, wenn man von einer langen Reise irgendwohin zurückkehrte, wirkte die Welt, als sei sie eine andere. Denn in der Zwischenzeit hatte man Dinge erlebt, die alles in neuem Licht zeigten. Die einen dazu bringen konnten, voller Energie Sachen zu ändern, etwas Neues zu beginnen, manchmal sogar ein ganz neues Leben.

Zögernd sah sie Arman an. „Ich wünsch dir viel Glück. Du bist der Richtige dafür."

Langsam streckte er die Arme nach ihr aus und zog sie an sich, drückte sie fest, als wollte er sie nicht loslassen. Charlie schloss die Augen, schmiegte den Kopf in seine Halsbeuge und sog seinen Geruch ein.

„Leb wohl", flüsterte Arman nahe an ihrem Ohr. Er klang so verzweifelt, wie sie sich fühlte.

Warum mussten sie sich Lebewohl sagen, das war so ... falsch! Letztendlich war die wichtige Frage doch, wo man wirklich zu Hause war. Dort, von wo man aufbrach oder dort, wo man ankam? Vielleicht gehörte sie gar nicht mehr dort draußen hin, vielleicht war sie hier in Namra zu Hause?!

Arman strich ihr eine Locke hinters Ohr, er sah sie an, als würde er nichts lieber tun, als sie einfach weiter festzuhalten.

Nachdenklich legte sie den Kopf in den Nacken und sah ihn an. „Und was", flüsterte sie, „wenn ich einfach hier bleibe?"

Langsam, aber sicher breitete sich ein Strahlen auf seinem Gesicht aus. Und das war das Schönste, was Charlie seit langer Zeit gesehen hatte.

EPILOG

Mick hatte sich in den Wald zurückgezogen. Es gab so vieles, worüber er nachdenken musste. Traurig sah er in den stillen Teich vor ihm, sah sein sorgenvolles Gesicht, die dunklen Schatten unter den Augen. Dann schob sich eine zweite Gestalt neben ihn: das Orakel.

Ohne sich umzudrehen, seufzte Mick auf. „Du wusstest die ganze Zeit, dass es Arman werden sollte, oder?", fragte er.

Das Orakel zuckte mit den Schultern. Typisch, ein einfaches Ja oder Nein gab es nicht. Statt einer Antwort wollte es nun etwas von ihm wissen: „Sind die Wächter zurück in ihrer Welt?"

Als Mick nickte, seufzte es erleichtert auf. „Dann ist ja gut!"

Irritiert betrachtete Mick das blasse Gesicht neben sich. Was genau sollte das denn heißen? Da sprach das Orakel auch schon weiter: „Die Sternenfee sollte besser nicht nach Namra zurückkehren. Ich habe gesehen, wie der Hüter sie anschaut. Und umgekehrt." Ernst ließ es die Augen zur anderen Seite des Teiches streifen, wo hinter einem Hügel die Wächtersteine lagen. „Namras Hüter und die Sternenfee dürfen niemals zusammen sein!"

Besorgt runzelte Mick die Stirn.

Nicht weit von ihnen entfernt leuchteten auf der Lichtung des Wächtertribunals plötzlich die Symbole der Wächter auf. Erst die Welle, dann das Feuer, die Raubkatze und dann der Stern. Sie sandten ein Licht in den Himmel, das bis in die reale Welt hineinstrahlte. Ein Ruf, ein neuer Auftrag …

GREAT ABACO

Als ich um die Felsen herum in die nächste Bucht lief, wurde mir klar, dass mein Plan, bis zur Landspitze zu laufen, nicht aufgehen würde. Die Bucht vor mir war ebenso sandig wie die, vor der die Phaedra geankert hatte, aber am südlichen Ende war eine Klippenwand, die unmittelbar ins Meer mündete, zu steil zum Klettern. Wenn ich weiterwollte, musste ich in Richtung Inland laufen.

Als ich mir meinen Weg durch schwarze Mangroven und taillenhohe Strandbinsen bahnte, wurde der Boden unter meinen Füßen matschig. Ich war noch nicht weit gegangen, als ich ein Jucken an meinem Knöchel spürte. Ich schaute nach unten und sah einen großen schwarzen Blutegel an meinem Bein, unmittelbar oberhalb des Schuhrandes.

Wenn man einen Egel entfernen muss, darf man auf keinen Fall in Panik ausbrechen. Wenn man ihn abreißt, spuckt er in die Wunde und verursacht eine Infektion. Man muss den kleinen Schmarotzer vorsichtig mit dem Fingernagel lösen und dann abziehen.

Ich versuchte es, ekelte mich aber so sehr, dass ich immer wieder die Hand wegzog. Gerade als ich endlich den Mut aufbrachte, wurde der Blutegel so prall und dick, dass er von selbst abfiel. Ich trat darauf und mir wurde ein wenig übel, als ich mein eigenes Blut heraustriefen sah.

Danach erschreckte mich jeder Grashalm, der mein Schienbein streifte. Ich stellte mir glänzende schwarze Egel vor, die sich an meinem Fleisch festsetzten, auf der Suche nach einem warmen Puls, in den sie ihre Zähne schlagen konnten.

Als ich dem Dschungel näher kam, brandete das Geschrei der Papageien wieder auf. Von den Wipfeln der Pinien kreischten sie, als wollten sie mich warnen: *Vorsicht! Gefahr, Gefahr!*

Dann, plötzlich, ein anderer Laut. Er übertönte die Rufe der Papageien. Ein Knacken und Krachen, als sich irgendetwas durch das buschige Unterholz der Pinien bewegte.

Ich stand regungslos und lauschte angestrengt. Was auch immer das war, es war groß, und es kam auf mich zu. Schnell.

Dem Geräusch nach zu urteilen, das es machte, als es auf mich zu preschte, konnte es nichts anderes sein als ein wilder Eber! Sie leben im Dschungel auf den meisten Inseln der Bahamas und die Einwohner jagen sie wegen ihres Fleisches. Man sollte gut zielen können, wenn man Eber jagt, denn wenn man sie nur verletzt, werden sie wütend. Eber haben lange Stoßzähne, mit denen sie einen auf der Stelle töten können.

Ich schaute mich um, auf der Suche nach einem Baum, den ich hochklettern könnte, aber da waren bloß Kermesbeere und Trompetenbäume, beides zu dürr, um mein Gewicht zu tragen. Mein Herz hämmerte. Der Eber musste ganz in der Nähe sein, doch ich konnte nirgendwohin fliehen. Ich hastete umher und versuchte, einen Stock zu finden, etwas Großes und Stabiles. Das Krachen war ohrenbetäubend, so nah ...

Da tauchte sie plötzlich auf der Lichtung vor mir auf.

Später schämte ich mich sogar ein bisschen, dass ich vor Angst zurückgeschreckt war, als ich sie zum ersten Mal sah. Aber wie gesagt, ich dachte, sie sei ein Eber. Eine Stute ist so ziemlich das Letzte, was man im Dschungel erwartet.

Sie hatte ein komplett weißes Gesicht, bleich wie Knochen, und ihre hervorstechenden blauen Augen erinnerten an Saphire in feinstem Porzellan. Über ihren wilden Augen hingen Kletten und kleine Zweige in ihrer Mähne, was an religiöse Gemälde von Jesus mit der Dornenkrone erinnerte, und ihre Mähne am Hals war derart verfilzt, dass sie sich in Dreadlocks verwandelt hatte.

Merkwürdige braune Flecken bedeckten ihre Ohren, als trüge sie einen Hut, und über Widerrist, Brust und Rumpf verteilten sich noch mehr braune Kleckse. Es wirkte wie eine Tarnbemalung: Vor den Bäumen fiel sie kaum auf, was die weiße Färbung ihres Gesichtes umso gespenstischer erscheinen ließ, so, als würde es einfach körperlos schweben, mit diesen sonderbaren blauen Augen. Sie war wie eine Voodookönigin in Tiergestalt.

Als sie mich sah, wandte sie sich nicht ab, um zu fliehen. Es war, als hätte sie mich hier mitten im Dschungel gesucht.

Sie stand eine Weile da, die Nüstern gebläht, und nahm meinen Duft auf. Dann machte sie einen Schritt auf mich zu. Ich wich zurück.

Ich hatte nicht wirklich Angst. Sie war nur so anders als die Pferde in Florida. Ein solches Pferd hatte ich noch nie gesehen. Die Art, wie sie ihren Kopf hoch erhoben hielt, gebieterisch und stolz, als gehörte ihr der Dschungel.

Die Stute streckte ihren Hals, senkte ihr weißes Gesicht zu mir herunter und ich blieb stehen. Ich konnte ihren warmen, feuchten Atem auf meiner Haut spüren. Sie war kein Gespenst. Sie war ebenso aus Fleisch und Blut wie ich. Langsam hob ich meine Hand, um mit den Fingerspitzen über ihre samtene Nase zu streichen, und da fühlte ich es. Ich weiß, es ergibt keinerlei Sinn, aber genau in diesem Augenblick war es echt, kraftvoll und wahr. Diese mutige, wunderschöne und eigenwillige Kreatur gehörte irgendwie zu *mir*.

Die blöden Papageien haben dann alles ruiniert. Ich weiß nicht, was sie erschreckt hat, aber plötzlich erzitterten die Bäume um uns herum, als sie kreischend aufflogen. Ich streckte die Hand aus, um ihre Mähne zu fassen, doch es war zu spät. Sie preschte vorwärts, so nah an mir vorbei, dass ich beinahe meine Arme um sie hätte legen können, den Pfad entlang, auf dem ich gerade durch die Mangroven gekommen war.

Zwischen den dichten Binsen waren ihre Beine nicht zu sehen, wodurch sie, als sie fortgaloppierte, mit ihrem aufgerichteten Schweif aussah wie ein Schiff, das durch die raue See pflügte. Ihr Schweif hob und senkte sich mit jedem Sprung. Bald hatte sie das Gras hinter sich gelassen und galoppierte den Strand entlang. Ich sah, wie ihre Hufe tiefe Spuren im Sand hinterließen. Sie hielt den Kopf erhoben und schaute nicht zurück. Ihr Galopp trommelte einen Rhythmus, als sie die Kurve am anderen Ende der Bucht umrundete. Dann war sie fort.

Dein wildes Herz in meiner Hand
von Stacy Gregg
ISBN 978-3-440-15099-3